THE DAUGHTER OF DOCTOR MOREAU

# 莫罗博士的女儿

[加拿大]西尔维娅·莫雷诺-加西亚 著

王爽 译

四川科学技术出版社

**图书在版编目（CIP）数据**

莫罗博士的女儿 / (加)西尔维娅·莫雷诺-加西亚
著；王爽译. -- 成都：四川科学技术出版社, 2025.
6. -- (世界科幻大师丛书). -- ISBN 978-7-5727-1810-
6

Ⅰ. I711.45
中国国家版本馆 CIP 数据核字第 2025GY0252 号
图进字号：21-2023-282

世界科幻大师丛书

# 莫罗博士的女儿

SHIJIE KEHUAN DASHI CONGSHU
MOLUO BOSHI DE NÜ'ER

著　者　［加拿大］西尔维娅·莫雷诺-加西亚
译　者　王　爽

出　品　人　程佳月
责任编辑　兰　银
特约编辑　孔祥榉
封面绘画　蓝　昼
封面设计　王莹莹
版面设计　王莹莹
责任出版　欧晓春
出　　版　四川科学技术出版社
　　　　　成都市锦江区三色路238号　邮政编码 610023
　　　　　官方微博：http://weibo.com/sckjcbs
　　　　　官方微信公众号：sckjcbs
　　　　　传真：028-86361756
成品尺寸　140mm×203mm　　　印　张　12.25
字　　数　230千　　　　　　　插　页　3
印　　刷　四川省南方印务有限公司
版　　次　2025年6月第1版
印　　次　2025年6月第1次印刷
定　　价　58.00元

邮购：成都市锦江区三色路238号新华之星A座25楼　　邮政编码：610023
电话：028-86361770

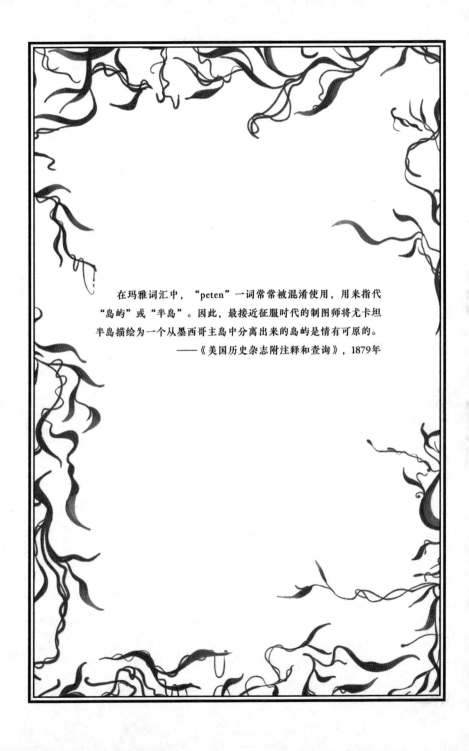

在玛雅词汇中，"peten"一词常常被混淆使用，用来指代"岛屿"或"半岛"。因此，最接近征服时代的制图师将尤卡坦半岛描绘为一个从墨西哥主岛中分离出来的岛屿是情有可原的。

——《美国历史杂志附注释和查询》，1879年

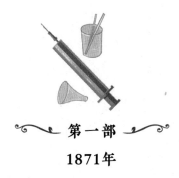

# 第一部

## 1871年

# 1.卡洛塔

那天,那两个绅士来了。他们乘船穿过红树林。灌木丛里充满噪声,鸟儿不满地高声啼叫,仿佛预见了会有入侵者到来。在主楼后面的小屋里,混血种们坐立不安。就连那头吃玉米的老驴似乎也有点暴躁。

前一天晚上,卡洛塔有很长时间都在凝视自己房间的天花板。早晨,她的肚子痛了起来,她一紧张就会肚子疼。拉莫娜不得不给她沏了一杯苦橙茶。卡洛塔不喜欢自己神经紧张,但很少有客人来拜访莫罗博士。她父亲说,与世隔绝对她有好处。当她还小的时候,如果生病了,最重要的就是休息和保持平静。再说,混血种也不可能照顾人。如果有人到访雅萨克顿的话,不是她父亲的律师兼通信员弗朗西斯科·里特,就是埃尔南多·利萨尔德。

利萨尔德先生总是独自到来。卡洛塔从未被介绍给他。曾经有两次她看到利萨尔德先生和父亲一起，从远处朝着房子的方向走来。他总是很快就离开，绝不会在客房过夜。而且他也不常来，大部分时候他只存在于信件中，每隔几个月他就会写信来。

现在，疏离的利萨尔德先生、那个只闻其名的人物要来了，他不光是来拜访，而且还带了一个新的管理员。梅尔加德斯已经离开小一年了，现在完全是由博士来管理雅萨克顿，而他常常腾不出手，因为他大部分时间都在实验室里忙碌，要不然就是在冥思苦想。但是她的父亲似乎并不打算找新管理员。

"博士太挑剔了。"拉莫娜一边说一边把卡洛塔纠缠打结的头发梳顺，"利萨尔德先生给他写信，说他那里有合适人选，介绍了一个又一个，但你父亲总是拒绝，这个不行，那个也不行。说得好像大家都想来似的。"

"人们为什么不想来雅萨克顿?"卡洛塔问。

"离首都太远。你知道他们是怎么说的，所有人都说这边离叛乱地区太近，他们觉得这就是世界的尽头了。"

"没那么远吧。"卡洛塔说。其实她只是从书本的地图里知道了半岛的位置，而在书里，一切距离都被抹平，简化成黑白色的线条。

"远得不得了。习惯了石子路和每天早晨都有报纸读的人连提起这里都会三思。"

"那你为什么来这里工作?"

"我家里人给我选了个丈夫,是个人渣。那死鬼很懒,整天什么都不做,晚上打我。我没有抱怨,但也没有忍很久。有一次他下手很重,太过分了,不过其实他每一次都下手重,但总之我决定不再忍了。于是,我收起东西走了,然后就来到了雅萨克顿,因为没人会找到这里来。"拉莫娜耸耸肩说,"但其他人不一样,其他人希望被找到。"

拉莫娜年龄不算大,她眼睛周围的皱纹很浅,头发只是略微有几缕灰色。但她总是以一种谨慎的语气说话,她说各种各样的东西,卡洛塔觉得她很睿智。

"你觉得新管理员不会喜欢这里?你认为他希望有其他人来找到他?"

"谁说得准呢?但利萨尔德先生把他带来了。这是利萨尔德先生安排的,而且他说的没错:你父亲整天都在忙碌,但是该做的事情一样都没做。"

拉莫娜放下梳子,"别扭来扭去的,孩子,裙子都弄皱了。"

她说的那条裙子装饰着大量花边和褶裥,背部还有无数蝴蝶结,和她平时在家时穿的那件简单的平纹布围裙截然不同。路皮和卡奇托站在门口看着卡洛塔,她盛装打扮,仿佛要去参加展览会的马儿,这让他们咯咯地笑个不停。

"你看起来很漂亮。"拉莫娜说。

"很痒。"卡洛塔不大高兴。她觉得自己看起来像个大蛋糕。

"别扯它。你们两个,去洗脸洗手。"拉莫娜说。她语气坚定,眼神锐利逼人。

路皮和卡奇托闪到一旁,让拉莫娜离开房间。她边走边念叨着那些必须在上午做完的事情。卡洛塔很不高兴。父亲说裙子是最新款式,但是她习惯轻便女装。这身衣服在梅里达、墨西哥城和别的地方或许很时髦,但在雅萨克顿就只是非常麻烦而已。

路皮和卡奇托走进房间之后又开始咯咯咯地笑,他们仔细看她裙子上的扣子,抚摸塔夫绸和丝缎,最终卡洛塔拿胳膊肘把他们都挤开,他们又开始笑个不停。

"得了吧,你们两个。"她说。

"别傻了,洛蒂①,你看起来就是很好笑,跟你的那些娃娃似的,"卡奇托说,"不过,也许新管理员会带糖来,你会喜欢的。"

"我觉得他不会带糖来。"卡洛塔说。

"梅尔加德斯就会给我们带糖。"路皮说。她坐在旧木马上前后摇晃,那个木马对他们来说都太小了。

"给你带糖,"卡奇托说,"他从没给我带过糖。"

"因为你咬人,"路皮说,"我从没咬过人。"

她确实不咬人,这是真的。卡洛塔的父亲把路皮第一次带来的时候,梅尔加德斯大闹了一番,说博士绝不能让卡洛塔和路皮独处。万一她挠了卡洛塔怎么办?但博士说不必担心,路皮很乖。再说,

---

① 洛蒂是卡洛塔的昵称。——本书中脚注均为译注,后不再说明。

卡洛塔真的很需要玩伴,就算路皮咬人挠人她也不会说什么。

但梅尔加德斯始终不接受卡奇托。或许是因为他比路皮难以控制。也许是因为卡奇托是男孩,而梅尔加德斯自我催眠以为和女孩在一起会安全得多。也许是因为卡奇托有一次咬了梅尔加德斯的手指头。咬得并不深,只是浅浅破了点皮,总之梅尔加德斯一直都不喜欢卡奇托,也不准他进屋子。

现在梅尔加德斯走了,卡奇托可以自由出入,跑过厨房,跑过摆着天鹅绒沙发的起居室,甚至可以趁博士不在的时候按钢琴的键,弹出一些不和谐的音符。孩子们都不想念梅尔加德斯。他挑剔又自大,觉得自己在墨西哥城当过医生就特别了不起。

"我不知道为什么必须要一个新管理员。"路皮说。

"父亲一个人管理不过来,利萨尔德先生希望一切都井井有条。"她重复自己从别处听来的话。

"利萨尔德先生何必关心这里管得好不好? 他又不住这里。"

卡洛塔照照镜子,看着那条珍珠项链,和裙子一样,项链也是今天早晨刚戴上的,确保她看起来很体面。

卡奇托说的对:卡洛塔看起来确实像个娃娃,那种放在架子上的漂亮瓷制品,嘴唇粉红,眼睛圆圆的。但卡洛塔不是娃娃,她是个女孩,就快成为一个淑女了,一定要打扮得像个彩绘的瓷娃娃就很滑稽。

但她是个乖孩子,于是她不再照镜子,转而严肃地看着路皮。

"利萨尔德先生是我们的资助人。"

"我觉得他很爱多管闲事，"路皮说，"我觉得他想让管理员监视我们，把我们的一举一动都告诉他。再说了，一个英国人哪里会懂我们这里的管理情况？英国连丛林都没有，图书馆里的书上都说那里很冷，会下雪，人们都乘马车出行。"

这是真的。卡洛塔看书的时候——有时候路皮和卡奇托会在她背后好奇地跟着看——虚构的神奇土地在她眼前展开。英国、西班牙、意大利，伦敦、柏林、马赛。对她来说这些地名仿佛瞎编的，与尤卡坦半岛的城镇名字截然不同。巴黎尤其让她惊讶。她尝试像父亲一样用那种缓慢的语调说这个词。巴—里，他是这样念的。不光是他说这个词的方式，还有这个词背后的信息。他曾经在巴黎生活过，他曾走在巴黎的街道上，所以当他说巴黎的时候，他指的是一个真实的地方，一个活生生的大都市，而卡洛塔只知道雅萨克顿，虽然她会正确使用动词——我知道巴黎[①]——但这个城市对她来说不是真实的。

巴黎是她父亲的城市，不是她的城市。

她不知道母亲是哪个城市的人。父亲的房间里有一幅椭圆形的画像。画的是一个漂亮的金发女人，穿着一件露肩的舞会长裙，脖子上戴着闪耀的珠宝。但这并不是她的母亲。这是博士的第一任妻子。她和一个小女孩都已经离开了博士，她们死于高烧。那之

---

[①] 此处原文为法语。

后,博士在悲伤之余结交了一位情人。卡洛塔是博士的亲生女儿。

拉莫娜在雅萨克顿待了很多年,但是她也不知道卡洛塔的母亲长什么样、叫什么名字。

"是个黑皮肤的漂亮女人,"她对卡洛塔说,"她来过一次,博士等着她来,接到她之后就带她去了一个小客厅。但是她只来过一次。"

她父亲不愿意再叫人画一幅细节丰富的母亲的肖像。他只是简单地说,他们从未结婚,而且她离开后,卡洛塔就一直留在他身边了。卡洛塔怀疑,这话的意思是,她母亲和其他人结婚组成了新家庭。卡洛塔或许有兄弟姐妹,但是她见不到他们。

"对生养你的父亲,应当听从;对你年迈的母亲,不可轻视①。"她父亲说道,他非常专注地读《圣经》。不过对卡洛塔来说,他既是父亲又是母亲。

至于父亲的家庭,莫罗一家,她一个都不认识。她父亲有个兄弟,但是住在海那边遥远的法国。就父女二人对卡洛塔来说就足够了,她为什么需要认识父亲以外的人? 为什么要去巴黎或者去母亲的城市(管它在哪里)呢?

唯一真实的就是雅萨克顿。

"如果他带糖来,我就不在乎他管不管闲事。"卡奇托说。

_____

①出自《圣经·箴言》。——全书《圣经》引言的中文翻译采用《思高圣经》,后不再说明。

"博士会带他看实验室。"路皮说,"他整整一周都独自待在实验室里,肯定是有好东西给他们看。"

"病人?"

"或者设备,或者别的东西。肯定比糖有趣得多。卡洛塔可以进实验室,她会告诉我们是什么。"

"真的吗?"卡奇托问。

他本来是在地板上把旧木头火车推着玩,此时转头看着卡洛塔。路皮也不再摇木马了。他们都等着卡洛塔回答。

"我不确定。"卡洛塔说。

雅萨克顿是利萨尔德先生的财产,他资助莫罗博士的研究。卡洛塔猜想,也许他会想看父亲的实验室。也可能让管理员看看。

"我确定。我听见博士和拉莫娜说这件事。我猜他们就是因为这事才给你穿漂亮衣服的。"路皮说。

"他说我可能会接待客人,并和他们散步,但都不确定。"

"你会见到的。见到的话也要告诉我们。"

拉莫娜穿过走廊,停下脚步往屋里看。"你们还在这里干什么呢?洗脸去!"她喊道。

卡奇托和路皮知道他们的玩乐时光结束了,他们赶紧跑开了。拉莫娜看了看卡洛塔,指着她说:"不要离开这里。"

"好的。"

卡洛塔坐在床上看着自己的娃娃,它们头发卷卷的,睫毛长长的,她试着露出娃娃们那种微笑,它们的嘴唇形状完美,看起来十分愉快。

她揪住头发上的蝴蝶结,在手指上绕了几圈。她只知道雅萨克顿这个世界,从未去过更远的地方。她认识的人都在这里。利萨尔德先生来他们家里时,卡洛塔觉得他仿佛是伦敦、马德里、巴黎的那些雕像。

利萨尔德先生来了,然后又消失了。她偶然看见过他两次,都只看到一个遥远的身影在主屋外和父亲聊着天走过。但是这一次她能近距离接触他,而且不光是他一个人,还有管理员候选人。这次将有全新的人被介绍到她的世界里。就像父亲说过的那些外来事物。

为了放松下来,她拿了一本书,坐在书桌椅上看了起来。她父亲希望自己的孩子能有一些科学素养,于是给卡洛塔准备了很多关于植物、动物和生物学奇迹的书。她喜欢《科学童话:写给孩子们的书》,但是《水孩子》让她很害怕。《水孩子》里有一段写到可怜的小汤姆被变小了,遇到了一些三文鱼。虽然书里强调三文鱼"都是地地道道的绅士"——虽然它们比小汤姆之前遇到的恶毒水獭礼貌得多——卡洛塔还是觉得它们一旦略有不满就会吃掉小汤姆。整本书里都是些危险的遭遇,不是吃就是被吃,简直就是饥饿的无限链。

卡洛塔教过路皮读书,但卡奇托只会结结巴巴地读字母,记也记得一团乱,她必须帮他大声读出来。但是她没有给卡奇托读过

《水孩子》。

她父亲说利萨尔德先生和另一个绅士会来的时候,她忍不住想到了那本书里可怕的三文鱼。但是她没有故意躲开那幅画,而是看着那些插图,看着栖息在书页之间的水獭、三文鱼和其他可怕的怪物。现在他们都长大了,不看儿童故事了,但这本书还是令她着迷。

片刻后拉莫娜回来了,卡洛塔把书放到一边。她跟着拉莫娜来到起居室。卡洛塔的父亲不是个赶时髦的人,所以不关注屋里的家具,那些家具都是老旧沉重的东西,一部分是前任农场主带来的,一部分是数年间博士从国外买来的。房间中心是一个法国大座钟。它每一个小时敲响一次,卡洛塔非常喜欢这个声音。想到外国竟然能生产出这样精密的机器,卡洛塔觉得很神奇,她想象在那精美的彩绘外壳之内有齿轮在不断旋转。

她走进房间,不禁好奇他们会不会听见她的心脏在狂跳,就像那个大钟的歌声一样。

她父亲转身看着她笑了笑。"这是我的管家和女儿。卡洛塔,过来。"他说。她快步来到父亲身边。他把手搭在她肩上说:"先生们,请容我介绍自己的女儿,卡洛塔。这位是利萨尔德先生,这位是劳顿先生。"

"你好,"她不假思索地说,仿佛睡在笼子角落里那只训练有素的鹦鹉,"你这一路的旅途应该颇为顺利吧。"

利萨尔德先生的胡子有些灰白了,但他还是比父亲年轻,父亲眼睛周围满是皱纹。他穿得很讲究,一件织金线的马甲搭配一件精美的外套,时不时地用手帕擦擦额头,同时还对着她微笑。

劳顿先生则没有丝毫笑意。他穿着棕色混奶油色的羊毛花呢外套,没有任何装饰,他也没有穿背心。他那么年轻,面色却那么严厉,卡洛塔感到很惊讶。她以为他们会找个和梅尔加德斯差不多的人过来——太阳穴那里都开始脱发的那种。这个人头发茂密,只是有一点蓬松,不大整齐。他的眼睛颜色很浅,是一双灰色且湿润的眼睛。

"我们一路上很顺利。"利萨尔德先生说,然后他看了看卡洛塔的父亲,"令千金真是个小公主。我觉得她可能和我最小的孩子同岁。"

"你有好多个孩子吗,利萨尔德先生?"她问。

"我有一个儿子和五个女儿。我儿子十五岁了。"

"我十四岁了,先生。"

"作为女孩,你很高了。差不多和我的儿子一样高。"

"而且卡洛塔也很聪明,她学习了各种体面语言。"她父亲说,"卡洛塔,我在这里帮劳顿先生做一点翻译工作。你能不能告诉他'natura non facit saltus'是什么意思?"

她确实学过一些"体面的"语言,不过她所知道的那点儿玛雅语不是从父亲那里学来的,是跟拉莫娜和混血种们学的。拉莫娜名义上是他们的管家,实际上她还是讲故事的人,是了解屋子周围所有植物的专家,此外还有其他身份。

"意思是,大自然不会飞跃。"卡洛塔看着那个年轻人回答。

"很对,你能解释一下它的意思吗?"

"改变是逐渐发生的,大自然会一点一点地发展,"她说。她父亲经常问这类问题,像是在训练她,因此不难回答。她放松了些。

"你赞同这句话吗?"

"大自然或许是这样的,但人不是。"她说。

她父亲拍拍她的肩。她不看父亲也能感觉到他在微笑。

"卡洛塔会带我们去实验室。我给你们看我的研究,可以证明这个观点。"她父亲说。

屋子角落里的鹦鹉睁开眼睛看着他们。她点头示意先生们跟她走。

## 2. 蒙哥马利

那不是一条河,在尤卡坦半岛北部瘠薄的土层上没有河流。水聚集成潟湖,然后深入丛林,仿佛手指一样刮开土地和松散的内陆。然而,这里虽然不是河流,但又很像河流,红树林遮蔽了水面,它们的树根交织在一起,有的地方根须过于紧密,几乎能绞死粗心大意的游客。阴影中的水看起来呈深绿色,越往深处越浑浊,被茂密的枝叶和死去的植物染成了昏暗的棕色。

他以为自己已经习惯了南方的荒野和闷热的丛林,但这个地方和他在伯利兹城附近所见的风物完全不同。

范妮肯定讨厌这里。

船夫像威尼斯的贡多拉驾驶者一样敏捷地移动船篙,避开岩石和树木。蒙哥马利旁边坐的是埃尔南多·利萨尔德,后者脸很红,似乎不太舒服，但其实这艘船的设施已经很好了，还有遮阳棚让他们免遭日晒。利萨尔德住在梅里达，虽然他在半岛别的地方有几座大庄园，但是他从未去过离家太远的地方。这趟旅行对他来说也不寻常，蒙哥马利觉得他可能也不喜欢频繁拜访莫罗博士。

蒙哥马利不知道他们究竟要去往何方。利萨尔德不肯透露任何坐标。他对很多事情都遮遮掩掩，但是他提供了丰厚的资金，足以让蒙哥马利对此行充满兴趣。他给上不了台面的人工作过，也为了一点蝇头小利忙碌过。利萨尔德只是又一件麻烦的工作。

再说，他自己也有债务问题。

"我们应该离雅利金不远。"蒙哥马利努力在脑海中画出一张地图。他觉得那里会有古巴人，他们逃离战乱的故乡岛屿，在此砍伐墨水树①。

"我们在印第安人村庄的边缘。那些不信上帝的野蛮人真的该死。他们占领了整个海岸。"利萨尔德边说边往水里啐了一口，仿佛是在强调自己的观点。

在巴卡拉尔和伯利兹城，他见过很多自由的玛雅人，他们称自己为"玛卡胡阿尔②"。英国人定期和他们进行贸易。墨西哥白人住在西边，他们都是西班牙人的后代，不愿和其他民族往来，也不喜欢

---

① 别名洋苏木。生长在温暖潮湿地方的落叶小乔木，树高可达8米，树木中可以提取出染料。树皮和树叶可入药。

② Macehual，指阿兹特克社会中的农村农民，是高于奴隶、低于贵族的社会阶层。

玛雅人，因此利萨尔德对那些自由玛雅人态度不好也不奇怪。英国人倒也不是喜欢玛雅人，也不是一直都能与之和平相处，但是蒙哥马利的同胞们认为玛雅人的反抗行动可以帮他们在墨西哥分得一杯羹献给女王。毕竟，只需要一些谈判协议，有争议地区就可以成为保护地<sup>①</sup>。

"我们会处理掉那些野蛮祸患，把那些乌合之众劈成碎片。"利萨尔德说。

蒙哥马利笑了笑，想着利萨尔德这样的外国人是如何跑到沿海一带来的。他们乘坐小船逃到安全的奥尔沃克斯岛，或者一路跌跌撞撞，不断和玛雅人发生各种冲突，最后匆忙来到梅里达。

"那些玛卡胡阿尔人认为上帝能够和他们有问有答地对话，倒也不算是野蛮人。"他这样回答，只是为了看利萨尔德本就发红的脸变得更红。他不喜欢这位庄园主，尽管此人是他的金主。他不喜欢任何人，对他而言，所有人都不如狗，他憎恶全人类。

"都是传闻。我估计你可能没有很虔诚地敬拜上帝，劳顿先生？你们这些人很少敬重上帝。"

蒙哥马利耸耸肩，不确定他说的是干他这种工作的人，还是指所有的英国人。他的雇主并不要求虔诚，而且早在他踏上美洲的土地之前，就已经没有任何信仰了。

---

① 又称保护国，指无外交主权、需要接受宗主国管束的国家或地区，属于殖民统治的一种。

　　他们在红树林里转了很多弯,最终水逐渐变浅,眼前出现两根孤零零的木头柱子。其中一根柱子上系着一艘小艇。这里肯定就是码头了。一条颜色鲜亮、色调偏红的黄土路向前延伸。在雨季,这里肯定会变成一片泥泞。但是现在路上很干,一条清晰的小路穿过灌木和树丛。

　　一个人走在他们前头,两个人走在他们身后,这些人帮忙拿着蒙哥马利的行李。他暂时只带了些洗漱用品,如果他决定留下,剩下的东西随后就会送来,但他的家当其实不多。他出门旅行一直都是轻装简行。一定要带上的行李是:来复枪,此时就挂在他的左肩上;手枪,此时别在他的臀部;罗盘,揣在兜里。最后一件随身物品是他叔叔送的结婚礼物。这个礼物伴随他穿过了英属洪都拉斯①,穿过了沼泽、溪谷、摇摇欲坠的桥、怪石嶙峋的山脊,以及瘴气和成群的蚊虫。他们一起走过遍布石灰岩、盛产桃花心木的土地,也穿过了树桩坚固得仿佛城堡塔楼的木棉树林,那里的树枝上还寄生着兰花。

　　现在道路带着他来到了这里,来到了墨西哥。

　　他们走了很久,来到两棵木棉树遮蔽的一处高挑的马蹄式拱顶下。更远处有一座白色的房子。莫罗家的地产都被高耸的围墙围

―――――――――――

　　① 英属洪都拉斯在1862年至1964年间是英国的一个直辖殖民地,位于中美洲东岸,墨西哥以南,之后成为自治殖民地,1973年改名伯利兹,1981年完全独立。

起来,其间有拱廊连接。房子和其他建筑——他看到左边有马厩——都位于这块被围墙围起来的长方形区域内,其中郁郁葱葱,长满了未经打理的植物。

从远处看,这不是一座打理得很好的庄园——他觉得这里太小了,甚至算不上庄园,也许这块地用作牧场会更合适——但风景还不错。利萨尔德告诉他,此地的前任主人打算在这里经营糖厂。前主人或许努力过,但收效甚微,他看不到糖厂标志性的大烟囱。也许糖厂在后面,但是他看不到那么远。近处有一面比较矮的墙,被涂成了和房子一样的白色。工人们的住所应该是在那堵分隔墙后面,和别的建筑在一起。

墨西哥人修房子的方式是从西班牙人那里学来的,墙后面还有墙以及更多的墙。路人好奇的目光很难窥探到什么东西。他相信,这座房子坚固的外立面后面肯定有一个漂亮的露台,一处舒适的角落里挂着好几张吊床,拱形游廊之中定会有一个温室。房子的大门很高,约有九英尺①,那乌木颜色深得接近漆黑,与白色的房子形成鲜明对比。大门上有一扇小门,可以让步行的人穿过而不必将两扇大门都打开。

一个女人打开小门,将他们迎进门,穿过内庭的院子。事实证明,蒙哥马利的想象是错的。没有华丽的花园,也没有缓缓晃动的吊床。他只看到一棵灌状琴木笼罩着一座干涸的喷泉,周围有些空

---

① 英美制长度单位,1英尺合0.304 8米。

花盆。未经修剪的九重葛郁郁葱葱地长在石墙上。雅致的拱廊通往主屋，透过安装了铁格栅的窗户可以俯瞰整个院子。虽然墨西哥式住宅总是有种离群索居的气质，但这座屋子内外似乎同样未经修饰，景致几乎能混合在一起，拱廊上刻着叶子和花的图案，表现出自然的景象。他很喜欢这石头与植物、黑暗和空气的结合，即便这组合听起来很矛盾。

那个女人叫搬行李的人在院子里等着，然后让两位绅士跟她走。

利萨尔德和蒙哥马利被带到一间起居室，这个房间有高挑的落地窗，两张已经用旧了的红色靠背长椅，三把普通椅子和一张桌子。陈设并不精美，不是富有庄园主拿来炫耀的那种屋子，只是普通打理着的乡村住所。不过他们有一架钢琴，还有一座手工打造的大型铁质枝形吊灯夸张地挂在木质横梁上，非常引人注意，也暗示着主人其实很富有。

一个非常精致的座钟格格不入地摆在壁炉架顶上。座钟上画着求爱的场景：一个穿着一百年前法式服饰的男人在亲吻一个女人的手。座钟顶部被涂上了淡蓝色，还画上了小天使作为装饰。这个钟和整个房间并不协调，仿佛是屋主洗劫了别的庄园拿来了它，然后又匆忙扔到这个房间里。

起居室中的一把长椅上坐着一个男人。他们进了屋，那人站起来微笑。蒙哥马利的个子本就不低，而莫罗博士比蒙哥马利还要高一点，超过了六英尺。博士身体强壮，前额饱满，嘴唇的线条透出一丝坚毅和果敢。虽然他头发变白了，但整个人仍然充满活力和热情，丝毫不像一个接近退休年龄的人。在年轻的时候，莫罗博士说不定能当个拳击手。

"你们旅途还顺利吗？要不要喝一杯茴芹酒？"利萨尔德介绍过双方后，莫罗博士问道，"茴芹酒喝起来很清凉。"

蒙哥马利习惯了各种简陋东西，烧酒也能喝。这种需要小杯品味的饮料不是他的首选，但是他从不拒绝酒精，这瘾症宛如诅咒般如影随形。于是他一饮而尽，然后把杯子放回圆形磁盘上。

"很高兴见到你，劳顿先生，我听说你是从曼彻斯特来的？那可是个重要的城市，规模很大。"

"是的，我在曼彻斯特生活了很久，先生。"蒙哥马利说。

"我还听说，你对工程机械有所研究，还懂得生物科学方面的知识。恕我直言，你看起来还很年轻。"

"今天站在你面前的这个人已经二十九岁了。你或许觉得我很年轻，但我要表示反对。至于我的经历，我十五岁便离开家，决意要学习经商，于是乘船去了哈瓦那，我叔叔在哈瓦那管理着各种机械。于是我当上了机械师——那里的人是这么说的。"

他没有提自己离开英格兰的原因：他父亲生意失败。而且，这个老人嗜酒如命。有时候蒙哥马利觉得那是一种可耻的苦难，能通过血脉传播。或者说是一种诅咒——虽然他不相信诅咒。如果一切真的都能一脉相传,那么他家族里对于机械的天分也遗传给了他。他的父亲很了解纺纱机,也懂得组合传送带、滑轮和锅炉。他的叔叔在机械方面也很拿手,而蒙哥马利小时候喜欢研究杠杆运动远胜过玩任何玩具或游戏。

"你在古巴待了多久?"

"在加勒比地区总共待了九年。古巴、多米尼克和其他一些地方。"

"你在那里过得好吗?"

"挺好的。"

"那为什么离开呢?"

"我经常搬家。我在英属洪都拉斯住了几年。现在到了这里。"

他不是唯一一个这样时常搬迁的人。这一地区总是有很多欧洲人和美洲人涌入。美国内战接近尾声时,他见过很多前南部邦联成员逃往更南方。现在大部分南部邦联成员都在巴西,试图建立新的定居点,其他人聚集在英属洪都拉斯。除此之外,还有马克西米利安称帝失败后来到这里的德国人,以及来卖货的英国人。有来自圣文森特和其他岛屿的加勒比黑人,他们法语说得很好;有提取树胶、切割红木的黑白混血劳工;有牢牢占据沿海定居点的玛雅人;还有像利萨尔德这样的外国人。墨西哥上层社会,也就是半岛上利萨尔德这样的人,经常声称自己是纯白人种,他们中的一些人确实比蒙哥马利更漂亮,长着蓝色或绿色的眼睛,并为此感到非常自豪。

蒙哥马利先是住在英属洪都拉斯,随后去了墨西哥,并不是因为这些地方比较富饶——当然那些土地上确实充满机遇,也不是因为他被生机勃勃的人群所吸引,更多是因为他不愿意回到寒冷下雪的地方。寒冷的夜里,小屋里噼啪作响的柴火堆会让他想起母亲去世的那段时间,以及后来的伊丽莎白之死。对此范妮不能理解。对她来说,英国等于文明,蒙哥马利厌恶寒冷气候这事在她看来很不正常。

"跟他说说那些动物。"利萨尔德朝蒙哥马利的方向懒散地挥挥手,仿佛在示意让狗演个戏法,"蒙哥马利是个猎人。"

"是吗,蒙哥马利先生?你喜欢狩猎运动吗?"莫罗问道。自他们进屋,他就一直坐在那张猩红的长椅上,此时他嘴边露出了微笑。

蒙哥马利也在另一张靠背椅上坐下——所有家具都需要重修椅面——他一边胳膊肘撑着扶手,来复枪放在伸手可及的地方。利萨尔德依然站在壁炉架旁,看着那个精美的座钟。

"我不把狩猎当作运动,过去几年来我一直以此为生。我为一些机构和博物学家制作标本。我将标本进行防腐处理,然后通过船运往欧洲。"

"这么说你对生物学颇为了解,也懂得使用剥制所需的实验室设备。"

"是的,但我没有受过正规的学校教育。"

"但你不喜欢打猎?很多人狩猎是为了追求刺激,收集美丽的动物制成标本。"

"如果你是想问，我是否喜欢十只死鸟胜过十只活鸟，那答案是
'不'。我不喜欢死气沉沉的标本。我不想拔羽毛，羽毛插在贵妇帽
子上倒不如长在猩红唐纳雀胸口上更好。但生物科学就是这样，你
需要远不止一只鸟。"

"这是什么意思？"

蒙哥马利不耐烦地俯身向前。他衣服皱巴巴的，汗水顺着脖子
流淌。他很想将袖子挽到手肘，把冰凉的水泼到脸上，但是他正在
进行的是一场面试，连五分钟整理仪容的时间都没有。

"你想要研究这个世界的时候，肯定需要做得彻底。如果你只
抓住了一个标本，然后送回伦敦，人们可能会把它当作唯一的一个
有机体模型，这就会产生错误，至少雄鸟和雌鸟就是很不一样的。

"所以我必须制作雌的标本、雄的标本、大的标本、小的标本、瘦
的标本、胖的标本，必须提供形态学上的各种样本，这样动物学家就
能完全弄清楚自己的研究对象。如果我工作出色，提供准确的标本
和相关笔记，研究就会更加顺利。我在寻找鸟的本质。"

"真是完美的总结，"莫罗点头说道，"鸟的本质！我的研究也正
是如此。"

"恕我直言，我还不知道你的工作内容。我事先并不知道有关
雅萨克顿的消息。"

蒙哥马利确实四处打听了一下，但是根本没打听到任何细节。

莫罗博士是法国人,大约在改革战争期间来到墨西哥—— 也可能是美墨战争结束后来的。这个国家总是内乱不断,各种势力层出不穷。莫罗只不过是又一个略有资产且野心勃勃的欧洲人。但莫罗虽然是医生,却从不行医,也不在任何大城市久留,他和其他那些想在墨西哥社会站稳脚跟的人不一样。他反而在丛林里开了个类似疗养院或者诊所之类的地方,可是谁都不知道具体在哪里。

"雅萨克顿是个特殊的地方,"博士说,"我们这里员工很少,没有资产管理员,没有工头,没有守卫,和你在其他大庄园见到的不一样。你什么事情都要做一点。

"如果你接受了管理员的职位,就要处理很多杂务。那个旧的戽水车不能用了,不过我们有好几口井,如果你能认真打理花园、灌溉庭院就最好了。维护保养主屋、辅助建筑和整个庭院,这些就够你忙的了。不过,你还需要协助我的研究。"

"利萨尔德先生说你帮他改进了作物。"

埃尔南多·利萨尔德提起过"混血种"这个词,但只说了一次。蒙哥马利猜想,莫罗可能是那种喜欢把各种植物嫁接起来的植物学家,可以让柠檬树结橙子的那种。

"对,类似那种。"莫罗点点头,"这里土地贫瘠,土层薄,营养不足。我们脚下是一大块石灰岩,劳顿先生。甘蔗和剑麻可以生长,但是很难发展其他农业。但我追求的目标更远大,所以在详细描述我的工作之前,我必须提醒你,在这里工作必须严格保密。利萨尔德先生肯定已经跟你说过了。"

"我签过保密文件。"蒙哥马利说。事实上,他是把自己的整个人生都签上去了。他为范妮欠下了债,给她买了无数的裙子和帽子。这份债务被转手卖了又卖,最后落到利萨尔德先生手中。

"我彻底调查过这个年轻人,"利萨尔德说道,"他很能干,也很谨慎。"

"也许吧,但要在雅萨克顿待下去还需要一些特别的天分。我们这里与世隔绝,工作辛苦。劳顿先生,你这么年轻,也许更适合大城市。你妻子肯定也更喜欢大城市。她不会和你一起来,对不对?"

"我们分开了。"

"我知道。但是你或许会想继续和她联系,对吗?你之前就这样做过。"

蒙哥马利努力保持面无表情,但是手指却紧握着椅子扶手。利萨尔德送给莫罗博士的卷宗里肯定包含了这方面的信息,但他还是惊讶得无言以对。

"范妮和我已经断绝往来了。"

"你没有别的家人了吗?"

"我叔叔几年前过世了,他是我最后一个家人。我在英国有表亲,但我们从未见过。"

他还有过一个姐姐。比他大两岁的伊丽莎白。他们曾经一起玩耍,但后来他离开家乡去找寻财富了。他承诺会去接她,但是一年后伊丽莎白就结婚了。她经常写信,主要是说她的婚姻有多不幸,以及她希望与蒙哥马利重聚。

他们小的时候就失去了母亲,尽管他依然记得在母亲房间里伴随着炉火度过的漫长夜晚。自那以后他们就照顾彼此。他们的父亲极不可靠,只知道酗酒、打孩子。伊丽莎白和蒙哥马利总是形影不离。即使她结婚之后,也总把蒙哥马利当作自己的救星,蒙哥马利也同意寄给她一些钱当作旅费。

但是等到蒙哥马利二十一岁,建立起自己的产业的时候,作为弟弟的责任感已经消失了。他关注着别的事情,主要是范妮·威尔金森,一个英国小商人的女儿,她家在金斯顿建立了一份产业。

他没有把宝贵的积蓄寄给姐姐,而是用那笔钱买了个小房子,和范妮结了婚。

一年后,他的姐姐自杀了。

他用伊丽莎白换了范妮,这场交易害死了姐姐。

蒙哥马利清了清嗓子,"我没有亲戚了,不可能泄露你的科学研究,莫罗博士。你担心的或许是这个吧。"过了片刻他又补充,"其实我根本不知道你究竟在研究什么。"

"Natura non facit saltus,"博士说,"这就是我的工作。"

"我的拉丁语不好,博士。我知道物种的名称,但不熟悉拉丁文格言。"

座钟发出声响,表示到了整点,博士转头看向门口。一个女人带着一个女孩走进来。女孩有着琥珀色的大眼睛和乌黑的头发,穿着时下流行的漂亮裙子。那裙子是浓烈的粉红色,很不自然,上面缀满装饰,有种几乎令人不快的美丽。统治着宫廷的小女王,穿着华服。这服饰就像那座钟一样,与整个房间格格不入,但蒙哥马利不禁觉得莫罗博士想要的就是这个效果。

"这是我的管家和女儿。卡洛塔,过来。"博士说着,女孩便走到他身边,"先生们,请容我介绍自己的女儿,卡洛塔。这位是利萨尔德先生,这位是劳顿先生。"

博士的女儿已经到了孩提时代的尾声。他估计,很快,他们就必须换下这天真的裙子,给她穿上成熟的紧身衣和长裙了。他们就是这样对待伊丽莎白的——用彩色天鹅绒和平纹布将她紧紧裹住,直至窒息。

伊丽莎白不是自杀的,她是被谋杀的。女人们就像被钉在板子上的蝴蝶。可怜的孩子,她还不知道自己的命运。

"你能不能告诉他'natura non facit saltus'是什么意思?"博士显然是想活跃下气氛,蒙哥马利却没那个心情。

"意思是,大自然不会飞跃。"女孩回答。

他舌头上还残留着强烈的茴芹气味,心里忽然开始想,要是自己没得到这份工作会怎么样。也许可以在普罗格雷索喝到酩酊大醉,喝完了之后再漫无目的地去另一个港口。南下,可能去阿根廷。但是在做这个打算之前,他必须还债。利萨尔德是他的债主。

## 3.卡洛塔

圣哉,圣哉,圣哉。三重神圣。她父亲的实验室是一处圣地,比起他们去祈祷的教堂有过之而无不及。拉莫娜说每一块石头、每一只动物、每一片叶子,以及所有的物品都有神圣之处,石子、泥土,甚至放在她父亲床边那把从不使用的手枪都有神圣之处。所以你必须向阿鲁什①献上萨卡巴②、蜂蜜和几滴血,这样庄稼才长得好,不然的话,谷物都会枯萎。对于住在房子里的阿鲁什也必须献上贡品,否则它们会移动家具、打碎器皿。拉莫娜告诉他们,世界必须维持绝妙的平衡,就像在手帕上刺绣一样。如果你不小心,生命的丝线

---

①阿鲁什(alux)是玛雅神话中一种高度到人膝盖的侏儒状精怪。可以用石头黏土做出一个阿鲁什,但制造者必须给它献上贡品。

② 萨卡巴是一种饮料。

就会打结,乱成一团。

梅尔加德斯则说,光是冒出这种念头就是大不敬,圣灵不会存在于花朵或雨滴中。给精灵献祭是恶魔的行径。

不管怎么说,实验室是神圣的,卡洛塔不得在没有父亲陪同的时候进来。她来的时候,基本上都待在前厅,在父亲的监视下阅读或完成作业。卡奇托和路皮不可以进入实验室,就连拉莫娜也不得进入。只有梅尔加德斯可以,他在这里工作的时候可以自由地打开门锁出入。

但是这一天,父亲给了她那把钥匙,卡洛塔转动钥匙,打开门,让众人进去。接着她在屋里走了一圈,打开百叶窗。光线从三扇高挑的窗户外涌入,照亮了博士的秘密世界。

前厅中间摆着一张长桌子,上面有几架显微镜。卡洛塔获准进入的时候,父亲就会给她看硅藻的排列顺序,那些硅藻都是从遥远的地方订购来的。在显微镜下,微型藻类仿佛五彩缤纷的万花筒。然后她父亲会更换载玻片,让她看一点骨头、羽毛,或是一块海绵。对孩子来说,这种活动不像科学,倒像娱乐。

这里能带来乐趣的不只是显微镜。屋里的柜子和罐子里都存放着制成标本的东西,羽毛和皮毛都保存得很整齐。一只大猫的骨架放在桌上。前厅的墙上挂满了关于自然生物的精美绘画,画中描绘了肌肉的伸缩,骨架的形态,如同河流一般流经身体各处的动脉和静脉。书架很高,上面有一些书和文件,地上也堆放着书和文件。

这还不是博士的全部藏书。他有一个藏书丰富的图书馆，但他主要在这个前厅工作，因为这里和房屋别处都不相连。

她父亲忽然发问："劳顿先生，你是否知道达尔文关于泛生论的论调？"此时他们正在参观房间，像参观博物馆展品的客人们一样欣赏墙上的绘画。

"泛生论和遗传学有关，"劳顿说，"但细节我不清楚。请再为我解释一下。"

卡洛塔不知道这个年轻人是否说了实话，也可能他只是懒得回答，或者想随便应付一下父亲。他脸上有种挖苦的神情，而且还有一丝丝讽刺。

"达尔文先生认为，所有动物或植物都由一种名叫'微芽'的微小颗粒组成。微芽提供了生物后裔的最基本组成单位。当然肉眼看不到微芽，但它们确实存在。问题在于，达尔文先生找到了答案，却不是正确答案。"

"这是为什么呢？"

"达尔文目光短浅。我要找的是一切生物的本质，然后超越它。我已经做到了。我超过了达尔文，我观察生命，分离出了最基本的单元，然后造出了全新的东西，就像泥瓦匠造出了新房子一样。

"想想墨西哥城湖里的美西螈。那是一种很小的生物，和别的蝾螈很像，但如果你切掉它的一条腿，它会再长一条。想象一下，如果你有美西螈那种断肢再生的能力；想象一下，如果能够获得公牛一般的力量或者猫一样能够夜视的眼睛，那将能够展开怎样的医疗用途，创造怎样的治疗方法。"

"我觉得那是不可能的。"劳顿回答。

"如果你取得了两种生物的微芽并且混合，就有可能了。"

"你觉得能够把蝾螈的特征和人的特征混合起来？这种事更不可能了，莫罗博士。如果我把蝾螈的血注射到你的血管里，你就会死，最蹩脚的博物学者都知道。"

"不是血液，而是藏在血液中的生命的根基，"她父亲说，"我已经完成了。我的女儿就是证明。"

劳顿转头看着利萨尔德先生，似乎在无声地询问是否要将博士这番话当真，随后又皱着眉头看了看卡洛塔。

"很久以前我结过一次婚，但我的妻子和女儿死了。她们都是病死的，虽然我懂医学，却也束手无策。悲剧激发了我对生物学研究的兴趣。很多年后，我再次寻得伴侣，并且有了卡洛塔。但是和第一次一样，我的人生充满悲伤——我的女儿患有罕见的血液病。"

她的父亲走到玻璃柜子旁，一边打开柜子门一边继续说话。柜子里放着很多小瓶子和容器。她全都认识。博士拿出来一个天鹅绒衬里的木头盒子和一只黄铜注射器，此外还有一个装着棉花的瓷质器皿和一瓶外用酒精。

"为了挽救卡洛塔，我竭尽所能地研究，最终找到了解决方案。我把从美洲虎体内找到的某种稀有元素和我女儿身体的基础元素结合起来。有了这个治疗方法,她才活了下来。该打针了,卡洛塔。"

她听了父亲的话走上前来。"你打算用那个做什么?"劳顿的语气似乎十分在意。

"他没有说谎,先生。我确实病着。"卡洛塔平静地看了看他。然后她来到父亲身边,伸出手臂。

针孔小得几乎看不见。一朵小小的红色花朵绽放在她皮肤上,她将父亲给她的棉花球轻轻按在手臂上。

"现在还需要吃一颗小药片,以帮助她的消化系统工作。她是个很容易紧张的小姑娘,有时候她会胃疼,注射之后疼痛会加剧,"她父亲说着,又打开一个瓶子,拿出一片药递给卡洛塔。她把药片放进嘴里。"好了。每周注射一次,这样就行了。"

劳顿见她并没有什么不良反应,眉头舒展了,但神情依然充满怀疑且不屑一顾,甚至低声笑了一下。

"你觉得很好笑吗,先生?"卡洛塔问,"我让你觉得好笑了?"

"我不是在笑你,小姐,只是这么做并没有证明什么。"他看了看卡洛塔的父亲,摇了摇头,"莫罗博士,这个故事很有趣,但我不相信你能够通过某种针剂让女孩拥有美洲虎的力量。"

"我发现了一种方法,可以依靠动物的力量来维持她的健康,这跟你说的不是一回事。但你确实提及了我的研究重点,也是我指导利萨尔德先生的那部分研究。"

"你的意思是,让人类长出鳃以便在水下呼吸?"

"正好相反：我想把动物改造成别的模样，让它们生成新的特征，比如让猪直立走路，让狗说人话。"

"啊，不能吧！"

"把动物的某些部分移植到别的动物身上是可以实现的，这种实验可以改变它们的生长方式或者修正它们的肢体。那么为什么不可以更改最核心的结构呢？跟我来。"

她父亲示意她打开门，带领大家进入实验室。所有人都进去了。起初周围一片黑暗，什么都看不清。窗户依然很高，但下半段都被砖头砌了起来，卡洛塔借助顶端带着钩子的长木棍把各处的百叶窗打开。大量阳光猛地洒进来，照亮了实验室里众多的架子、瓶子、漏斗、试管、天平、烧杯——这些都是她父亲的重要器材。屋里有可供加热的容器，蒸发用的瓷盘，还有各种柜子，上面的抽屉都贴着标签，各种黄铜、不锈钢、玻璃制成的器材都是博士定制的。屋子中间的一张桌子上堆放着很多文件、罐子以及一些动物标本。这间实验室里还有一个火炉和一个烤炉。一排钩子安装在炉子上方，钩子上挂着小铲子、钳子、夹子。

很显然，这间实验室非常混乱。梅尔加德斯曾经努力把实验室收拾整齐。倒不是说她的父亲很邋遢，只是他常有情绪波动。有时他会进入疯狂活动的时期，随后又变得没精打采、萎靡不振。当受到昏沉和忧郁侵扰时，他就醒着躺在书房的大椅子上眺望窗外，或者躺在床上盯着妻子的椭圆形画像。

尽管卡洛塔对父亲的爱无以言表,但在这种时候,她的内心却感到痛苦扭曲,因为他凝视画像的样子和他瞟过卡洛塔的神态截然不同,这分明是告诉她,在博士心中,死去的妻子和孩子是至高无上的。

她只是个可怜的替代品。

但是她父亲这迟迟不见好的忧郁症在这个月好起来了,或许是为了准备迎接此次的客人,又或者是有其他原因。不管怎么说,当他们站在这个实验室里时,他几乎是快乐的。他伸开双臂,指着几处实验设备,然后示意他们走近挂在房间尽头的一块红色天鹅绒帘子。

"到这里来,劳顿先生。请允许我向各位介绍我的实验成果。"她父亲说着,用演员般夸张的动作拉开了帘子。

帘子后面是一个大盒子,盒子两侧都是玻璃做的,底部装着轮子,可以四处滚动。劳顿跪下来,以便仔细地看这个盒子。接着他飞快地转向利萨尔德先生,低声说了些她听不见的话,利萨尔德先生也低声回应,但从表情可以看出,这个年轻人十分震惊。

对卡洛塔来说,这种景象也不寻常。她从未见过处于这个阶段的混血种,她父亲总是等到他们更加成熟才给她看。盒子里的生物有着猪的身体,大小也与大猪相当。但是它的四肢完全不对——它长的不是蹄子,而是手指,是细长的肉突。它的头看起来也很畸形,仿佛被压扁了。它没有耳朵,眼睛也闭着。它睡着了,悬浮在一种浑浊的物质中,这种物质不可能是水,而是像一层薄膜或黏液,同样的黏液覆盖着它的嘴巴。

她想把脸贴到玻璃上,或者用手指敲敲玻璃,但是她不敢。她觉得劳顿说不定也想这么做,但是他也僵住了。他们都盯着盒子里那个生物,它背部拱起,脊骨似乎都要凸出来了,像剃刀似的,很多小疙瘩在它紧绷的皮肤上长成一条线。眼睛……她忽然想知道这个混血种的眼睛是什么颜色。它没有头发,连一点点绒毛都没有,可卡奇托和路皮脸上都有绒毛,他们的手臂和腿上也长满了那种短且细软的绒毛。

劳顿最终问:"那是什么?"

"一个混血种。它是在猪的子宫里发育的,等成熟到一定程度之后,就被转移到这个容器里。这些溶液是藻类和黏菌的混合物,它们能分泌出促进生长的化学物质。"她父亲说,"混血种还需要营养溶液,这样骨骼和肌肉才不会萎缩。当然,还需要很多其他措施。你现在看到的这个生物几周后就能直立行走并使用工具了。"

"那这是……你把猪和人混合起来了?"

"我在一只猪的体内孕育了一个有机体,是的。它还有一些来自其他动物的微芽,部分是人类的。它不是单一的某种动物。"

"它……它真的活着?"

"是的。只是现在睡着了。"

"它能活下来? 如果你把它从这个盒子里取出来,它还能呼吸,还能活着?"

它现在看起来几乎没有生命,但依然能看出来它在呼吸,因为它有点抽搐。但无论从哪个角度看,它都像是被人腌制过的畸形动物。

"有时候不能。"卡洛塔说。她想起了去年和前年的混血种。它们都死在了子宫里,她的父亲抱怨说,这都怪手头的动物不好,只有猪和狗他根本无法工作。

但是梅尔加德斯不是猎人,打不到大猫和猴子。梅尔加德斯本来就很不安,因为她父亲隔上半年就想捉一头美洲虎,这就必须去城市里,去跟梅尔加德斯不喜欢的那些人打交道。猎人一般只交易毛皮,要把一头美洲虎活着运到雅萨克顿价格高得离谱。梅尔加德斯想起这些就肚子疼,他不喜欢这些麻烦事。

她父亲点头,"确实,它们不一定会活着。这部分我还在不断完善。整个过程多少是有一些问题。"

"它会活着。"劳顿低声说。

她父亲拍拍手露出微笑。那声音很大,仿佛是从天花板上反射回来的。他笑着。

"来,先生们,我们去看看更多长大成型的混血种。"她父亲说着,示意他们离开房间,"锁门,卡洛塔。"

她照办了,大家出去后,她关上门,首先锁好了实验室,然后关好了前厅。

她父亲带领大家去了贴着花砖的厨房。彩釉小罐子挂在门边。屋里堆放着篮子和陶制的盘子,瓷器、玻璃杯和盛菜的碗放在餐厅里。一堆堆的锅子倒扣着,回头可以用来装豆子和米饭。屋里还有平底大锅和两个磨玉米的磨盘,墙边有一个架子,上面放着许多木勺、长柄勺、巧克力搅拌器、刀,以及各种各样的工具。

厨房正中间是一个很大的旧桌子,桌子各边都摆了长凳。拉莫娜、卡奇托和路皮都坐在桌边。他们走近厨房的时候,他们三个站了起来。

"你打算吃饭了吗,博士?"拉莫娜问。

"不,拉莫娜。现在不用。我想把劳顿先生介绍给我们这两位小朋友。这两位是利维娅和塞萨雷。"博士介绍道。他用的是这两个混血种的正式名字。

她父亲给自己制造出的生物都起了很好听的拉丁文名字,但拉莫娜给他们都起了绰号,他们自己也会用不同的名字称呼对方。卡奇托个子小,所以被起了这个绰号。路皮得到这个绰号则是因为拉莫娜觉得她看起来像波利尼西亚的那种路皮果鸠。拉莫娜不用博士喜欢的那些拉丁文名字。博士的女儿也有绰号——卡洛塔通常被叫作洛蒂,她甚至有个绰号叫:卡洛塔·伊哈·德尔埃洛特·卡拉·德特约科特。卡奇托和路皮觉得这个绰号的音节特别好笑,而且还包含了"卡洛塔、烤玉米的好闺女、山楂脸小姑娘"的意思。

她父亲自然是不喜欢这些绰号——他说那些乱起的名字都很

没品位—— 但是他不喜欢也没办法。拉莫娜是给他们讲故事的人;他们按照博士的规则生活,但都遵循拉莫娜的习惯。拉莫娜说事情理应如此,因为这个世界充斥着各种折中和让步,迎合别人也顾及自己。

"你好,劳顿先生。"卡奇托和路皮齐声说。

"和他握手吧。"

劳顿伸出手和那两个孩子握了握,并且点头致意。他看起来非常困惑,讽刺的笑意消失了。

"注意这里,耳朵。"她父亲把卡奇托拉过来。他的耳朵尖尖的,上面长满了细软的棕色毛,博士轻轻扯了扯。"不过路皮的耳朵更小,手指也发育得更好。再看这里,下颌。下颌较为突出,男孩前突更严重一点。"

他说着,双手捧住路皮的脸,让她仰起头。"他们还年轻,特征还没有完全确定下来。但是你能看出来他们体型很漂亮。你能跟劳顿先生说说话吗?"

"我们很高兴见到你。"卡奇托说。

"你带了糖没有?"路皮问。

"我……我也很高兴见到你们,"劳顿说,"不过我没有带糖。"

劳顿一手捂着嘴,盯着卡奇托和路皮看了好一会儿,才转头看向莫罗博士。

"先生,我需要坐下来喝杯水。"

"好的,没问题。拉莫娜,煮一壶茶拿到起居室去。我们在那里谈话。卡洛塔,把实验室钥匙带回我的房间好吗?"她父亲把手放在她肩上拍了拍,"稍后我们一起吃晚饭。"

"好的,父亲。很高兴见到两位。"她说着,还不忘行个屈膝礼。她很擅长这些礼仪上的细节。她声音柔和,头低下来,表示自己的敬意。

## 4.蒙哥马利

博士打开一个盒子,给他们拿了雪茄。蒙哥马利摇头拒绝。他看着莫罗熟练地点燃了雪茄,然后坐在沙发上,拉莫娜端茶进来时他露出微笑。

蒙哥马利拿起一只精美的茶杯,摸了摸那细腻的瓷质。但是他依然怀疑自己是不是产生了幻觉。也许酒精终究还是腐蚀了他的头脑。有时候他会梦见伊丽莎白,他发誓自己真的能听到她在低声耳语,但是即便如此,他也从未看到过幻象。

不,他所见到的东西肯定是真的。现在他们坐在这个房间里,平静地喝着茶,仿佛一切都很正常,仿佛根本没去看过那堆血肉制成的奇迹(或诅咒)。

那个名叫利维娅的混血种比她的雄性同伴高一点,她苗条,口鼻较短，长着一对圆耳朵，颜色和面部特征都像美洲山猫。那个叫塞萨雷的男孩长着黑色的斑点和条纹，形如豹猫，长着黄褐色的皮毛，脸更圆。虽然旁人一看到他们就会联想到野猫，但他们也有人类的形态，叫他想起以前有位古埃及学家给他看那些长着动物头的神灵画像；或者说，他们也很像玛雅神庙里的那些雕像，你可以看到古代神灵的面部都有着丛林动物的特征。蒙哥马利想不出莫罗是如何塑造出这些特征的。事实上，他根本说不出话来。

"感觉好些了吗，劳顿先生？"

"我也不知道自己现在感觉如何。"他神经质地笑了一下，"博士，你给我看的东西真的……很难用语言描述。"

"是一场飞跃。"莫罗说。

"是的，我想是的。但是目的何在呢？我能理解你为了治疗女儿的疾病所做的尝试，但是制造混血种能给你带来什么利益？"

"对他来说没有利益，但是对我有利益。"利萨尔德说。他坐在高背桃花心木扶手椅上，那椅子看起来一点也不舒适，但是坐上去让他有种王者般的气质。他右手拿着一支未点燃的雪茄，"混血种可以解决我们的劳工问题。"

"劳工问题？"

"这一带的印第安人都在农场里干活儿。只要施加适当的压力，他们就可以勤劳有序地工作。但是后来出现了哈辛托·帕特这样的暴徒掀起叛乱。糖的价值很高，龙舌兰纤维也一样，但获利的前提是我们要有足够的人手干活儿。要是半岛上一半的人在起义，另一半根本不可信，我们就什么都干不成。如今我不信任任何印第安人，劳顿先生。他们总在密谋策划着什么。

"诚然，过去还能从加勒比地区进口黑人劳工，但现在却不可能了。而且不管怎么说，买黑人都太贵了。在梅里达，我听绅士们说应该从亚洲买些人口，但是我可说不准**那**要花多少钱。"利萨尔德停下来，点燃了一直拿在手里的雪茄。

"再说，若是真的运送亚洲人来，情况也很麻烦。我有个朋友想运一些意大利人来，结果他们都死于黄热病。不是所有人都能适应这里的气候。"利萨尔德说，露出不悦的神情，"需要本地劳工，在半岛成长的工人。这事很棘手。"

"你希望让混血种取代玛卡胡阿尔去种甘蔗？"

"你看到了莫罗的研究。两腿直立行走的混血种，有能够使用工具的双手。只要博士能解决几个小问题，他的研究就成功了。"

"什么小问题？"

"正如我女儿所说，有些混血种死了。成长过程是个挑战。"博士说，"培育混血种必须要加速他们的生长，但有时候这个过程会造成缺陷。所有混血种寿命都很短，这也不奇怪。想想猫，十二岁的猫就算是很老了。人类则不一样。"

"我们见到的那两个混血种多大了？"

"他们六年前出生，但是现在智力和体力发展程度相当于十二三岁的孩子。他们是最成功的两个。他们的成长过程被放慢了，如果按照这个速度生长，不出意外的话，他们大约可以健康地活到——嗯——二十五至三十岁。之后，他们很有可能出现严重的骨骼问题。"

"三十年依然是个令人惊叹的长周期了。"

"比一年长。"利萨尔德说。

"以前只能活一年？"

"很不幸，只有那么长。"博士说，"这不是唯一的难题。卡洛塔必须持续接受注射才能保持健康，混血种也一样，他们必须接受药物治疗才能维持稳定的状态。停药就会生病。你可以想象，这种状态的劳工不可能被大批量送往利萨尔德先生的庄园，不过这是终极目标。"

"你现在有多少个混血种？"

"二十多个。你愿意的话，稍后可以去看看。我很想知道，利萨尔德先生说的那些关于你的事情是否属实。"

"他说了什么？"

"我们进行了十分彻底的调查，想找到合适的人选当雅萨克顿的管理员。我需要一个能制作动物标本的人。这个人必须确保各类物资送过来，可能需要处理梅里达的一些生意，还有成千上万件需要去做的小事。但此人第一要务是照顾好混血种。你曾在伐木营地和其他艰苦的条件下工作，与各种各样的人打交道，我认为这是有用的经验。然而,你今天会站在我面前,主要是因为利萨尔德先生曾向我保证,你不怕野生动物。"

蒙哥马利的瓷杯上画着黄色小花朵,有金边。他用拇指摸着那金色的边缘,勉强笑了笑,"利萨尔德先生说谎了。我怕野生动物。傻瓜才不怕。"

"但是那头美洲虎,"莫罗说,"利萨尔德先生在信中写到了那头美洲虎的事情。"

"那头美洲虎……"蒙哥马利说。

那个故事。那个故事给他带来了很大的声望。疯狂的蒙哥马利·劳顿,"El Inglés Loco"("那个疯狂的英国人")。他意识到自己必须说一下这件事,因为莫罗正饶有兴趣地看着他。

"我当时在伯利兹城南部的一个小镇。美洲虎是伺机而动的捕食者,它们喜欢躲开人类。我也不知道那头美洲虎为什么要靠近镇子,当地人见过它两次了,不过之前它什么都没做,于是人们只是把它赶走了事。当地总有些女人在河边洗衣服。有一天,其中一个女人带着自己的女儿去了河边。那是一个只有四岁的小女孩,事发时她就在母亲身边不远处玩耍,而那只美洲虎从灌木丛里跳出来扑向她。它咬住女孩的头部,把她拖走了。

"我去追赶那头野兽,但没有带手枪,只有一把刀,只能凑合用。最终我竭尽全力杀死了那头美洲虎。"

他没说自己为什么没有带手枪——因为他前一晚喝太多了,呕吐物弄脏了自己的衣服,那个时候他正在河边洗衬衣。他没说粘在手指上的那些血有多可怕,没说自己流着泪,也没说事情结束后他想吐也吐不出来,因为胃里已经空空如也。不过莫罗似乎不在乎事情的全貌,他眼中露出已然知晓的神色。

"你没受伤吗?"

"我的手臂上留下了疤痕。"他用手指挠了几下,仿佛神经还记得当初的扭打挣扎。有时候他的手臂还会疼,那次战斗的记忆渗入了他的肌肉中。"那孩子死了,终究是徒劳。"他说。

"不管怎么说,你很勇敢。"

蒙哥马利嘟囔了一句,喝了口茶。靠近美洲虎,趁着它专注吃小孩的时候捅死它并不完全是勇敢。村里那些人说的没错。他或许真是个疯狂的英国人。

这件事情发生后,他写信给范妮。他不知道自己是想得到什么回复,也许是希望范妮说,对,这是英勇的行为;也许是希望范妮可怜他,回到他身边,照顾他直至恢复健康。可是她一点也不关心,只是回了一封简短而冷淡的信。

"在雅萨克顿这份工作需要你一直都和动物在一起,不是一件简单的事。"利萨尔德说。

"这里没有驯兽师吗?"蒙哥马利问。

"我不知道自己是否喜欢你,劳顿先生。"莫罗平静地说,吸了一半的雪茄夹在手指间,"我不知道你是否适合这份工作。"

"坦白地说,我也没想好要不要接受。"

"没必要现在做出决定,是吧?"利萨尔德说,"晚餐之前我们都小憩一下吧。明天早晨再讨论这件事。"

蒙哥马利同意了,主要是因为他想拿出外套兜里那个锡镴制的便携酒瓶喝上一口,等他被带到客房之后,他立刻就喝了。他脱下外套和衬衣,喝了一口,接着又是一口。

房间很大,家具陈旧笨重,都是用贵重的桃花心木制成的,床上罩着蚊帐。在邋遢的吊床上睡过很多个夜晚后,这张床真的令他开心。床脚边放着个大箱子,箱子的锁片上装饰着精美的鸟类花纹。还有一张当地流行的便携式书桌,他之前见过,叫"vargueño"。桌面是镶嵌细工,用了很多银饰,形成一种似乎受到摩尔人风格影响的抽象图案。一把修士椅放在窗边,椅子上的黄铜钉很有特色。

屋里还有一面大镜子。他从没住过什么好地方,他们从来没拥有过这样的好东西,蒙哥马利已经很久没有在镜中打量过自己了。他身体消瘦,但瘦得不健康。范妮曾经觉得他还算英俊,至少还算讨人喜欢。现在她恐怕不会这么想了。但也许她一直都在撒谎——钱才是她觉得最美丽的东西,可他没有钱。他知道范妮喜欢生活中美好的东西,在他们相爱的时候,他并不吝惜钱财,任她挥霍,他觉得他们结婚时范妮很幸福。

但是蒙哥马利的叔父去世后没有给他任何遗产,范妮很生气。"他在英格兰有孩子。"他解释道。

"但是他又不爱他们。你说他当你是亲儿子。"

"这有什么关系呢?"他问。

显然,这件事很重要。范妮说,她想过体面的生活。虽然蒙哥马利认为他们的生活已经不错了,但他也逐渐注意到他们家庭的不足之处。他承认范妮太有魅力了,不可能过着单调乏味的生活。她必须像宝石一样闪闪发光,她必须快乐。他端详着丑陋的窗帘和廉价的地毯,觉得这一切都是他自身的映照。他知道自己既卑贱又愚蠢,为妻子郁郁不乐的脸庞和其他男人看她的眼神而担心。

蒙哥马利买了一所新的大房子,买了从伦敦和巴黎进口的布料,寻找稀有的香水,给范妮买了金手镯和一对钻石耳环,好像他真的是个有钱人似的。他借了很多钱,然后又借了更多的钱来还债。范妮开心,这一切不就值得了吗?感受到她搂着自己的脖子,看到她露出完美笑容、闪闪发光,这一切不就值得了吗?

最终蒙哥马利把他们的东西都打包起来。他对范妮说,在英属洪都拉斯能找到更多机会。可是她不喜欢那个地方。她本来就不喜欢加勒比,按她的说法,英属洪都拉斯更差。他们吵了很多次。她常常哭,她心烦意乱——这可不是他以前给她描述的那种生活。她说蒙哥马利吹嘘自己有钱,把她骗了。

蒙哥马利不知道该怎么跟范妮说,只能保持沉默,专心工作。他去了一个伐木营地干了两个月。等他回家的时候,妻子已经离开了。他们的债务增加了,范妮知道了他们糟糕的财务状况,于是逃走了。

他不怪范妮。他不够富有，不是一个真正的绅士，太沉默寡言，就算是他没有开始酗酒、没有整天自怨自艾的时候，也总是闷闷不乐的。他脾气太坏、太混蛋了。她不能理解他。他爱范妮是因为她和他不一样，但最终是这种不同导致了他们分手。

他摸着自己手臂上的疤痕，又照着镜子假笑。如果他留在雅萨克顿，也许就能改善伙食，增加一些体重。他在英属洪都拉斯干的那些狩猎、做标本的事情毫无章法可言，虽然报酬比当机械师好，但是他只在急需用钱、急需应付债主的时候才去做。他没有积蓄，挣的那一点儿钱都喝酒玩乐花掉了，偶尔他还会叫个妓女。可以的话最好是金发碧眼的，像范妮·威尔金森一样。

但他还是不确定自己究竟想不想要头顶上这片安全的屋顶，以及利萨尔德的钱。这里的生活显然十分舒适，床铺充满吸引力，家具漂亮，绝不会让他被跳蚤叮咬，也不会头发里长虱子。但代价是什么呢……

他躺在床上伸展四肢，但并没有睡着。稍后有人敲门，拉莫娜给他送来了一个大瓷瓶和洗脸盆。他谢过拉莫娜，洗漱之后去吃晚餐。

晚餐吃得很简单，蒙哥马利喝了不少葡萄酒。他们没提工作的事情，蒙哥马利基本没说话，主要都在听。

晚餐之后，他们又去了起居室，莫罗的女儿弹了钢琴。她技艺并不精湛。他估计,莫罗在对女儿的教育方面已经竭尽所能,但是没有家庭教师就注定不会发生奇迹。范妮钢琴弹得很美妙。她拥有出身富裕家庭的年轻女子所需的一切美好品质。

最后拉莫娜把女孩带走了,剩下的三个人打算抽支烟。

蒙哥马利先行离开,他向另外二人道晚安,然后回到自己的房间。他又一次考虑了一下现状,以及这个地方。

动物混血种,实验。这一切好像发高烧时做的梦,但它会比蒙哥马利迄今为止的经历更糟糕吗?他经受过伐木营地的严酷环境和丛林的极寒,那里的阳光无法透过树木,无休止的雨水让人冷彻骨髓。在世界的这个角落,风吹裂了天空,房屋摇摇欲坠。许多人痛苦劳作,侍奉庄园主。玛雅的叛乱分子奋起反抗庄园主并不仅仅是出于怨恨,只是墨西哥白人喜欢这么说罢了。但那又怎样?蒙哥马利所到之处,总能看到不同的表象之下掩盖着同样的苦难。在英国的工厂里,在拉丁美洲的田地里。总有人比你有钱,比你有权力,他控制着你。庄园主向印第安人放贷,印第安人永远负债累累。如果没有庄园,那就是神父来收钱,结果都一样:割草,割甘蔗,你必须为他们工作。像狗一样工作,像狗一样生活,也像狗一样死去。

他听英国同胞说,玛雅人是因为太愚蠢才背上高额债务。但是债务缠身的蒙哥马利明白,人生是很容易失控的,只要使用暴力撕扯,一切约束都会失效。要是蒙哥马利更加勇敢一点,他就会往自己头上开一枪。但是正如他对莫罗所说的,他不勇敢,他是个彻头彻尾的胆小鬼。他躺在床上,手枪放在枕头下面,闭上眼睛,摸到了柔软的床单。他在脑海中草拟了一封给范妮的信,他常在夜里这样做。

我来到了一个小庄园,一个富裕的地方。你大概想知道庄园和牧场有什么不一样。我觉得就是大小不同而已。这里住宿条件很好,很干净。在这种偏远地区,干净舒适的地方可不多,大部分都在冲突中被毁。我住过一些地方,地上全是泥,床就是肮脏的吊床,鸡就在床底下乱跑,我则是躺在一片漆黑中,因为根本没有蜡烛可用。我知道你会说什么:我应该回英格兰去。但我觉得自己好像已经失去了英格兰,或者我从未真正了解过它。我是一个流产的生物,从子宫里剥离,无家可归。

他从未把这些话写成信件。但这么做确实有些慰藉:想象自己写了信,想象范妮打开信,优雅的双手拿着信纸向着光,想象她读信时的声音。但是他想象不出她的脸,他不喜欢回忆那双蓝眼睛和浓密的金色卷发,也不喜欢回忆她那像雪花石膏一般苍白的身体慵懒地倚靠在他旁边。

若是想要回忆范妮,他必须依靠更多细节,才能勾勒出她的幻影。他得把脸埋在一个女人的头发里,闭上眼睛,慢慢呼吸。他低声呼唤着她的名字,但拥抱的却是另一个人;他想让一个幽灵起死回生。

词语消失了,他的想法也消散了。

他梦见了丛林和花朵,有一头巨大的美洲虎坐在他的胸口,像块石头一样重重地压着他。随后他被尖叫声惊醒。

他坐起来,摸到自己的枪。

## 5.卡洛塔

　　拉莫娜去送了茶,然后检查客人的行李是不是都送到屋里了。利萨尔德的仆人们被分配了一间房,他们在那里等待,孩子们被叮嘱要好好表现,安静地待在别的地方。既然不能四处跑动,他们就躲在卡洛塔的房间里玩。

　　卡奇托转动西洋镜,让上面的马跑起来。路皮则摆开玩具兵,有步兵,也有高举着佩剑的骑兵,甚至还有一台玩具加农炮。

　　士兵的衣服被涂成蓝色,袖口是红的,裤子是白的,模仿了拿破仑大军的制服。他们都戴着一顶平顶黑色军帽,前面有一个菱形的小徽章。她的父亲非常崇拜拿破仑,本来想给她取名约瑟菲娜,但在最后一刻改变了主意。

　　父亲叫她卡洛塔,因为这个名字的含义是自由,他认为这很适合她。然而,她终究还是和一位皇后同名了:另一位卡洛塔,她曾经来过尤卡坦半岛,并统治了墨西哥几年①。那时卡洛塔·莫罗还是个小孩子,对于那些日子毫无记忆,也说不出法国军队是否使这个国家发生了很大的变化。

她知道的是,当人们在坎帕纳斯山上处决了她的丈夫后,皇后就疯了②。她觉得和一个被关在布鲁塞尔的疯女人同名是件奇怪的事。她觉得这是个不祥的兆头,但父亲向她保证,来自比利时的卡洛塔是一位伟大的女士,而且他不迷信。

"那个英国人的眼睛里没有颜色。"卡奇托说。

"每个人的眼睛都有颜色。"卡洛塔回答。她已经脱掉了那身繁杂的裙子,穿上了简单的连衣裙,此时正趴在地板上看那些玩具兵。她已经长大了,不适合玩这些玩具了。但是她父亲并不阻止他们玩这些游戏,而且她担心自己一旦成年,父亲就会把自己送走,这个念头使得她很想努力在童年时期多驻足一段时间。

"那个人不一样,他没有。他的眼睛像云,不是真正的颜色。"

"你跟他们去了实验室吗?"路皮问。

"去了。我看到了里面的东西。那里有一个混血种,但还没长

---

① 指比利时的夏洛特公主,奥地利哈布斯堡王朝的马西米连诺一世之妻。她的名字在西班牙语中化作"卡洛塔",因此也被称作卡洛塔皇后。

② 1864年,法国为了控制墨西哥,协助马西米连诺一世当上了墨西哥皇帝。他携妻子卡洛塔皇后来到墨西哥后很快被卷入内战。1867年6月,马西米连诺一世在克雷塔罗城的坎帕纳斯山上被处死。

大。它在水槽里，看起来像是该待在子宫里面的东西，但又不完全像。它很奇怪，皮肤看起来不对劲。"

"在子宫里？"卡奇托挠了挠耳朵，"那它很小吧。"

"不，和人们说的荷蒙库鲁斯①不一样。"

"那是什么东西？"

"是我在父亲的书里看到的一幅画。人们认为自己可以在瓶子里培育出小人。"

"那个词怎么写？"

卡洛塔跟他说了。父亲教过她读书，她也就把自己读过的故事书讲给路皮和卡奇托听。路皮很喜欢插画，卡奇托则喜欢其中的文字，每次学到新的词就大声读出来，然后用在对话里。

"你能把那个混血种拿在手里吗？"卡奇托问。

"不，不是那样的。那是炼金术士们的说法。"

"你父亲就是炼金术士吧。我听他这样说过。"

"不是，他只是懂一点化学。"

"有什么不一样？"卡奇托边问边转动西洋镜。

"别问傻问题了。"路皮说。她把自己的玩具兵摆好，"你应该给我们看看，这样我们才知道你是什么意思。"

"这怎么行呢？"

---

① homunculus，即欧洲炼金术士所说的"烧瓶小人"，是传说中一种使用炼金术在梨形烧瓶里培育出的人造生命。

"你有钥匙。"

"我得把钥匙放回父亲房间里。"

"有客人在，他今晚不会去实验室，也就是说他不会找钥匙。等他们睡觉之后，我们可以去偷看一下，他不会知道的。"

"要是被发现的话，他会特别生气。"卡洛塔说，"而且有什么意思呢？只是为了好玩？"

"他带那两位先生看实验室，也是为了让他们觉得好玩啊。"路皮说。

"那不一样。"

"怎么不一样？我们今晚就去。"

"我说真的，他会生气。"

"如果你不给我们钥匙，我们就去偷过来，然后自己去看，不带你。然后你就会特别不高兴，就像上次我们把梅尔加德斯先生藏在床底下的糖全部吃光的时候一样。"

"那不一样！"

"是一样的。接下来你就该抱怨我们不带你玩了。"

卡洛塔咬着嘴唇。她不喜欢路皮这么固执的样子。卡奇托提问是因为他想知道问题的答案，但路皮对各种事情刨根问底则是因为她喜欢一切尽在掌控。但是卡洛塔确实不喜欢被丢下。她不喜欢他们把她当作病号，父亲有时候就是这样的，为她的事情大惊小怪，给她量体温、让她在床上躺好。她现在好多了，强壮多了。

"好吧，"她说，"但我们得等他们睡觉之后再去，而且要保持安静。"

那天晚上路皮一直笑嘻嘻的，这笑容表明她很开心，卡洛塔觉得不该同意他们，但她反对也没用了。如果她不去，路皮就会笑话她，卡奇托也是，他总是对路皮有样学样。卡洛塔希望父亲能检查一下钥匙是不是放好了，但是父亲却没有。也许他和利萨尔德先生谈话太忙了吧。

到了晚上，卡奇托和路皮来敲门，卡洛塔拿起床边的油灯，一根手指贴着嘴唇，他们两个点点头。一行人光着脚穿过走廊，来到了实验室前厅的门口。卡洛塔掏出钥匙，但是却没有插进锁孔。

"怎么回事？"路皮低声问。

"我父亲可能在里面。"

"里面没有光，别找借口了。你真是个胆小鬼。"

"我不是。"卡洛塔低声说着，努力转动钥匙。她不想接下来一个星期都被他们嘲笑，再说，她也想再看看那个混血种。但是……嗯，但是违背父亲的命令到处偷看是不对的。也许明天早晨她应该去教堂里念念玫瑰经。

卡洛塔打开门，他们走了进去。前厅里一片黑暗，里面装满了书和动物标本，此时卡洛塔觉得它不再像个装满财宝的仓库了。这里令人感觉不适，她紧紧抓着油灯。

"走，"路皮低声说，"我们不可能现在就回去。"

卡洛塔打开第二扇门,那扇通往实验室的神圣大门。这次她没有犹豫,很快就进去了。油灯的光让阴影跳动不已,她转过身,得意地看着路皮和卡奇托,他们都呆呆地站在门口。

"如何?"她低声说,"你们想看的。"

他们犹豫了。也许他们原本希望卡洛塔改变主意,像个胆小鬼一样跑回房间。他们慢慢走进实验室,仰头看着架子和工作台上的玻璃罐,然后蹑手蹑脚地来到卡洛塔身边。

"它在哪儿?"路皮问。

"拿着。"她让卡奇托拿着油灯。

她拉开红色的帘子。她没有父亲那种表演的天分,但还是夸张地指向那个箱子,尽量想让他们感到惊奇。卡奇托和路皮依然挤在一起。

"它看起来不像个婴儿。"卡奇托说。

"这个不是婴儿。"卡洛塔说。

"那它是什么?"

没有回答。漂浮在黑暗中的那个生物苍白、僵直,充满谜团。路皮丢下卡奇托凑上前,贴近那个箱子,敲打着玻璃。

"喂喂。"她打招呼道。

"住手啊。"卡洛塔警告她。

"为什么?"路皮说着,继续敲那个箱子。

卡洛塔第一次看见那个混血种就想敲箱子,但是她不敢。路皮

58

抬起下巴，整个手掌拍到玻璃上，然后笑出声。卡奇托摸着玻璃也笑了。卡洛塔摇摇头，但她也敲了敲玻璃，不希望别人认为她什么都不敢。箱子摸起来很温暖。

她的指尖在玻璃上描画出一个圆形。

一只眼睛睁开了，眼球上覆盖着白色的薄膜。

路皮和卡奇托倒吸了口气，连忙退开。卡洛塔盯着那只一动不动的眼睛，张开嘴想告诉另外两人该走了。

那个混血种的头突然撞到玻璃上，吓得卡洛塔往后一跳，绞紧了自己的手。

"我们该走了。"卡奇托低声说。

那个混血种用头撞向玻璃，薄膜脱落，露出金色的巨大眼睛。那像是古代神灵的全视之眼，像利维坦，看起来恐怖而饥饿。它张着嘴，露出剃刀般尖细的牙齿，仿佛鳗鱼的大嘴。它尖叫，但液体吞没了它的声音，于是它在沉默中展露自己的痛苦。混血种的身体颤抖，前后摇摆撞击这个牢笼。它抓挠自己，在颈部留下血痕。

"它要死了。"路皮说，"我们必须把它弄出来，它要死了。"

"我们必须去找父亲。"卡洛塔说。

"它不能呼吸，它要淹死了。"

"给我灯。"她对卡奇托说。但是那男孩紧紧握着油灯，仿佛它是个护身符一样。"卡奇托，给我灯！"

卡奇托没听她的，反而匆忙后退，后背撞到了桌子。她转头想告诉路皮,必须去找父亲。但路皮已经不在他们身边了。她跑到炉子旁,拿起上面的一把铁铲子,朝箱子走去。

"路皮!"她喊道。

"我们必须把它弄出来!"路皮高声回应她,她用力一挥铲子。

玻璃上出现一条裂痕。她又奋力敲了两次。卡洛塔来到她身边把她推开,路皮跌倒在地,手一松,铲子咣当一声滚到桌子下面。

卡洛塔看着玻璃盒子上深深的裂缝,有那么一瞬间,她觉得他们也许能修好它。然而那个混血种以无法控制的巨大力量向玻璃撞去,玻璃碎了,碎片在实验室里飞溅。里面的液体流了一地,闻起来很臭,像腐烂的肉。卡洛塔一只手捂住嘴,不让自己吐出来。

混血种抽搐着在地上爬。它的四肢光滑,看起来很脆弱,皮肤几乎是半透明的,就像从深海里捞出来的东西。它发出一种又像呜咽又像咆哮的声音,然后把头转向路皮的方向,向前冲去。它不是在走路,看起来更像是滑行,但在如此疯狂的速度下,卡洛塔根本来不及喊出一声警告。路皮挣扎着站起来,但动作不够快,那东西扑倒了她,牙齿咬住她的腿。

路皮尖叫起来,卡洛塔扑向那个生物,试图把它从女孩身边拉开。但它像鱼一样滑,即使她拉着它,用拳头猛击它的身体,这个混血种也不肯松口。

她想起那把铲子,于是去桌子下面捡。她手指很滑,拿铲子狠敲混血种的头部时差点握不住。她打了那东西两次,它终于松开了路皮,但并没有死。它咆哮一声,在地上扑腾。

她扔下铲子,想扶路皮站起来。那女孩哭着,紧紧抓住卡洛塔。

"我们必须赶紧离开。"她说。

"好痛啊!"路皮哭喊。

卡洛塔看了看周围。卡奇托爬到了桌子上面试图躲避,捂着眼睛。她想把路皮拉到实验室外面,但是没走几步,那个混血种又站起来冲向他们。他们慌忙后退,然后都摔倒了。

那个苍白的东西扑过来,路皮再次尖叫,卡洛塔也跟着尖叫。它的脊背颤抖着拱起来,露出尖牙。

昏暗中传来一声巨响,随后是湿乎乎的嘭咚一声。

吸气。慢慢地吸气,然后呼气。卡洛塔每次紧张或者旧病复发、身体要受不了的时候,她父亲就会这样说。但这时她根本控制不了呼吸,只能大口喘气。路皮还在哭。

卡洛塔转过头,看到那个混血种在地上颤抖,血从它的腹部流出来。它咆哮着,嘴还在不断撕咬着空气。

一双靴子踩过满地的碎玻璃。

那个英国人靠近混血种,枪口对准那家伙的头,再次开枪。这只混血种最后颤抖了一下,然后躺在地上一动不动了,地板上满是它的血和培养液。卡洛塔咬着自己的嘴唇,嘴里有血的味道,周围是浓浓的铜腥味。她紧紧抓住路皮,路皮把脸贴在她的肩膀上哭个不停。

"卡洛塔!"她父亲冲进屋里跪在她旁边,摸摸她的脸,"卡洛塔,你受伤了吗?"

他扶着她坐起来。卡洛塔摇头,轻轻吸了一口气,"没有。它……它咬了路皮。"

"小子,把灯拿过来!"

卡奇托从桌子上跳下来,举起灯。她父亲让路皮把腿上的伤口露出来,路皮照办了。她父亲低声说了些什么,然后站起来。他看了看那个死去的生物,又看了看那个英国人。

"这场屠杀究竟是怎么回事?"

"是我的错,爸爸。"卡洛塔拉住他的手说,"我们想看那个混血种。"

"你的错?"

卡洛塔没再说什么,只是点点头低声说"是的"。父亲走到旁边,眼神十分严厉。她觉得父亲可能要揍她了。他从不体罚她,但是此时她宁可挨揍也不愿看到父亲脸上的冰冷神情。

"劳顿先生,我必须处理路皮的伤口,你能帮我一下吗?"

"好的,先生。"

"爸爸,我要做什么?"

"你出去!"他低声吼道。卡洛塔满眼泪水,不过那个英国人在场,而且颇为怜悯地看着她,她父亲则是一副非常愤怒的样子,她不敢哭。

卡洛塔双手交握,安静地离开了实验室。

次日早晨,她听见他们在起居室谈话,只有父亲和劳顿两个人。她不知道利萨尔德先生或者其他人是否知道昨晚发生的事情。她祈祷别人都不知道。

"不该是那样的,只是一次偶然事故。"她父亲说。卡洛塔贴在门上,没人看见她,正好偷听。

"但确实有风险。"

"如你自己所说,接触野生动物必定有风险。我很感谢你昨晚所做的一切,我觉得你很适合这个工作。"

一阵沉默,接着是碰杯的声音。

"利萨尔德在他的详细报告里有没有提过我好饮酒?"那个年轻人问。

"你的饮酒问题很严重吗?"

"**你**很在意这方面的问题吗?"

"只要你白天恪尽职守,休息时间做什么我不在意。"

那个年轻人笑了。笑声里没有欢乐,更像是狗叫,"我一向工作认真。"

"那我们就能好好相处。你想要这份工作吗?"

"想要。"那人毫不犹豫地说。

卡洛塔感到奇怪:发生了那种事他还肯接受这个工作;站在满地是血的实验室里,脚边还有一具尸体,他怎么还能表现得那么得体且平静?

她探出头在门口看着他们。她父亲没看见她,但劳顿从他所在的那个角落马上就看到她了。如卡奇托所说,他的眼睛没有颜色。只有灰色、水分,毫无情绪。

她想起了拉莫娜的话:雅萨克顿是世界的尽头。她觉得没错,这个人来这里是因为他也相信这里是世界的尽头,他之所以来到这里,是想等待一切毁灭。

第二部

1877年

## 6.蒙哥马利

他醒来的时候头疼得厉害,阳光照在他的脸上,像是在咒骂他懒惰。博士没有责怪蒙哥马利酗酒,因为他确实履行了职责。事实上,蒙哥马利怀疑他喝酒博士反而高兴。那人怎么会反对呢?他完全想不出。纵容酗酒是一种控制他的方式,就像他用说教和神秘感控制混血种一样。

喝酒让蒙哥马利变得容易受控。在雅萨克顿的六年里,他不止一次地试图戒酒,但后来每次去镇上办事,他都会跑到廉价的小馆子里,就着劣质烟草的气味喝上一杯又一杯;不然的话,他就会拿出一瓶家里的土酿烧酒,打开瓶塞。

但今天是星期五,莫罗要组织大家接受注射。他往脸上泼了些水,穿好衣服,皱着眉头看了看门锁,然后朝厨房走去。

拉莫娜和路皮在做玉米饼,正把面团压成圆形。她们富有节奏的拍打声宛如一支熟悉的乐曲。

"早上好,劳顿先生。"拉莫娜说,"要喝杯咖啡吗?"

"早上好。要喝,谢谢你。博士在实验室吗?"

"不在。他痛风犯了,洛蒂说他一整夜都翻来覆去没睡好,她今天一早给了他一点药。现在博士睡了,洛蒂出去散步了。"

拉莫娜站起来开始烧水,路皮继续做玉米饼。咖啡很快就做好了,他迅速喝完。

"我猜想卡洛塔去天然井了。"他揉着自己的太阳穴,说完把陶杯放下。前一天晚上他想起了姐姐。那是她的忌日,每到这天他就会深陷恶劣情绪之中,在幻想中给范妮写信也不能安慰到他。

"每天都这样。"路皮说话很刻薄,仿佛吃了火药。

"你去把她找来好吗?"

"她不会跟我回来的。我找她,她就会一直拖着,"路皮说,"你要找她,最好大声地喊。"

蒙哥马利叹了口气,大步走出房子。他不明白路皮和卡洛塔之间发生了什么不愉快,但最近她们确实经常吵嘴。他和姐姐关系很好,他们之间从来没有过争吵,路皮和卡洛塔的口角让他觉得很奇怪。但卡洛塔和路皮并不是真正血缘上的姐妹,也许原因就是这么简单。

他又在想伊丽莎白了,于是加快脚步,希望能快点儿到达天然井,然后赶紧回来。懒散让他头脑沉闷,一旦投入日常琐事中忙碌起来,他的忧郁就应该消失了。

卡洛塔喜欢去游泳的那个天然井叫作巴拉姆,因为在通往这个天然井的小路附近,有一块孤零零的白色石头被雕刻成美洲虎兽人的形状[①]。天然井很小,至少从地面上能看到的部分只是一个被阳光照得斑驳闪耀的蓝绿色水潭,从几块岩石上爬下来,很容易就能到达。艳阳高照的时候,泡在水潭里格外惬意。

卡洛塔今天没有去游泳。她穿着亚麻茶袍,伸开四肢躺在地上,一只胳膊搭在眼睛上,身边放着一把扇子——这是任何有教养的墨西哥淑女都必不可少的饰品。不过,在任何一个大城市,任何一个富有的女子都不会冒险穿成她这样走出家门,她会需要几层丝绸和一袭时髦的裙撑,一顶漂亮的帽子和手套。但在这里,博士的女儿可以随心所欲,因为这里是雅萨克顿。

他深信,不久的将来,博士会把她送到梅里达,给她找一个合适的丈夫。她现在二十岁了,正处于求爱的年龄。他姐姐在十八岁时就已经结婚了。

他没有像路皮说的那样叫喊。根本不需要。"卡洛塔,起来。该回去了。"

他的影子落在卡洛塔身上,她懒洋洋地抬起手臂,眨眨眼睛,用那双蜂蜜色的大眼睛看着他。她狡诈地噘起嘴。

①"巴拉姆"(B'alam)在玛雅语中是美洲虎的意思。

"我才刚到这里。"她说。她的话音如同丝绒和珍珠一般迷人，轻柔如她的小扇子扑打的声音。她的头发乌黑闪亮，今天随意地披散在肩头。

是的，她父亲根本不会费心去给她找丈夫。这样的美人能吸引所有人。

"莫罗博士希望你马上回去。"他说。

"你有黑眼圈啊，蒙哥马利。你一喝酒，黑眼圈就特别明显，不喝的时候你看起来好得多。"卡洛塔说话直率，但充满魅力。她虽然扇着扇子，但是并不懂社交聚会和沙龙的规矩，也不懂花语。

"还好我不虚荣。"他声音十分平静。

"我不想去。路皮今早对我不好，而且她肯定一下午都心情不好。我想等她心情好了再回去。"

"我不管她是扑了你还是挠了你的脸。今天是星期五，你必须打针，然后帮你父亲让混血种接受治疗。"他的声音比旁边天然井里蓝绿色的水还冷。

"不。"她说着再次撇嘴，但是蒙哥马利伸手拉她的时候，她还是站了起来。

他们沿着小路往回走。路过那座白色的美洲虎雕像时，卡洛塔停下脚步看着它。蒙哥马利用手指敲着自己的大腿。

"再跟我说说英格兰，以及那边的寒冷气候吧。跟我说说雪落在皮肤上的感受。"

"你为什么想听雪的事情?"

"我想知道一切,像我的父亲一样。"

你父亲是个疯子,竟然认为真的有可能知晓万事万物,他心想。但在这个地方待了如此之久的蒙哥马利也没资格评论别人疯。六年时间转瞬即逝。他总是跟自己说,存好钱第二年就走,但是他真的债台高筑。利萨尔德偶尔会给他一点钱,大概是为了显示他很慷慨。但蒙哥马利挣了钱就去镇上喝酒,剩下的就赌掉了。

"你不可能知道一切。"他们又开始继续走了。

"只要和很多人交谈,读很多书,就可以。"她的语气十分笃定。

"不可能的。有些事情必须亲身经历。"

"你今天真的讨厌! 说话跟路皮一样! 你们凑一起八卦了吗?"

"没有。你们两个为什么吵架?"

她叹了口气,美丽的大眼睛望着他,浓密的睫毛有种匕首般的尖锐。"她想离开。她说她想见见雅萨克顿外面的世界。她想去普罗格雷索和梅里达以及别的地方。真是荒唐。"

"为什么?"

"她不能离开,不然怎么给她治疗? 为什么会有人想要离开雅萨克顿?"

"并不是所有人都能像你一样通过书本了解整个世界。有些人想要寻求刺激。"

"你认为我很沉闷无聊?"

"我没有这么说。"

"雅萨克顿很完美。比世界上任何其他地方都要好。"

"你不了解世界,不能这样说。"他忍不住笑了。

"真的吗?你觉得城市有什么地方吸引人?打牌玩百家乐、输光全部身家有意思吗?"她的声音像炭火一样炽热。

他知道这份怒气并不是针对他的,她是在生路皮的气,只不过因为他恰好在她身边,才面临着这种愤怒的冲击——她必须找个地方发泄一下。尽管如此,他还是停下脚步,盯着那姑娘。他不介意让别人知道他的恶习,但他不想让他们把这些恶习当作石头一样砸在他脸上。

莫罗觉得自己的女儿就像半岛上温顺的蜜蜂,总把蜂蜜储存在黑色的蜜蜡里面,从不蜇人。但蒙哥马利知道,她的语言并非总是甜蜜,有时候也会蜇得他疼。

"一天讽刺一次就足够了啊,莫罗小姐。"他说,"我还没吃饭,不接受两次讽刺。"

她看起来很快就后悔了,每每被卷入一些小麻烦的时候她就会这样。她总是毫不犹豫地道歉。"对不起。"她的手指轻轻放在他胳膊上,拉着他的袖子,"请原谅我吧,蒙蒂①。"

这种亲昵的表示有点突然,而且罕见。他没有生气,只是点头表示道歉收到,然后他们默默地走着。她看起来很痛苦,但他什么

①蒙哥马利的昵称。

也没说。不过,他还是看了她一眼。

不看着她是不可能的。在城里,最好的妓院里要价最高的女人是最白的,总是那些牛奶和蜂蜜一般的女孩。但很明显,卡洛塔的母亲肯定不是一位面色苍白的女士。卡洛塔的皮肤是健康的古铜色,一头乌黑浓密的卷发垂到腰间,蜂蜜似乎就在她的眼睛里。她本来可以成为城里最高雅的交际花,而蒙哥马利本来也可以把工资花在其他乐趣上,而不是像她刚才指出的那样,输在百家乐或者其他纸牌游戏上。

仅仅是舒展地倚在长沙发上,都让她显出一副高雅淑女的模样。当她移动的时候,举止无比优雅,姿态无比曼妙……

他并不该这样去想象莫罗博士的女儿,所以他在回来的路上一言不发,希望他们没有开始那该死的谈话,希望她没有碰他的胳膊。

他们一路走到宅子那里,她走进屋去,蒙哥马利则在门口闲逛,坐在固定在地面的石砌长凳上休息。他刚坐下没多久,远处就出现了一群骑马的人。他不慌不忙地站了起来,走进屋里拿起他的来复枪。卡洛塔和路皮看到了他,都好奇地抬起头。

"怎么了?"卡洛塔问。

"待在屋里。"他说着走了出去,经过那扇装饰性的铁门,穿过坚固的木门,来到长凳前。他们没有接待客人的计划,所以他很警惕。

那是一行六人,其中两个年轻人下了马。他们穿的不是工人们的白色棉质衬衫和裤子,倒是一副城里人打扮。他们的深色衣服不适合丛林的高温,硬领衬衫和花哨的马甲看起来非常可笑。他们也没有戴蒙哥马利的那种巴拿马草帽,而是戴着帽檐朝上的黑色毡帽。

蒙哥马利忍不住想,他们穿着这么浮夸的衣服会不会直接把自己热死了。

"这里是雅萨克顿吗?"其中一个年轻人摘下帽子问道。他的头发是淡棕色,眼睛是绿色。他的唇髭修剪得十分完美,与漂亮的衣服和崭新的皮靴很相称。

"没错。"蒙哥马利说。他的来复枪随意地横在膝盖上。

"我们在追踪一支印第安人骑兵小队。你见到有人路过吗?"

"你们从哪里来?"

"从美景庄园来的。"

"你们跑这么远做什么?"

"你知道美景庄园?"

"知道,"蒙哥马利点点头,"那可不是骑马闲逛就能过来的距离。"

"我们不是在骑马闲逛。我已经说了,我们在追踪一支印第安人骑兵小队。"

那你们穿这身衣服可不对劲儿,他心想,接着皱起眉头,想起了此前听说过的事情。据说利萨尔德的儿子要来。是他吗?他所在的家族拥有多处庄园,蒙哥马利不记得博士有没有说过美景庄园是他的产业,但这完全说得通。那是离他们最近的一个庄园,不过蒙哥马利通常从其他地方获取物资,因此就算这位年轻先生已经在那里住了一个月,他也不会知道。

"我们在这儿什么都没看到。"蒙哥马利看着年轻人右手上两个夸张的戒指。

"我们在美景庄园附近注意到一些痕迹,他们应该是向这边走了,所以我们想要顺着踪迹追上他们。这群人像疯狗似的。你也不希望他们在周围游荡吧?"

"就算他们到过周围,也早就离开了。"

"借给我们几个人手怎么样? 也许可以帮我们追踪印第安人。我敢说他们应该是往东走了,去了托尔托拉方向。"

"这是个疗养院。我们没有多余的人手,只有病人。至于跟踪那些不见踪影的印第安人,如果你们在丛林里弄出一条路,就等于是在帮他们开路,等你一无所获地返回时,印第安人就真有可能沿着那条路杀回来,那样我们就真的麻烦大了。林中小路是一种邀请。不要在东边开路。我们在这里与世无争,不惹麻烦。"

他没有撒谎。玛雅人确实组织了叛乱,他们抢食物、牲畜和俘虏。但雅萨克顿一直不在他们的路线上,而且他们一直运气好。如果玛雅人和美景庄园的人发生冲突,蒙哥马利可不想参与。

"你叫什么名字,先生?"年轻人问道。他似乎有些不耐烦,问得挺没礼貌。

"蒙哥马利·劳顿。"他夸张地摘下帽子,"我是雅萨克顿的管理员。"

"很好。我是爱德华多·利萨尔德。我父亲支付你的薪水,你为什么不借给我几个人,然后我们继续上路?"

"我给莫罗博士工作,这里是疗养院。"

"那就把莫罗博士叫来,我让他给你下令。"

"他正在睡觉,不能为这种事情打搅他。"

年轻人的同伴笑了。他也有着浅棕色的头发,但眼睛是黑色的。"你听见他说话了吗,先生? 他是爱德华多·**利萨尔德**。"

"我已经告诉你们了。傻子才会开辟出一条路,骑着小马往托尔托拉或者别的什么地方跑。"

"你说我们是傻子?"爱德华多问。

"骑马回去吧,先生们。"

"你好大胆,下流坏子!"

蒙哥马利站起来,用来复枪指着那个年轻人,他态度轻松,仿佛只是点了根雪茄。"骑马离开,马上。"他这话说得其实不太像个命令。

"难以置信! 伊西德罗,你能相信吗?!"

"你最好相信。再不走的话我就往你肚子上开一枪。"蒙哥马利说。他本该更谨慎些,但他此时心情不好,懒得说好听的话。莫罗以后可能会为此责备他,但现在,蒙哥马利盯着这些人,看见他们噘嚷着,怒视着他。

一个声音从蒙哥马利身后传来,温柔而清晰:"先生们,请原谅,我擅自叫人把我父亲叫醒了。莫罗博士几分钟后就来见我们。"

卡洛塔走出屋子,来到他身边。她盯着那些人,他们很快低下了头。蒙哥马利也点了下头,作为示意。

"你们愿意随我去客厅吗? 不过你们的同伴只能牵着马在这里等着,但我或许可以给他们拿点饮料。"卡洛塔说着,她的手优雅地一挥,指了指房子的内部。

"那就太感谢了。"爱德华多说着露出微笑,"抱歉,你是博士的女儿吗?"

"我是卡洛塔·莫罗。"她说着伸出手。

那两个人吻了她的手,交换了一个惊讶的眼神,然后就跟着女孩走了。卡洛塔穿着轻飘飘的茶会长袍,看起来就像穿着居家服,所以也不怪他们都看呆了。话说回来,即使她被裹进一件束胸衣,扣子扣到脖子上,她也会勾起关于约会和情人的念头。是她很美,不是裙子。

但是单凭他们两个交换的那个无耻眼神,他就想朝他们肚子上各开一枪。只是开枪对大家都没有好处。于是他说:"带路吧,莫罗小姐。"

他等了一分钟,才跟着走进了房间,来复枪依然扛在肩上。

# 7.卡洛塔

卡洛塔喜欢在早上做的第一件事就是在院子里喂鸟。她会听着它们急切的啁啾声,然后绕着房子走一圈,穿过通往以前工人居住区的隔墙;现在,混血种们住在那里。拉莫娜和卡洛塔在那里有一块小小的香草和蔬菜园。她们种了洋葱、辣味土荆芥、辣椒、香甜的薄荷,这些植物都种在小湿土堆或陶土花盆里。拉莫娜说,薄荷、加州小薄荷和仙子树的树皮混在一起煮的水,可以帮助女人分娩;苦涩发黄的仙人掌汁能治疗体液失衡,炮弹果能治疗胃部不适,而坎通卜能够解毒。

这些都是她知道的东西,她还从父亲的书中学到了许多物种的拉丁语名称,也知道父亲在烧瓶上仔细书写的化学物质的复杂名称。她受到了很好的教育,尽管有点杂乱,但她认为自己的成长过程中没有什么可指摘的。

她还小的时候，很怕父亲送她去寄宿学校，梅里达的那些上流家庭就经常这么做，但是她父亲对于系统学习这种事情态度冷漠。他说，学校让人没了抱负。所以卡洛塔在雅萨克顿与世隔绝地长大，由父亲和拉莫娜照顾，和卡奇托、路皮一起玩，当天气不好，暑热紧紧缠着他们的时候，他们就会跳进清凉的天然井里。

那天她起得很晚。有时候她必须料理些实验室里的杂务，比如帮父亲做些事情，或者做点小动物标本。蒙哥马利很擅长剥制标本，他知道的技巧令卡洛塔震惊。制作一只猫的标本需要高超的技艺，尤其是嘴巴部分的处理。必须用黏土填充标本的唇部，直到把它们固定在恰当的位置，并且必须小心处理，才能让皮肤在风干时不收缩。而标本嘴里需要填充的是纸胶混合物，因为黏土很难去除。

在父亲的培养下，她对植物学和动物学充满兴趣，但是父亲也要求她专心练钢琴。她对钢琴没有丝毫兴趣，但还是听从父亲的话——她总是按照父亲说的去做，读父亲放在她面前的书，晚上做祷告。家庭活动占据了她晚上的时间，她会刺绣或修补父亲的袜子。她的生活很愉快。每当有什么不对劲，每当她完美的世界稍微倾斜时，她就退回到天然井里彻底的孤独中。

早晨喂完了鸟之后，她来到厨房。拉莫娜正在炉子旁忙碌，路皮用抹布擦干盘子。

"我父亲觉得腿疼。或许我们应该给他煮一壶茉莉茶代替平时的洋甘菊茶。"

"有的话就可以煮,但是我们没有茉莉了。"拉莫娜说。

"全没了?"

"劳顿先生很快会去城里。你可以在购物单上加一笔。"

"不行。他太爱喝酒了。"路皮说着拿起盘子放进储物间里,"只要他去了梅里达附近,就会把所有的钱都输光。"

卡洛塔很讨厌蒙哥马利这样,但她觉得或许这也要看场合。蒙哥马利时而清醒时而迷糊。她父亲似乎并不介意,他说蒙哥马利喝酒时工作效率并没有降低,但卡洛塔不喜欢他那个样子——头发遮住眼睛,身上散发出酸味。

她曾要求父亲制止这种情况,命令蒙哥马利在宅子里的时候不准喝酒,但她父亲一笑置之。人都需要拐杖,他说,那些不适合普通人类关系的人尤其需要拐杖,这些小恶习就是支撑他们的拐杖。

但是,她说,那些混血种不是人类,但父亲你还是允许他们喝酒。父亲说,她说的没错,混血种不是人,但是他们也需要拐杖。父亲对卡洛塔解释道,那是一种同情。

"可怜的蒙哥马利。"她低声说。

"他是个傻子,这不是你的错。但是我总有一天要去城里。我工作能力肯定比他好,我肯定不会回来东翻西找看有没有被自己忘了的钱。"路皮脸皮挺厚的。

"说得像你能找到工作似的。"

"怎么找不到？记菜单、数硬币又不难。"

"你知道我什么意思。别傻了。别人看见你了怎么办？你从没去过城里，所以你什么都不知道。"

"你不是唯一一个能靠读报纸知道事情的人。"路皮冲着卡洛塔露出刻薄的微笑，还龇了龇尖牙，"或许有一天我真的会去，说不定我都不会告诉你。"

"别又说这个。你害我头疼了。"

"哦不，我们都不想让尊贵的小姐头疼呢。"

"你真的没救。"卡洛塔低声说着，离开房间，不想再和她继续吵下去。路皮这几天很讨嫌。现在她得应付喝得烂醉如泥的蒙哥马利和讨人厌的路皮，这两件事加在一起比深夜在耳边嗡嗡叫的花脚蚊子还烦人。

她向天然井走去，打算在那里待上一整天。她走的这条路正慢慢被丛林吞没。很快，蒙哥马利和他的手下就必须再次清理这条路，同时还要清理另一条通往潟湖的小路，此外还有连接他们园子和主干道的那条小路，主干道向西蜿蜒而去，通往世界的其他地方。

通往天然井的小路就像充满韵律的诗，记在心里，刻在骨髓里。她可以闭着眼睛走在小路上，仍然能走到天然井。事实上，她对丛林的了解更多是靠听觉而不是视觉。并不是她不欣赏肉眼可见的美，而是声音作为最强大的感官打动了她。拉莫娜解释说丛林里到处都是鬼魂,卡洛塔仔细地听着,试图在石头和泥土中感受它们。当她躺在地上时,她向丛林的交响乐致敬:猴子的咆哮,灰绿色鹦鹉的嘎嘎叫声,鹌鹑的哨声,水的安静低语,以及天然井深处盲鱼那更安静的低语。她把自己想象成那条鱼,那只鹌鹑,那只猴子。她把自己想象成爬满枝头的藤条和蔓生植物,想象成枝叶高高地伸展的木棉,一只振翅的蝴蝶正拂过它的花朵。有时她想象自己在阳光下舒展身体,变成美洲虎的形状,舌头上尝到浓郁的肉味。

她喜爱尤卡坦半岛的韵律,激烈的雨季和寂静的旱季。她在湿热中感到舒适,父亲却颇不适应,他躲在自己的房间里,试图降温。她追逐着阳光,用手抚摸着树皮。

有时她觉得自己可以年复一年耐心又安静地躺在天然井旁。而其他时候,她四处游荡,一种她无法理解的感觉让她敲着手指,盯着云。

那天,当她到达天然井时,心里正对雪的质地感到好奇。天气很热,所以这个想法来得很奇怪,但或许正是这种炎热激发了她的思绪。拉莫娜说,你可以通过思考冷的东西来让身体凉快下来,比如想象水溅到脸上。卡洛塔不相信,但她还是开始想象水,现在又想到了雪,自得其乐。如果你在显微镜下观察雪花,它会变成一系列银色的三角形、六边形和星形。那是教科书上说的。

当她躺在地上用一只胳膊遮住眼睛时,她试图构想出冰的味道。教科书上不会讲雨或冰的味道,也没有讲到红土的气味。

　　她本来可以就这样平静地躺着,在水坑旁待到地老天荒。但是蒙哥马利来了,态度严肃认真。卡洛塔跟着他走,路上摸了摸古老的美洲虎雕刻,他们沿小路走着,而她的手蹭过蒙哥马利的袖子。卡洛塔脚步轻盈,几乎没有让树叶发出咔嚓的声响,而蒙哥马利沉重的皮靴踩在树枝和小植物上,发出响亮的声音。

　　她喜欢蒙哥马利,就像她喜欢环尾长鼻浣熊,或者墨西哥树蛙——它的叫声和别的青蛙不同,很像小牛的叫声,又像仓鸮的啼鸣,拉莫娜倒是认为这种叫声不吉利。她喜欢蒙哥马利,因为他也是她所栖居的这个世界的一部分,而她爱其中的一切。他就像那条经年使用的小路。

　　但他有时候会很难相处,有时候卡洛塔想用指甲戳进他手里,留下半月形的痕迹。路皮有时候也很难相处。卡奇托则不然,他总是很友好。她父亲也不难相处,她从不生父亲的气。她太尊重他了,如果他们有分歧,卡洛塔很快就会责怪自己,而不是责怪博士。

　　她要表现得温顺可爱,莫罗博士希望女儿是这样的。她努力服从。但是尽管如此,那天早上她还是说了一些恶意的话,感觉蒙哥马利好像在引导她爆发。"真的吗?你觉得城市有什么地方吸引人?打牌玩百家乐、输光全部身家有意思吗?"她问道。

　　"一天讽刺一次就足够了啊,莫罗小姐。"他说,"我还没吃饭,不接受两次讽刺。"

　　尽管他们偶尔会争吵,但卡洛塔不想伤害蒙哥马利的感情,当他们并排走着的时候，她后悔自己说了那话。回到雅萨克顿之后，他待在门外，而她进了院子。路皮站在鸟笼旁，卡洛塔叹了口气，想起自己对路皮的态度不怎么好。

"你出去的时候忘了喂鹦鹉。"路皮说。

"我现在就喂。"

"不用了。我已经喂了。"

"你还生我的气吗？"

路皮看着卡洛塔，噘起嘴，"我觉得是你还在生我的气。"

"我只生气了一两分钟。"

他们慢慢地走回主屋，卡洛塔低声说"对不起"，路皮也小声道了歉。接着蒙哥马利突然从她们身边跑过，卡洛塔惊讶地看见他打开一个玻璃柜，拿出一支步枪。但此时她只是惊讶，倒也不慌乱，直到蒙哥马利提高了嗓门，她身体才紧张起来。

"待在屋里。"他拿着枪说。卡洛塔不知道他在干什么。她悄悄地跟着他，站在离门口不远的阴影里听他说话。

外面有访客。蒙哥马利说话的声音很稳定，掩盖了他的愤怒，那语调仿佛一把插在鞘里的利刃，而访客们则用恼怒的声音回应，他们的声音越来越大。她记得蒙哥马利又开始喝酒了，这让她很困扰。饮酒会使人畸形，使人糊涂。万一蒙哥马利犯了错呢？

"去找我父亲。"她低声对站在身旁的路皮说，路皮也在认真偷听。

她估计蒙哥马利的手指已经放在了来复枪的扳机上,她觉得自己必须有所行动。卡洛塔走上前去,她的神态没有一丝不安,话语也十分礼貌。

"先生们,请原谅,我擅自叫人把我父亲叫醒了。莫罗博士几分钟后就来见我们。"她这样说道。

对方一共六个人,其中四个人骑在马上,两个人已经下马,正在和蒙哥马利争吵。这两人穿着得体,就像时装图片上的绅士。其中一位双手紧紧抓住帽子,一看见她就显得很尴尬。她看得出来此人相貌和利萨尔德先生有些相似,但这个年轻人的眼睛是绿色的,五官比他父亲更漂亮。

就这样,她好像把一桶水泼到了火上。绿眼睛的绅士跌跌撞撞地走上前,吻了她的手,另一个人也跟着吻了。她领他们进入客厅,那里很少有客人。笼子里那只脏兮兮的老鹦鹉大叫了一声,好像在跟他们打招呼。

"我为此次仓促的见面道歉。我名叫爱德华多·利萨尔德,这是我的堂弟伊西德罗。"那位年轻人做了介绍。她坐下,双手合拢放在膝盖上。

穿过院子的时候他什么都没说,但是卡洛塔能感觉到他的视线。

"很高兴见到你们。不过你们不应向我道歉,应该向劳顿先生道歉,他只是在守护我们家的安全。"她的语气很坚定,但是没有恶意。她不讨厌有人来访。

"当然,我很抱歉。"那个年轻人友善地回答,接着又转向蒙哥马利,一手按在自己胸前说:"今天天气炎热,我确实态度不好。"

蒙哥马利没有回答,只是放下来复枪抱着胳膊。

虽然蒙哥马利没有回应,但卡洛塔还是点头以示接受道歉。

来访的两个人穿着深色套装,都很好看,很时髦。他们站得笔直,不像蒙哥马利那样驼背,蒙哥马利此时正肩膀抵墙斜靠着。她认识的男人不多。除了家庭成员之外,就是书里的男人,海盗小说里的男人,胡斯托·谢拉·奥赖利①、埃利希奥·安科纳②和沃尔特·司各特爵士③笔下的男人。她静止的世界被另一种男人入侵了。

爱德华多·利萨尔德充满活力的绿眼睛看着她,她目光低垂,看着自己的手指。

"日安,先生们。"此时她父亲走了进来。

她察觉到爱德华多抬起眼光,听见他转向父亲打招呼的声音。他说话了,再次道歉,并介绍自己。而她则盯着自己的手。当爱德华多·利萨尔德吻她的手时,他表现得很笨拙。他的嘴唇在她的手

---

① 胡斯托·谢拉·奥赖利(Justo Sierra O′Reilly,1814—1861),墨西哥尤卡坦州小说家和历史学家。

② 埃利希奥·安科纳(Eligio Ancona,1836—1893),墨西哥尤卡坦州小说家、历史学家和政治家。

③ 沃尔特·司各特(Walter Scott,1771—1832),英国小说家、诗人,擅长创作哥特小说和历史浪漫小说。

腕上停留了片刻。她碰了碰那个地方。

"哦,先生,伊西德罗和我此前离开了半岛,最近又回来了。我父亲认为我们不妨熟悉一下庄园,问我们是否愿意参观一下这一带的大庄园,并对它们进行评估,因为他几乎没有机会四处走访。他在梅里达有很多业务要处理,所以我们才在美景庄园待了好几个星期。"

"你们是怎么走到雅萨克顿来的?"蒙哥马利问道。她看着他。蒙哥马利还靠在墙上,皱着眉头抱着胳膊。

那只鹦鹉很吵,显然是被陌生人惊扰了。它喊了一句从蒙哥马利那里学来的脏话,卡洛塔站了起来,把手指压在笼子的栏杆上,试图安抚这只鸟。"嘘,"她说,"你可是个安静、漂亮的小家伙呀。"

"劳顿先生,我跟你说过,有消息称,在我的庄园附近发现了一支印第安人突击小队,他们似乎正朝这个方向前进,这就是为什么我请求借几个劳工支援我们的原因。"

"我们这里不是个大庄园,只是一个疗养院,没有劳工。也许你父亲没有跟你说过。"

"我父亲确实说过你们在这里做研究。结核病吗?"爱德华多说,他的声音很友好,但蒙哥马利显得很不耐烦,"但是肯定有照顾病人的护工吧。"

"劳顿先生和我在我女儿的帮助下管理着雅萨克顿。"她的父亲坐下,一边说一边向卡洛塔示意。她也坐下来,父亲拍了拍她的手,

"我们有一个厨师和两个年轻的仆人来照料这里养的动物。"

父亲和蒙哥马利对所有人都会说这样的假话。谁都不能见到雅萨克顿真正的居民。她想,虽然这两人是他们赞助人的亲戚,但终究还是算陌生人。

"人这么少? 你们不怕吗? 印第安人离这里这么近。"

一阵微风从白色的窗帘后吹进来,蒙哥马利稍微换了个姿势。鹦鹉再次叫起来,这次没有说话,只是尖叫。

"他们对我们没有兴趣,"蒙哥马利回答,"他们可能会走大路,不会管我们。所以我才说,不要自己开路去托尔托拉。你们走不通的,要不然就会和你们不想见的人遇上。"

"印第安人都很擅长格斗,但肯定比不过带枪的勇敢绅士。"伊西德罗说。

"我看你们没在尤卡坦半岛待很久吧。可能你们在梅里达吃得开,然后还去了哪里? 墨西哥城?"蒙哥马利问。

"当然。"

"那你们并不了解这片区域。玛雅叛军占据东部是有原因的。他们了解这片土地,他们有胆量,他们凭着对领袖的信赖行动。我不会去人多的地方捣乱,当然也不会招惹印第安人。"

"如果墨西哥政府是你这种态度,尤卡坦半岛就会被分裂成两半。我们需要的是迪亚斯总统派兵去印第安人的地盘平息叛乱。"

"我怀疑根本不会有那种事。"

"你们英国佬这样想一点也不奇怪，"爱德华多说，"毕竟你们和印第安人交易。劳顿先生，实话说吧，我们来雅萨克顿不只是为了追击印第安人小队。更是因为我们得知印第安人觉得这片农场对他们态度友好。听说，他们在这里做买卖，还能得到补给和各种帮助。"

"这纯属谎言，是谁告诉你们的？"

"美景庄园或许地处偏远，但是那里的人们也一样能听到各种传闻。他们说胡安·库穆克斯在这一带活动，神态仿佛领主。"

库穆克斯是那种会让卡洛塔突然一怔的人名之一。他是一个将军，虽然不像贝尔纳韦·杰恩、克雷森西奥·波特等其他叛军领袖那么有名，但他手下众多，足以引起旁人注意，人们祈祷他千万不要靠近自己的土地。他常年盘踞在这一带，早在蒙哥马利到达尤卡坦半岛之前就已经有了势力，梅尔加德斯说起库穆克斯就低声咒骂，拉莫娜则什么都不说。不提坏东西的名字就不会招来厄运，拉莫娜这样对他们说。

"我们绝不允许那种人在我们的领地上，你一定是搞错了。"

"我承认，有时候人们确实会传各种真真假假的消息，"爱德华多皱起眉头，"但是消息涉及我的土地，我必须小心，而且我也确实不了解你或者其他雅萨克顿的居民。"

"我们对你也并不是很有兴趣，先生。"蒙哥马利说，"你说了你的观点，但态度遮遮掩掩，暗含诽谤。"

"要是库穆克斯在附近,我真的会被吓死。"卡洛塔说。这不是真话,但是她不希望蒙哥马利和爱德华多像城里那些被押了注的斗鸡一样又开始争吵。

她睫毛颤抖,羞怯地看着那个青年,希望能分散他的注意力。

"小姐,那可太不幸了。"爱德华多脸上立刻露出微笑,眉头舒展,随即转向莫罗博士,"请再次原谅我,今天实属唐突。现在看来,我们不该再继续打搅各位。我们该回去了。"

"很高兴事情都解释清楚了。"她父亲说着站起来,和爱德华多握了握手。

"确实,但很遗憾我们竟是这样见面。我希望能先写一封信自我介绍后再来。现在你们肯定认为我很粗鲁了。"

"当然不会。请择日再来,下次一定要多住几日。住在城里的时候你一定习惯了四处走访,这个偏远之地多少有些沉闷。"

"我们可去的地方确实不多,这倒是真的。"伊西德罗说。他不如他的堂兄好看,但是笑起来很动人,此时他转向卡洛塔,"我们非常想念动听的音乐。你弹钢琴吗,莫罗小姐?"

他指了指那架立式钢琴。卡洛塔点点头,"会一点。父亲教过我。"

"她也会唱歌。"她父亲说。

"那我们一定改日再来拜访,"爱德华多说,"听淑女唱歌实在太美好了。"

他们再次握手致意，卡洛塔站起来。笼子里的鹦鹉终于厌烦了，不再发出噪声。"让我送你们出去吧。"她说道。当她走动时，蒙哥马利也跟上来，四人一起出去。蒙哥马利就像她的影子，走在她和两位绅士后面三步远的位置。

伊西德罗走在她左边，爱德华多走在她右边，她悠闲地步行着，同时仔细观察他们两个。他们不属于雅萨克顿，不属于她的世界，因此这种新奇感令人兴奋，而爱德华多看着她的样子，也让她不由得用手掌捂着腹部，感觉掌心柔软的织物。当她还是个孩子的时候曾经害怕男人，害怕他们会把人整个吃掉。但她并不惧怕蒙哥马利——她从没想过他会伤害她。

而爱德华多呢，她觉得他像个饥饿的人，当他们走到门口时，他握住她的手，再次亲吻，她脸红了。

"很抱歉打搅各位，我们真是太过冒昧。但是很高兴我们就此认识了，要是知道莫罗博士的女儿如此美丽，我会及早拜访。要不是今日头脑发热，也许会会面更愉快。"爱德华多说着放开她的手，"你不会因此嫌弃我们吧，对吗？"

"不会的，先生。那只是误会。"

"你真善良，还化解了我的不安。"他的声音低沉，对她露出甜美的笑容。随后他抬起头看向蒙哥马利，"劳顿先生，我再次向你道歉。日安。"

然后那些人再次骑上马，很快就离开了。她看着他们慢慢消失在远处。

"不知道还能不能再见到他们。"她说。

"肯定能见到的,但我希望他们的马被绊倒,叫他们摔断脊柱。"

她惊讶地转身,"蒙哥马利!你怎么能这么说!"

"这群流鼻涕的莽汉。你指望我说什么?写诗歌颂他们?"

"他们向你道歉了,你像疯狗一样朝他们大喊大叫的时候我都听见了。"

"疯狗。天啊,天啊,他们可真是给你留下了好印象,你竟然这样帮他们说话。你更喜欢谁?绿眼睛、头发好看的那个?还是棕色眼睛、牙齿闪亮的那个?"

她知道自己现在处于不利境地,于是没说话。但是蒙哥马利刻薄地笑着,靠在门口看着她,"那就是绿眼睛那个。我猜对了吗?"

她用胳膊肘狠狠推开他,一言不发地走进屋里。

"听我一句劝,因为狗了解狗:那个不是好东西。"

"你真的够了!闭嘴!"她忍无可忍地喊道。

他狂笑一声,仿佛一记耳光打在她脸上。她满脸通红,迅速穿过院子。一进门,她就坐在敞开的窗边的皮椅上,看着外面陶质花盆里的植物和汩汩的喷泉,最终她的脸不再灼热,可以平静地呼吸了。五,六,七。数到十,然后等待。她父亲说,强烈的情绪是不好的。保持冷静。她童年时期的痛苦已经不明显了,以前她曾有过眩晕的时候,她的心跳也会十分紊乱。她的头几年是在病床上痛苦地度过的。

路皮来到卡洛塔身后。她从脚步声就听出来了,那是缓慢平稳的脚步声,和拉莫娜沉重的脚步声不同,和卡奇托拖着脚急促走动的声音也不一样。

"他们走了吗?"路皮问。

"是的,走了。不用担心他们。"

"你在客厅跟他们说了什么?"

"他们说有一支印第安人骑兵队在附近,而且雅萨克顿有人在给库穆克斯提供物资。他们还指控蒙哥马利在协助他。"

"蒙哥马利卖东西给库穆克斯我也不觉得奇怪。"

"你为什么这么说?"卡洛塔转身看着路皮,路皮耸耸肩。

"谁都知道,英国人卖给他们火药和子弹。蒙哥马利是英国人,他一直都缺钱喝酒。他灵魂有病,拉莫娜是这么说的,他总想找杯烧酒把自己泡进去。"

这话大部分都是真的,而且不是烧酒也可以——白兰地、威士忌,任何酒精都可以。最近他态度坚决,说自己不再喝酒了。但是那天早上,她看着蒙哥马利的眼睛,发现了蛛丝马迹:他又破戒了,真的。他有错,她的父亲也一样,他允许蒙哥马利和那些混血种喝酒。

她的父亲什么也不做,放任蒙哥马利沉迷酒精,一段时间健康清醒,另一段时间不成人样。但是蒙哥马利真的会危及他们吗?他伤害了自己,但没有伤害别人。

"也许他对暴民友好是为了保护我们的安全。"路皮仿佛猜中了她的想法,"他们的神会直接跟他们讲话,你知道吗?那个神真的会通过十字架说话,和教堂里的基督、和驴子头骨不一样。"

在主屋后面靠近棚屋的地方有一幢小楼,有人在那里的墙上挂了一个驴子的头骨,于是大家便管它叫"驴屋"。拉莫娜说,在她父亲来雅萨克顿之前,那个驴子头骨就挂在那里了。那时候,工人们做错了事就会去那里,那个驴头会低声告诉他们,做错事要受到多少次鞭打。路皮和卡洛塔小时候就害怕它。

"十字架不会说话,"卡洛塔说,"那是腹语术。"

"拉莫娜说它可以。你觉得自己无所不知,其实根本不是。"

"你也一样。"

她推开椅子站起来,"我去看看父亲是否需要我。"

"别告诉他我说蒙哥马利的那些话。如果他认为蒙哥马利不忠诚,就会解雇他,然后我们就得再找一个管理员来多管闲事。至少蒙哥马利不管我们,不会像别的男人一样整天跺脚大喊大叫。"

"哪个男人?"

"爱德华多先生。"

"你一直在偷听?那你为什么还问我刚才说了什么?"卡洛塔有些生气。

路皮很聪明。她知道自己应该远离客人,以免他们看到她。当她用长围巾遮住自己的头和脸时,或许会被误认为是人类。她没有其他混血种那样奇怪的步态。但是就算不露脸,她面部红褐色的毛发也显而易见,还有那双间距很窄的棕色眼睛——她的容貌让人想起美洲虎,任何人看到她的脸都会吓一跳。其他混血种的容貌也同样令人惊讶。

"我听到了一部分。"路皮耸耸肩承认了。

"他没有叫喊。"

"那你真是个聋子,洛蒂。"

卡洛塔大步离开房间,走远了。在她看来,今天所有人都毫无理由地残忍又疯狂。她希望自己此时还在天然井边休息,在深水处游泳就更好了;她想象冰凉的水没过她的皮肤。

## 8.蒙哥马利

　　蒙哥马利走得很快,离开了主屋。他走到分隔石墙后面,来到了混血种小屋所在的地方。这些房子都是按照当地传统方式建造的,屋顶用棕榈树的大叶片搭起来,可以抵挡雨水,每隔几年就会更换一次。除了这些小屋,石墙后面几乎没有其他建筑。其中一个木屋里面放着早先用来压榨甘蔗的机器。最重要的是,这里有戽水车,小毛驴一圈又一圈地转着,使水流动起来。

　　庄园周围的供水系统是他在雅萨克顿做的第一批项目,他对自己一手实现的改进感到自豪。混血种的工作也十分出色,他们打理田地,保持灌溉渠清洁,清扫道路,这样杂草就不会胡乱生长。

　　他们不种甘蔗,而是坚持养猪养鸡,种植少量蔬菜。这些工作在任何庄园主看来都是可笑的,他们认为这些农业活动适合贫苦农民,但蒙哥马利喜欢这种小经营,他喜欢这种自给自足的感觉。他喜欢喂养动物,也喜欢照顾他们养的几匹马。此外,他们需要工作。利萨尔德支付了绷带、医疗用品和莫罗实验室里小玩意儿的费用,但光靠他的钱无法养活二十九个混血种,更不要说这里还有像阿卡布和阿因这样的大混血种。

他停了一会儿,思考刚才和那两个年轻人的谈话,以及卡洛塔对他们的反应。蒙哥马利刚才嘲笑了她对那两个年轻人的态度,因为她今早对他的态度很差,然而现在回头想想,他觉得自己说话不妥。那他应该道歉吗?但这只是一件小事,而且想象自己跪在地上,把帽子压在胸前,乞求那位女士原谅,他觉得有点尴尬。如果她拒绝接受道歉,那就太伤人了。蒙哥马利决定,他应该少想卡洛塔·莫罗,多想点别的事情——任何别的事情。

但这真的太难了。卡洛塔仿佛某种尖刺扎进他的皮肤里。

"日安,蒙哥马利。"卡奇托说着跳到他身边。虽然已经长大了,但卡奇托才到蒙哥马利的胸口。他很瘦,行动敏捷,皮毛是黄褐色的,有着豹猫一样的条纹和斑点,耳朵周围的颜色更深。他比路皮友好,比卡洛塔听话——卡洛塔虽然甜美体贴,但有时候会突然变得很刻薄。那孩子有点被宠坏了,像个小女王。

"日安。"蒙哥马利很高兴卡奇托突然打断了他原本的思绪,"现在有点晚了,我们最好把桌子拉到外面去。"

"我们一直在等着。"卡奇托急切地说。

星期五所有混血种都要接受注射并吃药,吃药可以让他们的肠胃正常工作,因为注射可能会让他们反胃。没有这种治疗,他们就会死。但激发卡奇托对治疗的热情的另有其事:莫罗在给混血种们提供治疗的同时,还给他们服用了一种能让他们进入近乎梦游状态的东西。蒙哥马利见过吸食鸦片的人,观察到他们脸上有着同样的呆滞表情,他毫不怀疑混血种们也服用了鸦片。鸦片使他们麻木,博士每周让混血种们喝的酒也一样。

蒙哥马利不能因此责怪博士。这些年来,他看到了混血种身体扭曲的样子,他看到他们忍受痛苦。莫罗的实验产生了不完整、多病、经常早夭的生物。他们的肺不能正常工作,心跳不稳定。他们不能有后代——这是博士刻意为之——但就算他们能够产生后代,蒙哥马利怀疑任何一个都活不过一个月。

他从来不想要孩子。范妮不喜欢这一点:她梦想有一个大家庭。蒙哥马利担心他的孩子会像他一样,成为酒鬼和吹牛大王。或者更糟的是,万一孩子和伊丽莎白长得很像,在醒着的时候还看到姐姐的脸时时浮现,那是多么可怕的现实啊。

博士在过去三年里没有创造任何新的混血种。对此,蒙哥马利万分庆幸,他想起一些不得不亲手埋葬的生物。用布包裹的脆弱小东西被安放在他们临时的墓地里,拉莫娜为他们点起蜡烛,卡洛塔做了祷告。蒙哥马利什么也没说。

"博士还有多久才来?"卡奇托问。

"莫罗博士肯定很快就来。"蒙哥马利低声说。

"也许你可以让他稍后给我们一些朗姆酒?"

"今天是星期五,不是星期六,现在喝酒也太早了。"他觉得自己特别伪善,有时候他也一大清早就喝得烂醉。

"我们要酒不是为了开心取乐,是因为阿卡布牙疼。"卡奇托解释道。

阿卡布有两排牙齿,他的牙在不停地长,如果不拔就会穿透他的头盖骨。他是最老的混血种,声音浑厚,头发灰白。然后就是佩克,他这些天看起来骨瘦如柴,皮肤长满了疥癣。阿因也老了,他那身像凯门鳄一样的皮肤总是大块大块地剥落。大多数混血种都穿着衣服,像卡奇托和路皮这样更像人类的混血种,穿普通的衣服就可以了。但有些混血种的身形完全不适合普通衣服,还有一些手部畸形,扣纽扣、系鞋带对他们来说都是一种挑战。拿阿因的例子来说,他有一条长尾巴,而且大多数面料都让他皮肤发痒。卡洛塔会煮一些树菠菜,把这种有舒缓作用的液体擦在他的背上。

"最好让博士来看看他的牙,我会告诉他。"蒙哥马利没有再看畜栏里那些深陷在泥巴里打瞌睡的黑色的猪。猪肉是尤卡坦半岛的美食之一,但博士要用那些猪做实验,所以他们主要吃火鸡或者鱼。混血种们主要吃蔬菜,偶尔吃鸡。蒙哥马利打猎的时候,他们就能吃点别的。

他不常打猎,每次他去打猎时,拉莫娜总是小心翼翼地给阿鲁什献上贡品,祈祷打猎顺利。拉莫娜是在小镇上长大的,城市的人或许会忘记旧日的生活,但小镇的人们总是遵循着古老的传统。为了让拉莫娜高兴,蒙哥马利也遵循传统,甚至向石头请求帮助。拉莫娜对这些事情非常认真,要求其他人严格执行,就像莫罗要求大家严格执行自己的布道一样。

路皮是唯一一个不那么虔诚的。

卡奇托靠在栅栏上,"我听说今天利萨尔德家有个人过来了。"

"是路皮还是卡洛塔告诉你的?"

卡奇托没有回答,反而问:"我们欠他们的债吗,蒙哥马利? 像大额债①那种?"

庄园主一般通过两种债务形式控制工人:工人们在"画线小店"②买东西的时候会产生小额债,结婚和葬礼则会产生大额债,他们还得借大笔的钱支付教堂和市政的一切相关费用。奴隶制是法律明令禁止的,但在实践中,大宅主管只需在账本上区区几笔,写下

---

① 大额债(nohoch cuenta)是下文所说的两种债务形式之一,另一种是小额债(chichán cuenta)。在西班牙对墨西哥进行殖民统治期间,玛雅工人在庄园经常遭受残酷的对待。当时的法律规定,如果玛雅人欠债不还,离开赞助人的庄园就是违法行为。但玛雅工人的工资非常低,大多数人挣的钱不够养家糊口,不得不乞求额外的预支工资来购买食物,以及支付教会强迫他们支付的费用。小额债很快就会变成难以偿还的大额债。因此,许多玛雅人会成为"债务奴隶"。

② 画线小店(tienda de raya)在十九世纪末到二十世纪初于墨西哥蓬勃发展。这是一种提供基本生活物资的信贷机构,位于工厂或庄园旁边,工人和农民被迫在那里购买商品,以便产业主收回花在工资上的钱。因为绝大多数工人是文盲,需要在支付记录簿上用线条代替签名,这些商店因此得名"画线小店"。

欠款金额,就能确保工人们永远无法离开。在雅萨克顿没有"画线小店",也没有记录欠款的账簿,因此卡奇托的问话有点奇怪。

"你为什么这么说?"

"卡洛塔在博士劳累的时候帮他读信,声音有点大。"

"你和路皮一天到晚都在门后面偷听,"蒙哥马利说,"你从来没见过利萨尔德,怎么可能欠他的债。"

"但是……你欠他的债。"

"因为我是个傻子。你呢,倒是比较聪明。"

"博士也欠债。我偷听到的。"

"我们去搬桌子吧。"蒙哥马利说,他实在不想跟卡奇托讨论莫罗的财务状况。

他们把桌子从仓库里搬出来,放在屋子前面。不久博士和他的女儿就来了,卡洛塔拿着博士的包和药品,博士自己拄着拐杖。

卡洛塔把要用到的工具放在桌上。她专注于手边的工作,一眼都没有看蒙哥马利,于是蒙哥马利知道她还在生气。

混血种们排队接受治疗,最年轻的先服药。拉平塔、埃斯特雷利亚和埃尔-穆斯蒂奥排在最前面,他们是身体消瘦、面部扁平、像狗一样的生物,体型较小,与其他一些种类相比不那么引人注目。

混血种们外形各异,令人眼花缭乱,有着很多不同动物的特征。莫罗有着奇怪的创造力,他的造物有些毛茸茸的,肩膀耸起,前臂短小;也有像猿一样的生物,走路时用指关节支撑地面,脊柱弯曲。他创造了一个矮胖的混血种,长着圆而惊惶的眼睛和蜜熊一样的长舌头,另一个长着无尾刺豚鼠一样的斑点和条纹,还有一个长着狨猊似的小耳朵和独特的骨横带。有些混血种的耳朵畸形,下巴突出,毛发浓密,几乎遮住了他们的小眼睛。在这些生物身上,尖牙、皮毛、鳞片胡乱混搭,充分显示了骨骼的可塑性。

然而,尽管他们的肉体千变万化,但还是能辨认出作为他们原型的动物:卡奇托和路皮显然很像野猫;人们可以从其他混血种的脸上辨别出狐狸和顽皮的南美浣熊;帕尔达长着狼鼻子,迈着大步跳跃行走;胡奇矮小而柔韧,不像其他混血种大都拖着步子或一瘸一拐地行走,大口地喘着气。

起初,蒙哥马利对他们的外貌感到惊讶,甚至震撼于他们奇怪的步态。他们宛若神话中的生物,从中世纪手稿中走出来的存在,狂热的缮写员想象中的造物——他们是地图边缘标注的怪物:"慎行,此处有龙!"①

现在,蒙哥马利只是把他们视为雅萨克顿的居民。

就这样,混血种们排好队。他责备埃尔-罗霍插队,埃尔-罗霍总是这样,一会儿拍佩克的肩膀,一会儿和卡奇托聊天。

这天看起来和平时一样,但其实不然。蒙哥马利拿出一支烟点

---

① 在一些中世纪的地图和地球仪上,"此处有龙"(拉丁语:hic sunt dracones)这句话以及龙、海怪和其他神话生物的图示会被标注在地图上未知的区域,意思是有潜在危险的或未开发的领土。

燃,看着博士工作,心里想着那些路过的年轻人,他越想那些爱管闲事的白痴就越生气。

治疗结束,所有混血种解散返回自己的小屋。蒙哥马利帮卡洛塔收拾博士的东西,之后她把所有工具都拿了回去。那女孩没有在实验室里逗留。

蒙哥马利知道他要被训斥了,也许那女孩也知道。不然的话,就是卡洛塔挥之不去的愤怒促使她离开了房间。其实她平时很喜欢实验室,他们经常花很长时间清洁、整理莫罗的工具和药品。有时他会向卡洛塔展示如何切割动物的皮肤并制作标本。"你和邻居吵架是因为无聊吗,劳顿,还是说你今天搞出这番闹剧另有原因?"

"我想赶快把他们打发走。如果不是你的女儿突然来了,我可能就把他们赶走了。"

"那这是卡洛塔的错了?"博士语气有一丝不耐烦。

"不,先生,只是我不需要她帮忙。但是我知道我搞砸了。也许你该给利萨尔德家的年轻人写封信,告诉他们不必来了。我们必须采取措施不让他们靠近。"

博士将一个装着黄色液体的瓶子对着光仔细看了看,"我为什么要这样做呢?"

"他们不理解你的工作。"

"确实。他们以为我开了一个面向穷人的疗养院。"博士小心地将瓶子放回架子上。

"先生,你最好写封信,我可以明天送去。如果他们来访,可能会发现真相。坦白地说,先生,他们给我的印象是那种会对你的女儿过于感兴趣的男人。"

"希望如此。"莫罗这句话说得很坚定,蒙哥马利吓了一跳。

"先生?"他迷惑地问。

"利萨尔德失去耐心了,对我感到厌倦了。这么多年来,我承诺他的成果并未实现。"

"但混血种是真实存在的。"蒙哥马利说。

"对,对,他们是真的,但我们都知道他们很脆弱。"博士露出痛苦的表情,"我的研究还有共通缺陷,所以才会屡屡失败。我总是无法实现我的梦想。他们四肢扭曲,个个畸形,那种缺陷破坏了我的工作成果。我只有一次接近完美,而且……这是无法复制的成功。"

无疑他说的是路皮和卡奇托,他们强壮、敏捷又聪慧。莫罗的其他生物看起来都很凄惨。

"每一天,我都会看到更多缺陷,每天都会出现新的瑕疵,"莫罗继续说,"就算再给我十年,我恐怕也不能解决这些问题。但是我没有下一个十年了。利萨尔德厌倦了,对他来说,雅萨克顿这片荒地还是开垦起来更有利,而我的项目已经失去了吸引力。我给他写过信,但他不想再听我的。我们的资金不断减少,他不太可能给我们提供更多的金钱或物资了。"

那么卡奇托说的没错:博士正处于财务危机之中,而蒙哥马利一直对这一事实视而不见。他不喜欢秘密和诡计，但他还没来得及抱怨，博士又开口了。

"所以利萨尔德家的年轻人的到来就好像神灵眷顾。蒙哥马利，他们可能是我们的救星。"

"我不明白。"

"卡洛塔。她年轻又美丽，对吧？如果其中哪个向她求爱，我们就可以度过这段艰难时期，也不会被他们赶出去了。只要她结婚，一切都会重回正轨。"

原来这才是他的计划！博士不会把卡洛塔送到梅里达去寻找丈夫，他似乎已经确定了，卡洛塔的丈夫就在眼前。这也有道理。他姐姐十八岁就嫁人了，他自己结婚的时候也不过二十一岁。但蒙哥马利是为爱而结婚的，卡洛塔则是和一大笔钱结婚。也许她不会介意。比如，范妮就喜欢漂亮的东西，只要丈夫能买到珍珠，别的许多缺点都可以原谅——这显而易见，因为她第二次嫁给了一个更有钱的人。"你和你女儿讨论过这件事吗？"

"没有，这不是由她决定的事情。"莫罗眼神坚定而平静。

话虽如此，可是蒙哥马利觉得，根本不和姑娘知会一声，就把她像一匹小马一样带到两个绅士面前展示，然后再很快卖掉，这也太冷酷了。

"如果他们再来拜访，你必须对他们有礼貌。别为我女儿担心，我会让她好好表现的。不要再和那些年轻人争吵了，明白吗？"

"我明白了,先生。"他的声音没有任何变化。

那天晚上,蒙哥马利坐在房间里给自己倒了一杯烧酒,又想起了范妮。他有一段时间没有想过她了。在她离开的头几个月里,他借酒浇愁,想忘记她,但时间最终冲淡了一切,最近,他没有像以前那样老是想着她了。他在想象中写给她的信也越来越少了。只在脑子里写信有什么用呢?然而那天晚上,他不由自主地又写了一封信。

在雅萨克顿,我们都是商品。被买卖交易的商品。当然,我们的价格各不相同。卡洛塔·莫罗价值连城,黄金冠和红宝石都换不来,但像爱德华多·利萨尔德这样的人恐怕不懂她的价值。不要把圣饼给狗吃,也不要把珍珠丢在牲畜前;它们践踏了珍宝,转身就会把你们撕碎。

他喝了一大口酒,闭上眼睛。他在这里待太久了。他应该离开了。虽然他可以骗自己说这里的生活大体无忧,但利萨尔德的到来是一个预兆。如果他留在这里,就会像莫罗一样发疯,终日沉迷于追求一个永远不可能实现的目标。

## 9.卡洛塔

　　她一边喂鹦鹉一边哼歌。喂完了鸟之后，她拿上父亲的医药包去了工人棚屋。莫罗博士本来要帮阿卡布看牙，但是他又忙得忘了自己该干什么，于是卡洛塔只能替他去。混血种们有时候把她父亲称为Ah-ts'ak-yah，这词是跟拉莫娜学的，是玛雅语中"医生"的意思。但其实更多时候是卡洛塔来给他们看牙齿、骨头和四肢。她不讨厌这些工作——事实上她喜欢做这些事。她喜欢忙碌，她喜欢帮助别人。

　　阿卡布还没睡醒，卡洛塔唤了一声。他打着呵欠伸展胳膊的工夫，卡奇托把椅子和桌子搬到了他屋外。卡洛塔放下医药包，将水罐里装满水，这样她就可以洗手并冲洗阿卡布的嘴。

　　"我打赌他又会尖叫，然后吵个不停。"坎说。她身材瘦削，四肢修长,黄褐色的头发很像猴子,但她的长鼻子有点像狼。

"我要咬掉你的尾巴。"阿卡布嘟囔着。

"好了,别吵架。"卡洛塔摇摇头,拍了拍阿卡布的胳膊,"张大嘴。"

阿卡布听话地把嘴巴张大。他的牙齿像剃刀一样锋利,而且数量众多,但她没有犹豫,她的手指在他下巴上滑动,然后轻轻地戳着一个柔软的地方。

她找到了那颗困扰他的牙齿。找出坏掉的牙不难,重点在于如何减轻痛苦。她必须用到一点乙醚。她将乙醚沾在手帕上。她之前做过几次类似的手术,所以这次也很快就完成了,过长的牙齿被取出,放在一个盘子上。然后,她用碘酒浸泡过的纱布把空的牙窝塞起来。用不了多久,新牙就会长出来了。

"你还好吗,坎?"她问,"你有哪里不舒服吗?"

"我手腕很酸。"坎说。

"呸!绑个绷带就行,她很快就好了。"阿卡布说,"她总是不舒服,手腕受伤,脚踝受伤。坎是玻璃做的。"

"你又丑又大又没礼貌。"坎一本正经地回答。

"我本来就该长这么大。"阿卡布说着骄傲地挺起胸。

"我来看看。"卡洛塔说。

有些混血种的骨头很脆弱。尽管卡洛塔怀疑坎是手腕扭伤,但也可能是骨折,在这种情况下最糟糕的事情就是先上了夹板。她的父亲说，即使是训练有素的医生也可能把手腕桡骨骨折误认为手腕扭伤，而混血种独特的解剖结构和皮毛使人更难做出诊断，但她从来都能确定正确的治疗方案。

最后，卡洛塔认定坎只是扭伤了手腕，用皮绑带支撑就可以让手腕充分休息。

任务完成后，卡奇托把水罐里的水倒进碗里，卡洛塔又洗了一遍手。

她眼角的余光瞥见蒙哥马利走过。她假装没看见。他曾经取笑她，所以她担心蒙哥马利会再做一次。

他曾说过，是绿眼睛那个。他又怎么知道她喜欢哪位先生呢？但他猜对了——她喜欢爱德华多的眼睛。

卡洛塔把医疗器械收起来，回到房子里。父亲的餐食已经准备好了。有时候卡洛塔会剪下一朵花，连同吐司和果酱一起端给父亲。这是个很贴心的细节。但今天时间紧迫，所以这次她能送上的只有微笑。

她走得又快又稳，进房间前敲了一下门。她小心翼翼地把盘子放在床头柜上，拉开白色窗帘，打开高高的落地窗，让微风吹进来，这样也可以看到院子里的植物。晚上，若是站在院子里，便可以仰望长方形夜空之中的星星。在白天，阳光照耀着墙上的常春藤，使喷泉的装饰瓦片也如星星般闪闪发光。光、空气和水混合在一起，一切都炫目迷人。

"父亲,我给你带了早饭,"她说,"可别说你不饿。"

"我不饿。"她父亲说着坐起来。

他的胡须已经白了,黑发也褪成灰白。现在他行动慢了一些,但身体一直像红木树一样结实,仍然拥有那种坚定的力量。他不喜欢卡洛塔在他身边大惊小怪,她关心的态度似乎冒犯了他。他喜欢说自己根本没有病,当她变得太体贴黏人的时候,他就把她打发走。

"你吃药了吗?"

"吃了,所以我胃不舒服,也不觉得饿。"

"我给你泡了茶,可以缓解肠胃不适。"她说着小心地倒了一杯茶。

父亲喝了一口,对她笑了笑。她从衣柜里拿出他当天要穿的衣服,放在椅子的靠背上。椭圆形肖像画中那个漂亮的金发女人对卡洛塔微笑着。她真希望能用一块布把它盖上,它总是使她不安。

"你对我真好,卡洛塔。"这天早晨他心情很好。

她微笑着刷外套,双手小心地拂过衣服。她喜欢父亲看起来体面高雅。

"你觉得利萨尔德家的年轻人怎么样?"他问。

她揪住一根顽固地扎在外套领子上的白头发,把它拔出来,"我对他们没什么特别的看法。"

"如果他们来小住几日也挺好。你在这里很孤单。"

"不会啊,我在实验室里有工作。"

近几年莫罗博士允许卡洛塔更多地进入前厅和实验室,协助他完成工作。他没有忘记很久以前他们放出来一只混血种那件事,但他的痛风发作得更频繁了,他需要卡洛塔。莫罗博士尝试了所有的治疗方法来减轻疼痛,他轮番使用锂、秋水仙碱、甘汞或吗啡,但他的病却没办法简简单单地痊愈。

父亲很谨慎地分给卡洛塔一些工作。她可以照料这些混血种,治疗他们的小病痛,甚至配制一些化合物,清洗烧瓶和容器,但他仍有许多事情瞒着她。她不了解父亲的科学成就和其中的全部秘密。但同样,蒙哥马利也没有得到更多信息,虽然他也在实验室帮忙,搬取木头或动物标本,但他什么都不知道。

她希望将来有一天父亲能让她做更多事情,允许她阅读他所有的笔记和书籍。她必须有耐心。莫罗博士从不仓促行事。

"在实验室做事和跟人相处不一样。"

"我有你,还有路皮。"

"但是和绅士们相处肯定是个不错的改变。"

"蒙哥马利就是绅士。"

"有很多词可以形容劳顿先生,但'绅士'绝对不是其中之一。'酒鬼'和'边缘人'或许是最合适的。"

"你也算是边缘人吧?"卡洛塔问道。虽然她还生蒙哥马利的气,但是出于公平起见,她还是要帮蒙哥马利说说话,而且她真觉得他算是绅士。

她父亲闻言挑起眉毛，"这是什么胡说八道？我？边缘人？"

"你之前这样说过，爸爸。你说起你的兄弟，还有你——"

"你显然是误会了。"他说。但是卡洛塔真的记得他这样说过，不过是在他伤心欲绝的时候，那种时候博士根本不想见到她，宁愿盯着亡妻的椭圆形画像。"边缘人！我?! 你最终会发现，跟利萨尔德兄弟在一起比跟劳顿在一起好多了。"

他语气严厉起来。卡洛塔不想惹他生气，摇了摇头。"的确如此，"她赶紧说，"但是我不认识他们。"

"这很简单。你不要害羞。如果他们来和我们一起住几天，你要表现得友好。我们必须时刻取悦利萨尔德。你有漂亮的裙子，正好拿出来穿。你的头发……也许可以按照最新时尚海报上的样式梳起来。"

卡洛塔经常把头发编成一条粗辫子垂到腰间，或者干脆松松地扎着。但在那些蒙哥马利从城里捎回来的杂志和报纸上，图片中的女士都梳着精致的发型，头发盘成发髻，仔细地扎上大量装饰品。

"你是个漂亮的年轻姑娘，那两位是优秀的年轻绅士。如果我们住在城市里，你可能已经进入社交圈了。但是我们在雅萨克顿，没有机会让全世界都认识你。你这个年龄的淑女理应被人追求，你知道吗？练习下钢琴，我们到时看看他们对你有什么看法。"

"好的，爸爸。"她说。其实她在想，也许不管她从时尚海报里学到多少，小伙子们都还是会从她的举止或衣着中挑出毛病。

"我不希望你焦虑。你每次一焦虑就会旧病复发。"

"不会的,爸爸。我很好。"但是她说话的声音很小。

"今天我们读哪一节?"她父亲指着放《圣经》的抽屉问道。平日的早晨,他喜欢让卡洛塔读科学书籍给他听,但在有礼拜仪式的早晨,他喜欢读《圣经》。"Dominus illuminatio mea(上主是我的光明①)。"

"'虽有大军向我进攻,我的心毫不战栗;虽然战争向我迫近,我依然满怀依恃。'②"现在她的声音变得清晰而甜美了。这首诗很简单,她不需要诵读便可以背出来。

父亲露出微笑。他很高兴。

等父亲喝完茶,穿好衣服,他们就一起向教堂走去。每周六,他都会举行礼拜仪式,朗读红色皮革封面的《圣经》。

小教堂很简陋,雅萨克顿这点人都几乎容不下。它是为牧场的监工和更早前住在这里的家庭准备的,而不是为所有可能住在石墙后面的工人准备的。他们就这样紧紧地挤在狭小的空间里,即使是在早晨,太阳还没有把大地点燃,教堂里也太热了。

尽管这座小教堂狭小简陋,卡洛塔却喜欢它。教堂一面墙上有一幅漂亮的壁画,画的是伊甸园里的夏娃,她饶有兴趣地注视着这幅壁画。这里的夏娃不像她父亲的《圣经》里那样被描画成金发白

①出自《圣经·圣咏集》。
②出自《圣经·圣咏集》。

肤的样子,也不像椭圆形肖像里的女人,这个夏娃肤色更深,让人想起卡洛塔的皮肤。然而十字架上的基督则苍白如雪,她不喜欢看到他,因为他的脸因痛苦而扭曲。

她父亲的布道经常讨论基督的痛苦,劝诫混血种明白上帝赐予这个世界痛苦,是为了让一切都能够变得完美。原罪必须被消除,但这个任务不可能不经受痛苦就轻易完成。上帝委托她的父亲去完善造物,把我们从罪恶中解救出来,于是博士创造了混血种。因此,莫罗博士是一位先知,一位圣人。

但卡洛塔知道混血种对这个概念感到很困惑。她听他们说过莫罗博士是咸海深处的主人,是天上星辰和闪电的主人。父亲不会次次都纠正他们。

她担心这是亵渎神明。她担心博士为他们编织这幅世界图景别有用心,也怀疑雅萨克顿的存在究竟有何目的。没有父亲的实验和医学研究,她可能已经死了,这是真的。父亲还经常告诉她,透过大自然的面纱,还可以发现许多其他的奇迹。医疗方法可以给那些绝望的人带来希望。

但是……这些混血种天生就有各种稀奇古怪的疾病,他们活得很痛苦。

混血种以人性的名义忍受着痛苦。但痛苦是一份赠礼,她父亲是这样说的。人必须忍受痛苦,否则就不能品尝到甜蜜。

那天早晨,父亲对大家说,他们必须温顺谦恭。这也是布道常说的话题。

"不要辱骂,不要争吵,但要谦让,对众人表示极其温和。<sup>①</sup>"他说道。

她看见蒙哥马利斜靠在小教堂的后门口,神情严肃。她怀疑他是否在听。她在会众中找不到路皮。当她的父亲开始祈祷时,她垂下头低声应和。

看,天主的羔羊,除免世罪者<sup>②</sup>。被召赴羔羊婚宴的人,是有福的<sup>③</sup>。

布道结束后,蒙哥马利和卡奇托领着混血种们回去做家务,卡洛塔则去找路皮。她发现路皮在驴屋里,正抬头盯着那个驴子的头骨。卡洛塔坐在路皮旁边的长凳上,两人都盯着那个牲口的骷髅。她不明白路皮为什么来这个地方,而不去舒适的小教堂,但她现在知道路皮的许多喜好是很难理解的。她没有向卡洛塔解释,而卡洛塔询问的话也常常遭到冷言相对。

"你又不在教堂,父亲会不高兴的。"

"也许吧。"路皮说。

"你不在乎。"

"卡奇托会把今天做过的事情都说一遍,像个鹦鹉一样。"

---

①出自《圣经·弟铎书》。
②出自《圣经·若望福音》。
③出自《圣经·若望默示录》。

"不关卡奇托的事。父亲希望你去。"她坚持道。她不希望路皮有麻烦,也不希望他们这个完美的小家庭里发生纠纷。但是路皮现在变得很冷漠,她根本不看卡洛塔。

她想逃走,卡洛塔心想。如果她有翅膀,她会逃到天涯海角去。

"他每次都说一样的事情。"

"他没有。"

"你简直是个聋子,洛蒂。"

她没回答,因为不想再吵。路皮站起来,卡洛塔也跟着她走到屋外。她们没有回屋,而是来到院子里,墙壁上涂着公牛血一样的深红色,而且爬满了常春藤。卡洛塔头靠在路皮的肩上,她们一起看着喷泉。

寂静仿佛抚平一切伤痛的良药。鸟儿在笼子里啼叫,喷泉汩汩作响。她们忘了刚才两个人之间的不快。

是卡洛塔打破了这个舒适完美的泡泡,她看着父亲的窗口随风飘荡的白色窗帘。

"我觉得父亲想让利萨尔德家的人注意我。"她说。

"怎么注意你?"

"他说我这个年龄的女孩应该被人追求。"

"你喜欢吗?"

在她看过的海盗小说里,女人们要么被绑架,要么就以令人兴奋的方式遇到她们的情人。"被人追求"听起来太平凡了,听起来和

"煮豆子"或"洗亚麻布"没什么区别。然而,这也是一件她还没有经历过的陌生的事情,所以多少还是值得兴奋,即使"被人追求"似乎是一条每位女士都会踏上的寻常之路。

"他们很英俊,我不介意有一个英俊的丈夫。"

路皮大笑,她尖细的指甲划过卡洛塔的辫子,她们小的时候,她就喜欢这样做。路皮喜欢给她编辫子,像对待娃娃一样。卡洛塔是所有人都爱摆弄的小娃娃。

"这可是个很愚蠢的结婚理由。问问拉莫娜,她会跟你说明白的。她丈夫很英俊,但是却打断了她的鼻子。你不能光看表面就对事情做出判断。"

"拉莫娜没这么说。"

"她说了。你——"

"好啦我知道,我是聋子。"卡洛塔厌倦地低声说。

她当然知道美貌和美德并没有必然的联系,但是她也不愿意嫁给一个长相丑陋、口臭难闻的陌生人。如果能有一位英俊的绅士作为丈夫那不是很好吗?

但也不是说她真的很想要结婚。她以为自己会一直住在雅萨克顿,照顾父亲,在实验室里做事,去天然井里游泳。如果她结婚了,她必须离开家吗? 如果对方是利萨尔德的话她就不用走太远了。他们可以住在美景庄园,然后经常回来。

她不想要变化。

但是——

爱德华多·利萨尔德的眼睛是那么迷人的绿色,绿得好像大雨骤临前牙买加山茱萸的叶子。她想起那双眼睛,不禁脸红了。

## 10. 蒙哥马利

过了不到一周时间,爱德华多就写信来,说他要来雅萨克顿和大家住几天。蒙哥马利知道他肯定会再来,但是来得这么快倒是差点把他逗乐了。

为了迎接那两个年轻人,他们需要做无数准备工作。房子被仔仔细细打扫干净,锁在柜子里的瓷器被拿出来清洗,餐具也被擦得锃亮。就连蒙哥马利也不得不从衣柜压箱底的地方翻出他的蓝色休闲西装和单排扣马甲。他站在镜子前整理樱草黄色的宽边领带,卡奇托看到这一幕笑起来。范妮喜欢黄玫瑰,这条领带是为她准备的。

"很难看吗?"他低声问。

"不难看。"卡奇托快乐地说,"只是和你平时不太一样。"

蒙哥马利小心翼翼地拿起一根银制的狐狸头别针,仔细打量着自己。他觉得自己看起来确实很滑稽,这一身打扮的确和他几乎当成制服每天穿的白衬衫和白裤子不一样。

蒙哥马利从不欺骗自己。他的脸普通乏味,一向如此。他追求范妮的时候,在头发和衣服上都下了一番功夫。他曾热情地追随着她,有这位年轻女子在身边,他有时甚至觉得自己变成了王公贵族。但那些日子早已成为过去。

然而,他不能带着指甲里的泥土和乱糟糟的头发出现在利萨尔德家的人面前。他的西装外套不是最新的款式,但看起来还不错,而且稍微打扮一下肯定没错,不是吗?他最近是不怎么打扮自己,但并不意味着他想像个乡巴佬一样到处走。

"也许我该剃个胡子。"他对卡奇托说着,揉了揉自己的脸颊。利萨尔德的小胡子修得十分整齐,蒙哥马利则是胡子拉碴。"你觉得呢?我是不是该刮掉这些乱毛?"

"你没了胡子很丑。"卡奇托说。

蒙哥马利笑起来,"也许吧,我也不年轻了,但是我今天还是把胡子刮一刮。"他边说边扯了扯自己的领结。

"我希望能看到那些访客。"

"你知道这是不可能的。你必须避开大家。"

"是啊,是啊。但我很好奇。这些人想杀了胡安·库穆克斯。他们肯定相当勇敢无畏,才会去追捕他。"

"他们是懦夫加蠢货,所有人都是。如果他们真的找到库穆克斯,肯定会扭头就逃。"

卡奇托抬头看着他,"没关系,他们永远找不到的。胡安·库穆克斯知道丛林里每一棵树的位置,他总是至少带着六十个人一起行动。你从城里买的报纸上写过,我看了。"

"你不能对报纸上写的什么东西都相信。"他开始思考卡奇托还在报上看了些什么。

"但库穆克斯真的什么也不怕,他为自己的同胞而战,利萨尔德家的人和他没法比。我觉得他们若是战斗也只会为了自己。"

"你还在担心高利贷的事情?别想了。"

"但你不喜欢他们。"

"是啊,不喜欢,但我喜不喜欢他们也无所谓。"蒙哥马利简单地说。

第二天他一大早就起床了,嘴里没有一丝酒味。而且他确实刮了胡子——他原本留了一些唇髭,但转念一想,那几个年轻人说不定会觉得他是在模仿他们的造型。这念头让他觉得很烦躁,最后把所有胡子都剃了。这样他看上去又太憔悴了,忧心忡忡,但他宁愿如此,也不愿尝试与他格格不入的时尚。

他又想起了范妮,想起了她看他的样子,想起了他有爱人依傍和有黄玫瑰的日子。在那之后,他掉了一颗牙,手臂上有了伤疤,眼睛下有了皱纹。他三十五岁了,已经不记得自己二十岁时想成为什么样的人了。他很久以前就迷失了。

他开始完成本职工作,然后在约定的时间站在房子门口等待那些人。他们不守时,在指定时间又过了一个小时后才终于骑马到达雅萨克顿。他把那些人领进主屋,他们的马匹则被带到马厩。他要把马鞍袋从马背上卸下来,把行李物品搬到房间里去,所以他请先生们先去客厅。

做完这些事情之后,他让拉莫娜整理客人们的行李,并在自己的房间里换好他挑选出来的衣服,迅速地把领带戴好。当他走进客厅时,莫罗博士已经在那里了,正和年轻的先生们友好地聊天。爱德华多的手指懒洋洋地落在钢琴的琴键上,同一个音符响了三次。

蒙哥马利僵硬地站在一旁,他们几乎没有注意到他——倒不是说他希望自己能真正参与到这些互动中,他出现在那里只是因为他必须露面。如果他待在房间里抱着酒瓶,莫罗博士会认为这很不礼貌,但其实喝个烂醉才是他真正想做的事情。

当卡洛塔·莫罗走进房间时,他忘记了酒瓶,甚至忘记了呼吸。

她穿着一件绿色的提花丝绸连衣裙,从脖子到臀部都非常贴合她的身材,裙摆的部分缀满荷叶边和褶皱装饰。她的头发盘在头上,几缕柔软的卷发迷人地垂在脸上。她右手拿着一把扇子,优雅自如地扇动着。

她真的很迷人,俨然是青春和美丽的实体化身。蒙哥马利迅速转开目光,唯恐有人注意到他脸上险些扩散开来的一丝微笑,那是看到她时生出的纯粹的喜悦,使人难堪的渴望点亮了他的眼睛。

爱德华多整理了一下外套,然后起身走上前,对那个女孩露出迷人的微笑,然后拉起她的手落下一吻。"莫罗小姐,我们正在想你藏到哪里去了。"他说。

"是的,确实。"伊西德罗说,"爱德华多威胁我们说他要弹钢琴,你一定要阻止他。"

"你愿意为我们弹奏和唱歌吗?"

"如你们所愿。"卡洛塔说着也让伊西德罗吻了自己的手,但她的眼睛依然看着爱德华多,只匆匆扫过伊西德罗不过几秒钟。

她没有理会穿蓝色外套、系黄色领带的蒙哥马利。他认为这身衣服足够不错,但卡洛塔甚至没有投去好奇的一瞥。

她坐在钢琴旁,弹唱了一支简单的曲子。尽管她并不是很擅长音乐,但她的嗓音还算是清澈悦耳。在伊西德罗又演奏了几段轻快但没什么特色的曲调之后,在座的绅士们礼貌地鼓掌。

爱德华多请那个女孩和自己跳舞。她并没有卖弄风情地做出回应,反而有些畏惧。

"恐怕我没学过跳舞。"她回答。

"很简单。对于你这么漂亮的女孩来说就更简单了。"爱德华多对她说,"像莫罗小姐这么美丽的女孩总能有办法,你觉得呢,劳顿先生?"

"我不知道。"

"你不知道她漂不漂亮?"

蒙哥马利意识到,爱德华多已经注意到他瞥了卡洛塔一眼。他的想法有那么好读懂吗?还是说爱德华多比他想象的更敏锐?也许这个年轻人只是想羞辱他,作为他们那天争执的报复。可能两者都有。

他说:"莫罗小姐肯定更喜欢你的赞美,我的倒无足轻重。"

女孩此时确实看了蒙哥马利一眼,好奇之余还有一点迷惑。

"得了,劳顿先生。你不会是在害羞吧?女士们总是喜欢赞美,不管这赞美来自谁。你一定是她的老熟人,先生。你为她父亲工作多久了?是六年还是七年?她一定把你看作是一位好心的叔叔,你对她的恭维绝不会有失体面。"

蒙哥马利没有回答。爱德华多大概觉得这就是胜利了,于是转向卡洛塔。"我教你几个舞步。"他说。

话题变了,卡洛塔似乎很庆幸,她有些羞怯地点点头。尽管她缺乏经验,犹豫不决,但她很优雅,随着爱德华多一起轻轻摇晃。她可能从未跳过舞,但她的身体懂得音乐和节奏。她轻盈柔软,他只能想象把她抱在怀里是何等的欣喜。

她抬头看爱德华多的时候,脸上露出因青春和情感而生的凡俗表情。

蒙哥马利双手插在口袋里站在一旁,看着他们二人,回忆他上次和某个女孩跳舞的情景。是范妮。他们去参加一场聚会。他不喜欢那种场合，但她喜欢，所以他会为了她而参加。最流行的四方舞的舞步有着法语名字：Les tiroir, Les lignes, Le molinet, Les lan-ciers；但范妮跳得最好的是维也纳华尔兹。

他记得自己紧紧地抱着范妮，手搂着她的腰。他记得她轻柔的笑声，记得她穿的石榴色连衣裙——缎子和薄纱，像蝴蝶的翅膀一样柔软——最重要的是，她脖子上弥漫着玫瑰精油那细腻多变的香味。卡洛塔会不会在手腕和脖子处喷香水呢？还是说，点缀她皮肤的只有日晒和盐的气息？

蒙哥马利编了个借口，糊弄几句便离开了房间。没人留意到他的离去。

第二天是星期六，莫罗博士的例行宗教仪式因为客人的到来而被取消了，蒙哥马利早早就上床睡觉了，还放任自己第二天早上睡了个大懒觉，这样就不用和客人一起吃早餐了。当他走进厨房时，已经快到中午了，卡洛塔正在和拉莫娜吵架。

"你来了，劳顿先生，"拉莫娜转身面向他，"我一直想跟这个固执的姑娘讲道理，可她就是不听。她想亲自带那两个人到天然井去，她不应该这样做。"

"他们想游泳。"卡洛塔说。

她穿的长裙比前一天晚上的那件简单，是白色的，上面有印花，镶着绿色丝带。它显得轻盈凉爽，也很得体。

"在我们镇上,一个女人在嫁给一个男人之前甚至不能和他说话,而你却在这里要求我给你打包食物,让你和他们两个一起走。"

"别犯傻了,拉莫娜,只是去野餐而已。"

"别担心,拉莫娜,我送他们三个一起去。"

"我不需要护送。"卡洛塔赶紧说。

"没有护送不准出门。"他说。

女孩看起来很生气,但他的语气清楚地表明没有商量的余地,她很聪明,也很骄傲,没有再发出任何抱怨。"那就不要吃的了,我们只带他们去天然井就好。"她的声音很冷淡。

"我没意见。"

她走得很快,几乎是一路小跑,直到他们进到里院,那几个年轻人正在那里聊天。她放慢脚步让自己镇静下来,而男人们一看到蒙哥马利,就不那么高兴了。

"日安,绅士们。莫罗小姐告诉我,你们想游泳。"他说着举起草帽致意。

"是的。她说附近有个宜人的天然井,而且现在热得要命。我们想要凉快一下。"爱德华多微笑着对他说,"我觉得你不需要去牵马,她说我们可以走着去。"

"走路确实挺好,那我们就走吧。"蒙哥马利轻快地说着,头也不回地往前走,他可以想象那些人脸上充满失望。与其说他想充当监护人,不如说他想激怒这帮毛头小子。

　　他们一边走一边断断续续地谈话,蒙哥马利估计他已经破坏了他们的小旅行。但这事儿还没完。

　　等到了天然井,他抬手一指,"就是这里了,先生们。这就是巴拉姆天然井。"

　　"很好。"爱德华多完全心不在焉。两位先生都站在离水坑很远的地方,好像生怕自己会掉进去。

　　"你们打算马上游泳吗?"

　　"在这儿跟你游吗,先生?"

　　"为什么不游?"蒙哥马利说,"你不会害羞了吧? 这位女士会把头转开,我确信你们本来就是这样计划的吧。"

　　爱德华多抬起下巴,但什么也没说。蒙哥马利耸耸肩。"好吧,如果你们不游,那我就去泡个澡。"他说着摘下帽子,然后脱下衬衫。他又穿回了自己平日里那件简单的无领棉衬衫。没有必要穿得像个恶心的花孔雀,不戴丝质领带反而不会显得那么愚蠢。

　　他脱下靴子,看见卡洛塔红着脸转过头去。他穿着白裤子,沿着石头走到水里,然后径直跃入其中。水非常凉爽,一般来说他会仰起头,闭上眼睛漂游一会儿,但这次,只过了几分钟,蒙哥马利就回到同行者们待着的地方,裤子湿透了。他又穿上靴子,把衬衫披在背上。

　　"先生们,你们真的该下去游一圈。"他说。

　　"如果只有我们,就会去的。"爱德华多说着把手扶在树干上,他眼神很不客气，"但现在毕竟有其他人。像你这样在莫罗小姐眼里是不得体的。"

"莫罗小姐和我是老熟人了！"

"是吗？"爱德华多冷漠地说。

"看得出来你确实很害羞。别担心，莫罗小姐和我就让二位自便吧。我相信你们可以轻轻松松找到回家的路，因为这条路直通雅萨克顿。"蒙哥马利说着伸手比画了一下，指了指路。他一只手按着卡洛塔的后背，把她从那两个年轻人身边推开。

她安静地跟着离开了，没有任何抗议，但是等他们离开天然井有一段距离，到了美洲虎的雕像的位置时，她在他面前站定，双手攥成拳头。此时只有树上的鸟能听到他们说话。

"蒙哥马利，你好大胆！"她说。

"我做什么了？我按照说好的，把那两个人送到天然井，然后现在送你回家。"他语气无辜。

"不，根本不是！你羞辱他们！他们生气了怎么办？他们告诉我父亲了怎么办？万一——"

"万一爱德华多·利萨尔德不想和你结婚了怎么办？我觉得到时候你父亲会把你卖给另外那个人。别担心，他总会找到买家。"

她咬牙切齿地扇了他一巴掌，这是蒙哥马利意料之中的；但是她的眼睛里充满的泪水却在意料之外。随后，她快步离开了。

"卡洛塔！"他大声喊着追上去，但是那个女孩提着裙子跑得飞快。其实不管她跑多快蒙哥马利还是有可能追上她，不过仔细想想，他还是不追了。

衬衣落在了身后某处，他骂骂咧咧地回头去捡，最终在路中间找到了那团沾满泥土的布料。他还是穿上了。

那姑娘已经跑没影了。他返回主屋的时候也没见到她。就让她一个人待着吧，可以的话，待到永远。

# 11.卡洛塔

卡洛塔热爱雅萨克顿的一切,而她最爱的当属自己的父亲。他就像天上的太阳,照亮了她的生活。

是的,他有时候确实顽固,而且要求很多。但是她总是能回忆起许多年前那些艰难的夜晚。那时她还很小,他还没有找到为她治病的方法。她记得父亲拨开她脸上被汗水浸湿的头发,喂水给她,在她的头下面多垫一个枕头。在痛苦的阴霾中,父亲每天晚上都在她身边,向她保证他会让一切变得更好。

他做到了,他遵守了自己的诺言。尽管她很厌恶那种软弱无助、任由别人摆布的感觉,但她对父亲的爱却心存感激。

卡洛塔爱自己的父亲,爱他所以想让他开心。

当她进入客厅时,爱德华多向她走来,在她的指关节上吻了一下,这让她忽然慌张起来。当他建议一起跳舞时,她简直无法思考。

她担心自己步伐会错,叫他们觉得她很傻,于是她的第一个念头便是拒绝。但父亲想让她与绅士们交往,于是卡洛塔勉强挤出了一丝微笑。

爱德华多拉着她的手,演示了正确的舞步。"你真优雅,"他说,"真的想不到你从来没有跳过舞。"

"你这么说真贴心,我只怕自己踩到你的脚。"她回答道。她的声音很低,爱德华多不得不凑近了请她再说一次。

"那有什么呢?不过,你父亲为什么不送你去城里上学?"

"我小的时候身体孱弱,每天都卧病在床。但我不介意总待在屋里,那样就有时间阅读了。"

她的声音依然轻如耳语,他的微笑也没有变化,仿佛是画在脸上的。

"你最喜欢的书是什么?"

她喜欢海盗故事,也喜欢她父亲的科普书籍,但是如果说自己喜欢看浪漫小说,卡洛塔担心对方会觉得自己傻。"我喜欢沃尔特·司各特爵士的书,尤其喜欢布里昂·德·波阿–基尔勃。"她想了一会儿才这样回答。

"你先别说……他是书里的人物……是什么书来着?"

"《艾凡赫》。"

"没错！但他不是大坏蛋吗？我记错了吗？"

"哦，不是的，"卡洛塔摇头，此时她的声音更大，也更果断了，"他是个很复杂的角色。他爱蕊贝卡，但蕊贝卡不爱他。他发誓永远不再爱别人，他是个充满矛盾情感的人。"

"我一直记得他是反派。除了《艾凡赫》你还喜欢什么？"

"别的书。我喜欢《克莱门西亚》①，是浪漫小说，你看过吗？"

"我没那么用功，必读书目都只看个大概。"爱德华多似乎很是自豪。

"那你在城里学了些什么？"

"我虽然不是学者，但也学了一些东西。我父亲希望我能管理我们的产业，所以我应该温习一下数学。庄园的具体财务情况当然是由资产管理员和工头处理的，但我偶尔看看账簿也无妨。我父亲几乎从不去那些庄园，没有人真的待在那儿，但他认为我应该至少来看一次。美景庄园以前养牛，但现在是一个生产蔗糖的种植园。我是几周前才知道这些的。"

"我真不明白，你对自己的庄园为什么一点也不熟悉呢？"卡洛塔皱着眉头说，"如果你从未把泥土捧在手里，又怎么能分辨出它们的不同呢？"

---

① 《克莱门西亚》(Clemencia)是十九世纪墨西哥作家伊格纳西奥·曼努埃尔·阿尔塔米拉诺(Ignacio Manuel Altamirano, 1834—1893)创作的浪漫小说，出版于1869年。《克莱门西亚》通常被认为是第一部现代墨西哥小说。

"泥巴能有哪些不同类型？"

"很多啊！它们还有各自的名字：tzekel 是岩质土，不能种东西；kankab-kat 是红壤，没什么营养；boox l'uum 看起来发黑，而且十分肥沃；k'an kab 则颜色棕黄①。如果你不了解土壤，就不知道该种什么东西，也不知道如何烧荒、种新植物。有学识的人必须知道这些事情。"

"那我可太失败了。"他轻快地说着，露出微笑，"你能当我的老师吗？"

"我没那么聪明。再说，你已经在教我跳舞了。"

"哈，跳舞又不难，比拉丁语简单多了。我拉丁语很差。"

"我挺擅长语言。"

"看来你什么都比我强。"

"你只是谦虚而已，先生。"

"没那回事。我可以教你别的舞步，你想学学吗？"

现在和他跳舞，卡洛塔觉得自在多了。他身上的新奇之处与其说令人害怕，不如说是令人兴奋。她习惯了父亲严厉苛刻的样子和蒙哥马利忧郁的沉思，此时很喜欢爱德华多的幽默。于是她也朝他微笑着点了点头，他充满喜悦的目光注视着她，那神情富有感染力，叫卡洛塔十分欢喜。

甚至在舞蹈结束、他们道别之后，这种欢喜一直伴随着她穿过

---

① 本段中的外文词语是玛雅语中对不同土壤的表述。

房间。那种感觉几乎有些让她发痒，是一种古怪、不安的渴望，她不知道他是否也有同样的感觉。

那天傍晚，卡洛塔给父亲泡了一杯茶，父亲谢了她。

她把托盘放在桌上的时候，他说："你今天做得不错。爱德华多对你印象很好。结婚对你有好处，也能给我们带来更多选择。"

"这是什么意思？"她轻声问。

"我离开巴黎的时候，没有家人的支持。你可以说他们否定了我的研究和工作。我不得不离开他们，在没有任何帮助的情况下开始新的生活。我哥哥欠我一份家产，他会给我吗？不会。我会跪下来求他吗？绝对不会。让他腐烂吧，没有他我也能活下来。"

父亲很少谈论他生活中的那一部分。她知道他在输血技术方面做出了革命性的成果，但他为什么要放弃法国的一切，又是如何到达墨西哥的，这些他都不愿意谈论。他能坦率地说起这些事情，卡洛塔很惊讶，所以她没有插话，只是点点头听着。

"我想给我们争取一些选择，卡洛塔。利萨尔德的姓氏能打开很多扇大门。他们的财力雄厚。我不得不为别人工作，凑合着走那些有钱的低能儿们为我选定的路。但是如果你嫁入这样一个家庭，就有机会做出自己的选择。"

"那你认为……你希望他们中某个人当我的丈夫？因为他们很富有？"

"财富就是权力。想活在这个世界上不能身无分文，而到我去世的时候,我们的财富恐怕也就所剩无几了。这房子不是我的,卡洛塔,实验室里的家具和设备也一样。这些都是借来的,孩子。"

"可是你这些话的意思就是我别无选择了,爸爸。你明明才说了要有选择。"她站在父亲床边低声说。

他紧紧地握住她的手,"卡洛塔,女孩子活在这世上不得不理性行事,而且我也指望着你。利萨尔德兄弟可能是我们最好的……不,我们唯一的机会。孩子,这可能是你年轻生命中最重要的一段时光了。"

她不明白父亲为什么要如此强调。难道他没有时间给她找个新郎吗?卡洛塔不可能在首都或其他城市遇到一个合适的追求者吗?然而,让父亲满意是女儿的责任。她无力地点点头。

"你喜欢爱德华多,对不对?"他问道。

"我很喜欢他,爸爸。"她确实喜欢他。至少,她喜欢目前自己所看到的他。他跳舞的样子,他礼貌地吻她的手,他的声音和他美丽的眼睛。她不太喜欢他对蒙哥马利说话的方式,也不能理解他们对彼此的敌意,但她想也许男人之间都这样。他们像公鸡一样,急着要啄对方。

她对男人的了解都来自报纸、书本或各种传闻,此外还能有什么呢?什么都没有了。但她喜欢爱德华多让自己心花怒放的感觉,以及那种让她皮肤发麻的奇怪的渴望。

次日早晨,吃完简单的早餐之后,父亲让卡洛塔带客人们在附近参观一下。她穿上一件新的夏装,让他们跟自己出发。她先是带他们去了小教堂,骄傲地给他们看了无数次吸引她目光的壁画。

两个年轻人仔细看着,但伊西德罗似乎有些心不在焉。

"你不喜欢吗?"她问。

"壁画的笔触很好,但是整体有些不对劲。"他回答。

"不对劲?"

她看着黑头发的夏娃站在一棵开花的树旁,树上有栩栩如生的鸟儿。在她的脚边有一只鹿,背景中可以看到狮子、马、狐狸和孔雀。一条小溪在她旁边流过,里面有很多鱼。

"如果这是夏娃堕落的那一刻,那蛇为什么不在地上?画里的也不是苹果树。因此,这一定是人类犯下原罪之前的伊甸园,但亚当却无处可寻,只有夏娃一个人。啊,这让我想起了异教的东西。"

夏娃手里拿着一朵猩红色的花,她的头发上也戴着猩红色的花,她站在一轮圆圆的太阳下面,皮肤被晒成了古铜色。卡洛塔不明白为什么这是异教的内容。她困惑地看着伊西德罗,想知道这是否像舞步一样,是父亲忽略的教学,需要有人指点她一下。但她读过他们的《圣经》,听过父亲讲述其中的许多章节。

"请务必原谅我的堂弟,他是一名神学院学生,一心想成为牧师,后来被家人阻止了。"爱德华多说,"在他看来,几乎所有东西都多多少少沾点异教。"

"我没有。"伊西德罗抗议道,"此外,你不能否认,这些人歪曲牧师的教义,尤其是在这个地区——"

"别又开始。"爱德华多不屑一顾地说。

伊西德罗皱起眉头,不再说话。他们离开教堂,卡洛塔指了指围墙以及通往混血种住处的大门。门理所当然地紧闭着。

"我父亲的病人住在那里,以前那是工人的住所。我父亲希望你们不要往那边走。很多病人不宜被打搅。"她说。

"我们绝不会去打搅他们,"爱德华多说,"他们大部分都是接受慈善捐助的吧?"

"父亲照顾他们。"

"叔父在雅萨克顿做的慈善事业一定花了很多钱。"伊西德罗愉快地说。

她说:"小量播种的,也要小量收获;大量播种的,也要大量收获。"①

她估计伊西德罗会很高兴听到她引用《圣经》的内容。但年轻人只是盯着她看了一眼,似乎一点也不觉得有趣。卡洛塔垂下眼睛,继续走着,向他们指示了马厩,然后领着他们穿过房子。

对卡洛塔来说,雅萨克顿比世界上最伟大的博物馆还要精彩,但她很快注意到客人们都感到厌倦了。等走到院子里,她甚至以为他们会打哈欠呢。

她站在那里,听着鸟儿在笼子里啁啾,不知道还能给客人们看

---

① 出自《圣经·格林多后书》。

什么。他们看到了光泽的手绘瓷砖,墙上的镂花版画,还有九重葛。她意识到美景庄园一定比雅萨克顿更宏伟,他们在梅里达的房子可能也很豪华。正如她父亲所说,他们拥有这里的一切:每一个玻璃杯和瓷茶具,甚至院子里盛开的九重葛。

"今天会热得要命,"爱德华多说,"我还不习惯。墨西哥城里从没有这么热过。"

"我们可以去天然井,你们可以在那里游泳。"卡洛塔说,"那里的水是非常美丽的蓝绿色,而且特别凉快。"

"听起来是个好主意。"

"我们可以去野餐,"伊西德罗说,"像英国人那样。"

"我听说晚上野餐的体验更好。"爱德华多说。

"也许吧,但我饿了。"

"等我一分钟,我会安排好的。"她说着赶紧跑去厨房。

卡洛塔跑进厨房的时候,拉莫娜正在给辣椒去籽。"拉莫娜,你能帮我们准备一些英式野餐的食物吗?"她问。

"那是什么?"

"我不知道。面包片、芝士之类的吧。"

"你得解释清楚。"

"我也不确定。总之就是招待客人的东西,要马上准备好。我们打算去天然井那边吃。"

"你怎么不去找劳顿先生帮忙? 他是英国人,他知道。"

"我们只是去游个泳,蒙哥马利不去。"

拉莫娜摇头,在厨房抹布上擦了擦手,"那你不能去。"

"什么意思?"

"没有监护人在场,你要跟两个男人去游泳?"

"为什么不呢?"

"因为不好,这就是为什么。你和那些人又没有订婚,没定下来。在新娘答应结婚之前必须求婚七次。那些人一次都没问过吧?"

"不是那回事,他们又不是玛卡胡阿尔。"

"外国佬也必须有规矩。这样子不体面。我可不傻,洛蒂。"

"我要去。"卡洛塔说。她现在可不温柔了,顽固的一面冒出来了。

但就在说话的时候,卡洛塔听到身后有脚步声——是蒙哥马利。当然,他和拉莫娜是一边的。卡洛塔认为他这么做是为了激怒自己,否则她看不出他为什么要关心他们去哪里。他之前可从来不愿与人交往。当他们一起走向天然井时,她觉得自己被背叛了,但她努力说服自己,情况还可以挽回。

当到达天然井时,她还高兴了一下。水潭非常美丽,鸟儿在树上歌唱,周围皆是她习惯的种种魔法和美景。她想其他人也会有这种感觉,这个地方会让他们都平静下来。

然后蒙哥马利突然表现得像个小丑。他说的每一个字都让她想用手捂住他的嘴,叫他安静。他打破了把陆地和水联系在一起的咒语,打破了把深水中的鱼和天空中的太阳联系在一起的咒语。

仿佛是他给这个地方施下了恶咒。

就在她以为情况不会更糟的时候,他突然把帽子扔到一边,脱掉衬衣,非常冷淡地准备去游泳。

她从父亲的医学书上学到了所有肌肉和骨头的名字,但是她从未看过没穿上衣的男人。

蒙哥马利很瘦,手臂上有好几条伤疤,尽管他看起来很憔悴不堪,但身体却显示出长期从事体力活锻炼出的力量。她突然好奇在利萨尔德兄弟华丽的衣服下面有没有蒙哥马利那样结实的体型,看起来是否有所不同;毕竟,他们的身体只在钢琴和书桌前接受过"锻炼",他们的身体只知道马车的运动和城市的声音。

蒙哥马利就像一块破损陶器的碎片,卡洛塔想象不出他曾经完整的样子。当他瞥向她时,他的眼睛是水灰色的。不像爱德华多的那样郁郁葱葱,充满希望,而是暴风雨的灰色。

她红着脸转过头去,双手握在一起。

没人说话。

她想告诉利萨尔德兄弟,她不明白发生了什么事,蒙哥马利通常不会这样做,她希望他们不要觉得被冒犯了,但她不知道该说什么,也不知道该怎么开口。

看来他的恶咒的确生效了。

他毁了这一切。

蒙哥马利从水里出来之后就把她拉走了,她说不出话,但是每走一步都非常生气,最后她停在蒙哥马利的前面。

"蒙哥马利,你好大胆!"她说道。

他看上去并不懊悔,而是冷漠。不仅如此,他还沾沾自喜。

卡洛塔扇了他一巴掌,手打在他没了胡髭的脸颊上,但这只使情况更糟。她眼里噙着泪水跑开了。树上的鸟儿大声啼叫,它们尖锐的叫声是他嘲笑的回声。

她回到自己的房间,蜷缩在床上哭了起来。卡洛塔童年时代的许多物品仍然留在她身边:装玩具的箱子放在床脚,架子上摆着她的娃娃。她盯着娃娃们的笑脸,希望能得到安慰,但它们看起来又老又丑。

她记得蒙哥马利在她面前显得那么自信,几乎是在嘲笑。她无法忍受,用指甲在床单上划来划去,似乎希望自己能划破他的脸。

他好大胆!他确实大胆,确实那么做了,他什么都不在乎,他愚弄了她。她被情绪混杂而成的鸡尾酒灌醉了。焦虑、愤怒、兴奋和羞愧交织在一起,使她陷入混乱。

她的指甲被布勾住了,细亚麻布上留下了瑕疵,她辗转反侧,把毯子从床上推开,抱着枕头。

过了好久,傍晚的阴影开始在她的房间窗户上舞蹈时,路皮敲了敲门,走进屋。她穿着黑色的衣服,戴着手套和面纱。每当有外人在雅萨克顿时,她都会这样做,这样她就不那么引人注意了。她必须躲得远远的,但一袭黑衣是额外的预防措施。

路皮端来一个托盘,放在小桌子上。

"绅士客人们在自己房间里吃晚餐,劳顿先生说他身体不舒服,所以拉莫娜让我给你端点吃的来,这样她就不用再摆餐具了。"

卡洛塔觉得泪水再次涌了上来,她已经哭得双眼红肿了。

路皮掀开面纱,皱起眉头,"怎么了?你为什么哭?"

"我们去了天然井,蒙哥马利对客人们特别差。他们肯定生气了,觉得我很傻,说不定正盘算着明早就离开。"

"他们真的走了又怎样呢?"

她把发热的脸颊贴在桃花心木的床头板上,"你不明白。我父亲会大发雷霆的。他一直拼命告诉我结婚有多好,然后他说如果他死了,我们就一分钱也没有了。我想让我父亲高兴,我想让爱德华多喜欢我。"

"他肯定喜欢你。所有人都喜欢你。"

"你不喜欢,你已经不喜欢我了。"卡洛塔低声说,"你整天都盯着小路,整天说去了别的地方会发生什么事情。"

"傻子,我很喜欢你。"路皮低声说着,坐在床边拥抱了卡洛塔,"你有点怪。没关系。谁在乎那些傻男生呢?"

当她们还小的时候,会蜷缩在一起,透过立视镜看远处的景色在她们眼前绽放。她们重复拉莫娜的故事吓唬彼此,说有鬼魂把孩子淹死在水坑里，但她们已经有很长一段时间没有这么亲密了。

"你今晚该一起来坐在篝火旁。"路皮说。

"你们点了篝火？我们有客人呢。"

路皮耸耸肩，"他们会在意吗？他们肯定待在自己的房间里，如果你猜想的没错，他们肯定急不可耐地数着时间想要离开。他们为什么会想朝围墙后面看？而且，蒙哥马利说没关系。"

"他当然说没关系。他想喝酒。"

"我估计他肯定一下午都在喝酒。他到那儿的时候肯定已经烂醉如泥了。每次他这样，就不管任何人的想法了。"

"我不想靠近他。"卡洛塔低声说着，想起他脸上带着傻笑的表情，更糟糕的是还想起了他晒得黝黑的胸膛和肩膀。他的头发总是乱七八糟地垂在眼前，当他从水里走出来的时候，他的头发都向后滑去。

蒙哥马利那样展示自己实在是很不体面。这让她怀疑，如果人们把亚当画在壁画上，那画面会不会看起来像蒙哥马利而非爱德华多。她打消了这个想法，有点生气自己竟然会产生这种想法。

"他在的话又怎么样？如果他给你找麻烦，就把装烧酒的瓶子甩到他脸上。"

"你把每一件事都说得那么简单。"卡洛塔低声说。

"那就在这里生闷气吧。"路皮说，"你不去的话，我帮你拿瓶子扔他，如何？"

卡洛塔露出微笑,路皮则是咯咯地笑出声。"我该走了。我给你留一扇门,万一你想来呢。"路皮说。

那天晚上,天色已经很晚了,尽管卡洛塔对自己说不要冒险去篝火边,但她还是很快换上了一件带刺绣领的白色衣服,穿上拖鞋悄悄地走了出去。她不需要蜡烛,月亮高高挂在天上,她看得很清楚。她从来都不怕黑暗,即使在很小的时候也不怕。

她走到围墙边,轻轻一推门就打开了,她立刻看到了篝火和围坐在周围的混血种。他们坐在摇摇晃晃的椅子上,还有几个坐在地上,总共有二十九个。其中有几个混血种睡着了,有一些在愉快地交谈,还有一些在吃喝。

埃斯特雷利亚和坎在玩骰子,阿卡布用棍子戳自己的牙齿,懒洋洋地闭着眼睛。卡奇托和路皮坐在一起说笑。蒙哥马利半躺在阴影里,旁边是佩克。佩克长着貘的长鼻子,两只畸形的手上只有三根手指,指尖是长长的指甲。他的手尽管有局限性,但曾经一度很灵活,可是现在,关节炎折磨着这个老年混血种,蒙哥马利帮他举起碗,让他喝东西。

卡洛塔犹豫了一会儿,想着要不要走开。佩克喝完酒后站了起来,然后向帕尔达示意一起交谈。蒙哥马利把碗放在一边,身体前倾,伸出长腿,嘴里叼着一支烟。当他抬起头时,看到了卡洛塔。她走近篝火,眼睛一直瞪着他;他也用锐利的眼神回看着,卡洛塔认为这是挑战的意思。

"你来了,洛蒂!"卡奇托叫着爬起来,他手里拿着一只瓶子,"我们都不知道你到底来不来。你想喝点吗?"

"半杯吧。"她说。她不习惯和他们一起喝酒,也不喜欢父亲允许这类娱乐,但那天晚上她觉得自己有点大胆,也许是因为蒙哥马利看她的眼神。卡洛塔想让他知道,她不在乎他,也不在乎他做的任何事。

"不知道我们还有没有多余的杯子。不过,来吧,"卡奇托说着给她一个瓶子,"喝吧。"

酒很烈,不像他们饭后小酌的茴香酒或白兰地,也不像餐桌上的葡萄酒。她几乎想吐掉,但还是喝了下去,然后擦了擦嘴。

卡奇托拍了拍她的后背,看到卡洛塔一脸苦相之后不禁笑起来。

蒙哥马利走到他们所站的位置。"你在干什么呢?"他低声问道。

"喝点酒。想必你已经喝很多了吧。"她回答。

他扔掉烟,踩灭了烟蒂,"你不该来这里。天很晚了,你父亲不允许。"

"我可以来这里。"她粗暴地说,同时很想狠狠推搡他一把看看会怎么样。这样做很幼稚,她心想,可是蒙哥马利也很幼稚,今天上午他表现得像个白痴。

"我送你回屋。"他说着把酒瓶从她手中拿走,还给卡奇托。

"你想让我一起吗?"卡奇托说道,"我们可以再来点烧酒,我正好去取。"

"我拿回来就好。"

"蒙哥马利,没事,我可以去。"

"别麻烦了。"他看也不看卡奇托。

蒙哥马利抓住她的胳膊,把她拽出去,沿着通往房子的小土路走。高高的草挠得她脚踝发痒,昆虫的嗡嗡声和远处猫头鹰的叫声点缀了夜色。

猫头鹰是个坏兆头,她应该感到害怕,然后悄悄地迅速跑回屋,但此时,她反而提高了声音。

"路皮请我来的! 放开我!"她说。

"教皇请你来的我也不管。你父亲不希望你跟混血种们一起喝酒。"他淡淡地说。

"那你为什么可以?"

"因为我和你不一样。"

"我们怎么不一样?"

"莫罗小姐,你是博士的女儿。"

"劳顿先生,你平日打自己的小算盘时可是从来不管这个的。"她说得很快,显然是为了盖过他的气势。

"你在说什么呢?"

他抓得很紧,但卡洛塔挣脱了,并得意地抬起头看着蒙哥马利。"我应该像路皮说的那样,把烧酒瓶扔到你脸上。无所谓。你今天对我很无礼,我凭什么要听你的话,我就该不管你,或者——"

"所以你现在故意惹我生气来了?"

"是啊!也许下次你就知道不该擅自破坏我的生活了。"

有那么一瞬,她真的认为他把一切都毁了。再也没有什么有意义的事情了:食物会失去味道,太阳不会在早晨升起;父亲会恨她,没有人再爱她。

"老天在上,你真是气得我头疼了!"他叹着气再次抓住她的胳膊。

"你头疼是因为酗酒,傻子。"她低声说。

他的表情看上去仿佛真的有酒瓶子砸到了脸上。不,甚至更糟。他看起来阴沉忧郁,站在她旁边,身上有酒精和烟草的味道。

她想知道他现在会做什么。或许他会继续跟着她,也有可能自己回去。或者他可能会生气,然后他们接着吵架。但他脸上的表情让卡洛塔回忆起以前的一些时候,有那么一两次,卡洛塔发现他在看自己,视线一对上,他就迅速抬起眼睛,盯着一个远远的地方。只是这次他没有那样做——他没有移开目光。

"先生!放开那位小姐!"爱德华多喝道。

他们都转过头去,发现利萨尔德就在不远处。蒙哥马利叹了口气,"先生们,你们大半夜在雅萨克顿鬼鬼祟祟的干什么?"

"我也想问同样的问题。"爱德华多回答,"这位小姐看起来很苦恼。"

"我在护送莫罗小姐回屋。现在,请你让开——"

爱德华多走上前,挡住了蒙哥马利的去路。"我想知道你在打什么主意。"他说。

卡洛塔张嘴想解释。当然,不是说出事实。她想编一个漂亮的小谎言,但是蒙哥马利开口更快。"这不关你的事。"他说,声音里透着挑战。

爱德华多整理了一下自己的外套,毫不犹豫地回应了这个挑战。

"这个地方是我父亲的产业,"他说,"也是我的。"

蒙哥马利放开了卡洛塔,手指攥成拳头,脸色更阴沉了。她想,不,他不敢。不过,他今晚一直在喝酒,现在已经不那么清醒了。他看起来很愤怒。卡洛塔还没来得及说话,他就走上前猛挥一拳。

那一拳落在爱德华多的脸上,爱德华多大叫一声,踉踉跄跄地后退了两步,看起来无比震惊,可见此前从未有男人这样打过他。也许女人也没有。绅士们都是决斗的。

但她父亲说过,蒙哥马利不是个绅士。

蒙哥马利迅速再次向爱德华多发起攻击,这次爱德华多做出了反应,挡住了他并进行了回击。伊西德罗不肯袖手旁观,也加入战斗,发起了攻击。面对两个愤怒的对手,蒙哥马利似乎也丝毫不慌乱。

"先生们,住手! 蒙哥马利,住手!"她喊道,"住手!"

卡洛塔以为蒙哥马利可能会停下,因为他看了她一眼,放下手,看起来几乎平静了。然后爱德华多从一旁冲过来,狠狠地打了蒙哥马利的头。这架势让她知道:他肯定打过架。

蒙哥马利似乎有些震惊,他摇摇晃晃,一只手压在耳朵上,弯着腰后退几步,好像要干呕。伊西德罗趁机踢了蒙哥马利一脚,使他失去了平衡。他摔倒了,一只手仍然捂着耳朵。

突然,卡奇托从阴影中咆哮着跳了起来。卡洛塔惊恐地捂住嘴,她甚至不知道他从哪里来,也不知道他跟踪他们多久了。他突然就出现了,用力把伊西德罗推倒在地,那个年轻人甚至来不及尖叫。接着卡奇托又吼了一声,然后咬住伊西德罗伸出的手。

伊西德罗想把混血种从他身上甩下来,爱德华多踢了卡奇托一脚,随后伊西德罗发出一声沙哑的尖叫。卡洛塔抓住卡奇托的肩膀,把他向后拽。

"住手!"她恳切地说,"我们走吧,停下!"

卡奇托放开了伊西德罗,后者躺在地上痛苦呻吟,卡奇托则蹲在一旁,血从他嘴里滴落,耳朵紧贴着头皮。当蒙哥马利站起来时,卡洛塔注意到他的左太阳穴上也有血,应该是爱德华多的戒指划伤了他。

"看在上帝的分上,那是什么?"爱德华多低声说。

卡奇托发出一声低沉的嘶叫,卡洛塔蹲在他旁边,一只手扶着他的胳膊,手指梳理着他的皮毛。

"是我父亲的病人。"她低声说。

爱德华多没有回答。伊西德罗呻吟着想要爬起来,蒙哥马利伸手把他扶了起来。年轻人盯着他,但蒙哥马利面无表情。

"卡奇托,洗干净,去睡觉。我们会让博士看看你的手,利萨尔德先生。走吧,我们回房子去,真是该死!"蒙哥马利说着吐了一口唾沫在地上。

当他们一起往回走的时候,猫头鹰还在远处叫着,预示着悲惨和痛苦。看来蒙哥马利确实施下了恶咒。

## 12.蒙哥马利

他们走进实验室。博士让卡洛塔协助自己,取来纱布、外用酒精和其他材料。伊西德罗坐在椅子上,让博士为他检查。蒙哥马利举起一盏灯,爱德华多点亮了另外两盏,阴影迅速退去,可以清楚地看到病人。

"比我起初预想的好很多,"博士的语气很平静,"卡奇托没有狂犬病。不用灼烧伤口或用银丹消毒了,清洁伤口、绑上绷带就好。"

两个年轻人看起来都松了一口气。蒙哥马利把灯放到桌子上。伊西德罗的衬衫上有很多血迹,但博士说得对,伤口不是很深。到头来,卡奇托还是收敛了自己。

"治疗倒是没问题,但是你能不能告诉我们,外面那个东西究竟是什么?"爱德华多问,"你女儿说那是病人,但他显然不是人类。"

"的确不是。那是一个动物的混血种,是实验的一部分,我帮你父亲经营雅萨克顿就是进行这方面研究。一般来说卡奇托很温顺。"

"温顺! 它差点把我的手咬掉了!"伊西德罗惊呼。

"我们在打架,他肯定是被刺激到了。"蒙哥马利说,"他可能是想保护我。混血种们很信任我,找我麻烦的话——"

"混血种'们'? 还不止一个?"爱德华多问。

"是啊,我们在雅萨克顿寻求许多重要的答案,医学谜团的答案。混血种可能会在此过程中助我们一臂之力。我想你父亲从来没有提到过我的工作性质。"

"没有。不过这也解释了他为什么不想让我们单独来这里。"爱德华多说,"我写信给父亲,告诉他我们要和你们在一起住几天,他回信说我们只能和他一起来。他会来梅里达,并和我们一起拜访雅萨克顿,因为他想和你讨论一件重要的事情。我之前还觉得很奇怪,他向来不愿意离开梅里达,却坚持说我们不能单独来。"

而你们就不肯多等他几天,蒙哥马利心想。你们就非得急不可待地跑回来,想再看这姑娘一眼。

卡洛塔肯定就是爱德华多骑上马急匆匆返回雅萨克顿的原因,他一点也不怀疑。不然还有别的理由吗? 蒙哥马利看了看卡洛塔,她正熟练地往伊西德罗手上缠绷带,动作轻柔而认真。虽然刚刚经历了骚乱,她还是很快地平静了下来。

"我父亲说过你是个天才,你的医学研究很重要,但我从未想过居然会出格到搞出那种生物的程度。"

"那是邪恶的产物。"伊西德罗说。

"不是邪恶,是科学的造物。我本来是想给你们看混血种的,但觉得还是要谨慎些,不该轻易说出来。我们不打算永远向你们保密,"博士说,"我一直计划举办一场晚宴,把它们介绍给各位,并向你们解释我的研究。"

"够了! 你打算怎么惩罚那个恶魔般的怪兽?"伊西德罗问道,他伸出手指,试了试绷带,"必须狠狠揍它一顿。给它一顿好抽,它就再也不敢咬人了。"

卡洛塔吃惊地倒抽了一口凉气。蒙哥马利面无表情。他无话可说,而且他知道,自己这会儿不管干什么都会弊大于利。

"我们深表歉意,但请不要鞭打他。"卡洛塔说着,似乎激动到喘不过气来。一个人只要不是铁石心肠,都会被她的话语和模样打动的。

尽管如此,伊西德罗似乎却无动于衷。他张嘴想说些什么,但爱德华多紧紧地抓住堂弟的肩膀,说:"肯定还有别的选择。"

卡洛塔的魔法似乎对他起了作用。她很漂亮,眼睛又大又甜,爱德华多要么真的被她感动了,要么他评估了情况,决定最好是表现得有点骑士风度。

博士用手杖敲着地板,好像在沉思。"明天早上我会体罚他,你可以看着,但鞭笞实在太过了。我不希望采取鞭笞的办法。此外,他一直在和劳顿先生以及其他混血种喝酒,多少有些喝醉了。一定是烧酒把他的思想弄糊涂了。"

"劳顿要如何处理呢? 他也要受惩罚吗?"伊西德罗问。

"劳顿先生会被扣几个月薪水。他会记住要举止得体的。"

"那可真不错。"

"明天,在执行完惩罚之后,我会让你们看看混血种,并解释你们的所有问题。此次事故确实可怕,但我向你们保证这只是偶然事件。先生们,我请求你们,明早再谈吧。"

"很好,我们明天再谈。"爱德华多说。

伊西德罗骂骂咧咧地站起来,然后同爱德华多一同离开回房。只剩下他们三个人的时候,卡洛塔来到父亲身边,手指拉住他的手臂。

"你不会真的打卡奇托吧?"她问道。

他猛地一动,把女儿的手拨开,仿佛一匹后腿直立的马。"我当然会! 你差点毁了我,你不知道吗? 我本来应该答应鞭笞的,所以休想再要求让步了!"

卡洛塔睁大了眼睛,焦急地看着父亲。蒙哥马利以为她什么也不会说了,但那个女孩又说话了,让他大吃一惊。"但这不是卡奇托的错。是我们……是**我**的错。"

"听好了,傻姑娘,你似乎不明白我们面对的是什么。如果埃尔南多·利萨尔德来和我讨论'重要事情',那就意味着他可能要收回他为我的研究提供的资金支持。他已经威胁我很多次了。现在伊西德罗的事件无疑将成为完美的借口。所以我不会再做任何让他的亲戚不高兴的事情,我会惩罚那个愚蠢的动物,明天早上他最好感激我没有剥他的皮!姑娘,要是没有利萨尔德,我们该怎么办?怎么办?!"

莫罗的声音越来越大,他的每一个字都让卡洛塔后退一点。她最后撞到了桌子上,上面的仪器叮当作响。

"还有你,"博士咕哝着转过身,指着蒙哥马利,"我以为你不会这么傻,我以为你懂的。打架,你以为是在什么廉价酒馆吗!如果我们失去了利萨尔德,那我还怎么照顾混血种?我该如何设计药物来维持卡洛塔的生命?"

"只要你需要,我能弄来一百头美洲虎。"蒙哥马利说,"有我在,她不会痛苦。"

"美洲虎,好啊!那其他的材料呢?实验材料呢?实验室呢?你能把那些也给我拿来吗?"博士逼问道,"没有利萨尔德家的钱,我女儿几个星期后就会死!你这个白痴,我的实验总是失败!我毕生的心血……你威胁到我毕生的事业。一切……生命,生命的创造,生命的完善……"

蒙哥马利知道,当莫罗陷入这样的状态时,他可以咆哮一个小时。然而这一次,莫罗眉头紧皱,他紧紧地抓着手杖,脸上出现了一种奇怪的表情。他脸色苍白。

"父亲?"卡洛塔靠近他问道。

博士额头上渗出汗珠。他一把推开女儿,快步走出房间。"真是受够了你们。受够了你们所有人。"他低声说。

卡洛塔双手绞在一起站在实验室中间,嘴唇颤抖不已。"让他走吧。"蒙哥马利倦怠地说,"你跟着他更不好。"

"你懂什么?"她低声说。

"我懂你父亲这个人。"

卡洛塔半个身子隐没在阴影中,抬头看着他。她的眼睛几乎像猫一样发亮。他以前一直在想莫罗的治疗效果如何,以及这种治疗会如何影响女孩的身体机制。仅仅是她的血液被强化了吗?博士没有细说。蒙哥马利为他猎杀美洲虎,每隔几个月就给他送来"大猫"的尸体,莫罗创造了某种奇怪的"炼金术",利用美洲虎的胞芽让她活下去。

没有它们,没有这个满是移液管和量瓶的实验室,她就会像一朵被剪下来的花一样很快凋谢。而利萨尔德一家,他们控制着她的安全和她的未来。她是一朵被关在玻璃罩下面的兰花。

"今天的事情,我很抱歉。"他说。

"我也很抱歉。"她低声说,而后迅速离开了实验室。

那天晚上他没怎么睡着。早上博士来的时候,他已经洗漱完毕,穿好了衣服,也刮了胡子。他简短地告诉蒙哥马利,去把卡奇托叫来，带他去驴屋。

卡奇托坐在外面，紧挨着昨天晚上篝火熊熊燃烧的地方。路皮坐在他旁边，身上裹着长围巾。看见蒙哥马利的时候他们都站了起来。

"博士说你得去驴屋。"

"进入'痛苦之室'。"路皮说。

蒙哥马利从不知道小屋还有这个名字。他没有进去过，因为里面没有他想要的东西，而且出于某种迷信的缘故，老驴的头盖骨总是吓得他发抖。他觉得那地方仿佛弥漫着某种邪恶。混血种们也大多有同样的感觉，也许路皮除外——他常看到路皮独自一人待在那间旧棚屋里。

莫罗利用了这种恐惧。当他想要责骂或惩罚混血种时，他就让人把他们带到驴屋里。酒精使他们顺从，药物使他们忠诚，布道使他们牢记规则，小屋确保他们的不当行为迅速得到纠正。

"走吧。"蒙哥马利说。

他们跟着他，没有再说什么，三个人在小屋外面等着。不久，莫罗来了，一起来的还有利萨尔德家那两人，令他吃惊的是，卡洛塔也来了。他们一起走了进去。蒙哥马利穿过门槛时摘下了草帽。

这栋建筑年久失修。蒙哥马利只对这里做了最低限度的维护。每个角落都有蜘蛛编织的巢穴，到处都是灰尘。光线透过木板上的洞，照在钉在墙上的驴头骨上，角度恰好使它闪闪发光。骷髅看起来仿佛在咧着嘴笑。

那两位先生对这间小屋和墙上的骷髅好奇大于恐惧。

"卡奇托,你咬了利萨尔德先生的手,为此你将受到惩罚。"莫罗边说边脱下外套递给卡洛塔,"'对孩童不可忽略惩戒,用棍打他,他不致死去。你用棍打他,是救他的灵魂免下阴府。'①跟我说。"

"你用棍打他,是救他的灵魂免下阴府。"

"惩罚会很严厉,现在到时候了。跪下祈祷。"

卡奇托照博士说的做了。他跪在教堂里,就和博士布道的时候一样。蒙哥马利很少关注莫罗的布道。他移开目光,打呵欠,什么都没听进去。莫罗以往惩罚某个混血种时,蒙哥马利不在场。但现在除了看着,别无他法。

一开始,博士什么也没做。卡奇托不停地祈祷,博士放他念了一会,然后举起手臂,握紧拳头,重重落在卡奇托的头上。虽然已经到了老年,博士仍然高大强壮,身材魁梧;卡奇托则又瘦又小。

男孩大叫起来,博士继续打他,一次又一次。蒙哥马利突然想起了自己的父亲,想起了他的手指抓住自己衬衫领子的样子。父亲曾把他拉到面前,呼吸中散发着酸味,然后指关节与他的皮肉狠狠撞在一起。

蒙哥马利在父亲打自己的时候从来不哭,也不去反抗。他很清楚,流泪或尖叫只会招来更严厉的殴打,所以他从来只是大口呼吸。

①出自《圣经·箴言》。

卡奇托似乎也在做同样的事情。他颤抖着,但除了第一声惊叫之外,他没有再发出任何声音。他接受了一次打击,下一击便接踵而至,且更为严厉。

所有的父亲都是暴君。他想。

到目前为止,莫罗只是用手打卡奇托,但现在,他从卡洛塔手中夺过手杖,举了起来。手杖银色的尖端闪闪发光。

蒙哥马利双手绞紧了帽子,几根稻草落在地上。但最终,说话的人不是他。

"爸爸,够了!"女孩叫道。

她的声音像一声霹雳。他们都吓了一跳。莫罗犹豫了一下,手杖仍然举着,但他的脸因为犹豫而扭曲了。爱德华多清了清嗓子,大声说:"我认为惩罚已经够了。"

"是的。"莫罗低声说,他满脸通红,"是的,惩罚已经够了。"

莫罗放下手杖,从卡洛塔手里接过外套。他们一起走了出去。蒙哥马利的手指放松了,他暗自发笑。我是个该死的懦夫,他对自己说。

路皮帮卡奇托站起来,卡洛塔说要清洗后者的伤口。他不知道自己为什么要跟着他们三个进屋——他们不需要他;他不能为他们做什么;他甚至无法提高嗓门反对莫罗。关键时刻,他一无是处。

卡洛塔把外用酒精、棉球和其他物品带进自己的房间。卡奇托坐在女孩的床上,路皮在他旁边转悠。蒙哥马利站在门口。他想再开一瓶烧酒,立刻,马上。他又一次觉得自己真是可笑,不得不伸手捂住嘴。

天啊,他真是个没用的东西。

"你感觉怎么样,卡奇托?"蒙哥马利声音沙哑。

"你以为他感觉怎么样?"路皮咬牙切齿地反问。

"没事的。"卡奇托说,"我没事。"

"对不起,"卡洛塔说着跪在卡奇托旁边,握着他的手,"真的对不起。"

"我知道在哪里可以找到胡安·库穆克斯,"路皮对卡奇托说,"我们应该去那里,离开这个地方。他们不敢去那里找我们。"

卡洛塔放开卡奇托的手,看着路皮,"你在说什么?你们哪儿也去不了。你们会死在外面的。你总是编些愚蠢的故事——"

"你才是那个脑子里有愚蠢故事的人。你在书里读到的全是垃圾。"

"别吵了,拜托。"蒙哥马利摇着头说,"你们两个,现在别吵了。我们最不希望看到的就是博士或那些男孩来这里。"

他们安静下来。蒙哥马利走进房间,靠近他们三个,低声说:"莫罗手头拮据。他想让这些人继续资助雅萨克顿,但我不信任他们。我们需要互相帮助,而不是互相拆台。"

"如果我们真的互相拆台呢?我们不能再这样生活下去了。莫罗博士扼住了我们的喉咙。没有他的秘方,没有治疗我们的方法,我们哪儿也去不了。"

"你真的想离开吗?"卡洛塔问路皮。

"对。你还要我说多少次?"

"我可以问父亲治疗方法是什么。他可能会告诉我。但是那就意味着……"卡洛塔语气有些犹豫。

"他绝对不会说的。"路皮苦涩地说。

"有可能的,"蒙哥马利说,"也许卡洛塔可以说服他。但是你不要在别人面前提胡安·库穆克斯的事情。"

路皮皱起眉头,最后点了点头,"我们会保持沉默,但你要帮助我们。"路皮看了看蒙哥马利,又看了看卡洛塔,"你们两个都要。卡奇托,来吧,你应该休息一下。"

卡奇托站起来,靠在路皮身上,慢慢走着。卡洛塔把各种药品放回黑色的医药包。

"我不该那样说。我不该让他们有那种不切实际的想法。"卡洛塔低声说。

"他们脑子里早就有那样的想法了,恐怕还已经想了好一阵子了。眼下的情况不能持久,你那该死的老爹表示——"

"不要这样说他。我父亲想挽救我们。"她气愤地说着,用力关上医药包。

"你父亲想要把他那个不能实现的计划执行到底。他只想救他自己。"

她深吸了一口气,双手放在医药包上,"我猜你也想离开我们。"

"我早就该走了。也许我可以把路皮、卡奇托和其他人带到安全的地方。"

"你以为自己是摩西吗?"

*而你父亲以为自己是上帝。*他想。但他不想进一步激怒她。他不假思索地走近了卡洛塔,站在她面前只有几步远的地方,她抬头睁大眼睛看着他,那双眼睛里没有泪水,但水汽弥漫。她轻触他的手,用拇指摩擦他手腕下面的伤疤——那是美洲虎咬他的地方。他的脊背一阵颤抖。

"我不想有任何改变。"她说。

"但改变不可避免。"

她抬起手放在包上,指甲抠进皮子里,嘴唇紧紧地抿着。他多么希望能乞求那只手回到自己的皮肤上。没有什么比得上先前的那轻轻一触;他们手指相接的那一瞬,宛如天国极乐。

而现在,他的左臂毫无用处地靠在身体一侧,另一只手抓着帽子。然后,他用双手抓住帽子,从她身边退开了。*该死的懦夫,*他想。*从各方面来看,你都是个懦夫。*

## 13. 卡洛塔

她的父亲一整天都和利萨尔德家的人在一起,要么在解释自己的实验,要么在安抚他们的恐慌情绪;或许两者皆有,卡洛塔也说不准。但他确实派拉莫娜传话说他们要举办盛大的晚宴,而且由混血种们充当晚宴侍者。他希望通过这样的演示证明自己创造的生物是值得信任的。

宴会准备工作通常会让卡洛塔激动不已,但是这一次她并不开心。她去了厨房,打算帮忙做点事,可是就算她干着活也心不在焉,拉莫娜忍不住责备她。

"卡洛塔,你糖加得太快了,这样不能将蛋白霜充分打发。"拉莫娜说。父亲热爱蛋白霜糖,虽然他们这里做的蛋白霜糖和法式的完全不一样。卡洛塔原想打发蛋白霜做个美味的点心,但是失败了。

"对不起。"她低声说。

"姑娘,怎么了?"拉莫娜抬起她的下巴问道。

卡洛塔不知道说什么才好。每一件事情都不对劲。她觉得胃疼,她想和父亲谈谈,但是父亲很忙。虽然和拉莫娜或路皮谈谈也挺好,能清理一下她混沌焦虑的思绪,可是她不知道该说些什么。

"她一心想着那位少爷。"路皮说。

"没那回事。"卡洛塔立即回答。

"除了你自己和你的追求者,你还想什么呢?肯定不是关于我们,你不会想着我们。你都没问一下卡奇托今天情况怎么样。他一整夜都很痛苦,你知道吗?我们都听见了。"

"我又没打他。"

"对,是你父亲打的。为了讨好你喜欢的那几个蠢货。"

路皮瞪着她,卡洛塔看着别处。她嘴里有股愤怒苦涩的味道。她又退缩了。

拉莫娜连连摇头,"卡洛塔,你还是去收拾好自己吧。你父亲希望你漂漂亮亮的。"

卡洛塔点点头。她回到自己的房间,把水泼在脸上洗了洗,然后抚摸着挂在大衣橱里的衣服。其中有一件她很少穿,是父亲前一年给她买的。她所有的衣服都是请梅里达的一位女裁缝按照她的尺寸制作的。蒙哥马利把这些衣服和家里需要的日用品一起带回雅萨克顿。

这件礼服看上去特别愚蠢，是她所有的衣服中最为招摇的一件。那是一件晚礼服，适合在晚宴上穿，但是她又没有晚宴要参加。她曾在一本女性杂志上看到过类似的服饰，于是请求父亲给自己做一件。这件礼服的裙摆上覆盖着薄纱褶皱边，边缘装饰着蕾丝花边，外面裹着一袭蓝色绸缎织就的罩裙；上半身则是大胆的露肩设计。

她慢慢地梳理自己的头发。每当看向镜子，她总觉得里面有一道无形的裂痕——也许裂痕是在她自己这边。那条裂痕慢慢增长，日益加深，似乎要彻底毁灭卡洛塔。

她两次弄掉了发夹，不得不深呼吸几次才能继续打理头发。

最后，她穿着那件带着可爱的、带黄色装饰的深蓝色连衣裙大步走进了餐厅。桌布已经铺好，上面的银烛台闪闪发光，蜡烛静静地燃烧着。拉莫娜或者别的什么人专门采来了鲜花，把它们放进一个装满水的大水晶碗里。丛林里气候炎热，到了早上，花朵便凋谢了，但现在它们仍然保持着鲜艳的色彩。

她走进屋里的时候，父亲凑近她低声说："亲爱的，你看起来很美。好好表现，我们一定要迷住他们。"

卡洛塔点点头朝客人们微笑。参加宴会的人有她的父亲、爱德华多、伊西德罗，令人惊讶的是还有蒙哥马利。她觉得父亲让大家在争吵之后坐在一起是想表明态度。至于食物呢，其实并没有引起客人们的注意，倒是服务员更吸引眼球。路皮、阿卡布、帕尔达和拉平塔轮流端来盛满肉的盘子,或者在酒杯里斟满勃艮第葡萄酒。路皮似乎只当卡洛塔不在场,她高昂着头,卡洛塔又一次感到自己身上有什么东西碎裂了,缺了一大块。

"你的这些混血种真是外形各异,"爱德华多说,"我真的很难分辨他们具体是由哪种动物改造而来的。有一个看起来像某种猫,另一个看起来有点像狼。"

爱德华多说话的时候,拉平塔扫掉桌角的一些面包屑,帕尔达小心地在卡洛塔面前放下一只盘子,卡洛塔低声感谢了她。

"正如达尔文先生所说,大自然赐予我们无穷无尽的形式之美,"她的父亲说,"但我必须要说,还是哺乳动物最适合我的研究。我用爬虫类做的实验令人失望。

"但是,先生们,我想要各位做的是考虑我之前提到的其他可能性。我们可以完成很多医学奇迹。比如说我的女儿,如果没有我给她研发的血清,她今天根本不可能坐在这里。她会是一个残疾人,只能待在房间里。而这不只是关系到卡洛塔,她不是唯一的可能性,先生们——让盲人重见光明,让哑巴重新说话,这样的可能性或许已经离我们不远了。"

卡洛塔看着一只闯入房间的飞蛾,它穿过房间,落在墙上,就像一个颤抖的小小棕色污点。当一只蜻蜓进入家中时,这意味着客人很快就要来了。飞蛾进屋来可能是好兆头,也可能是坏兆头。如果是黑色,就意味着死亡。但是一只棕色的小飞蛾毫无意义。

"那真是非常好,但我叔父显然不是在寻找治愈眼盲的方法吧,你说呢?"伊西德罗问道,"他给你钱是想让你给他提供廉价好用的劳工。可是你这里的混血种肯定都花费不菲。他在这一切上浪费多少钱了?"

"研究总是要花钱的。"父亲干巴巴地说。

"我能看出来,你的生活颇为奢华。"说话间,伊西德罗看了卡洛塔一眼。卡洛塔估计他一定在想做这条裙子用了多少绸缎。"东部对印第安人过于宽容。他们必须受到惩罚,当然,要谨慎,否则他们就会像粗心的孩子一样到处乱跑。但你能保证你的混血种更好吗?毕竟,我可以证明他们的脾气很差。"

伊西德罗说着抬起手,仿佛是在炫耀自己的胜利。

"卡奇托当时害怕了。"卡洛塔垂下眼睛轻声说。到目前为止,她一直温顺地没有参与与他们的讨论,她关注着父亲,也害怕自己犯错,"如果你爱的人遇到危险,你也会去保护他们。"

"这么说来,你认为这个生物爱劳顿先生?"伊西德罗怀疑地问。

"卡奇托特别善良。如果你了解他,你就会发现——"

"我知道你内心温柔,但人们总是利用那些内心温柔的人。在我们庄园里,如果你心软,那些印第安人就会只工作一天,休息五天。你不必信我说的,去问问本地牧师就知道了。"

"是啊,可正是那些牧师们对印第安人课以重税,"蒙哥马利说,"在这种事情上,我不相信他们。我见过他们给濒死的孩子施洗的时候也索要钱财,父母为了确保孩子上天堂而变卖了一切。你觉得这样是对的吗?"

"你是无神论者吗,先生?"

"这个宅子里的人都很虔诚,"博士说,"劳顿先生每周都会参加布道,我的女儿也熟读《圣经》。"

"那很好。你们远离文明社会,离在半岛上为非作歹的异教徒太近了。我不想看到你们听从了他们的迷信,背弃了上帝。信仰,莫罗小姐,人必须有信仰。印第安人缺乏信仰,这就是他们的缺陷。"伊西德罗露出满意的微笑,坚定地说。

卡洛塔将一缕卷发别到耳后,"我们必须爱彼此,先生。"

她的声音像墙上那只飞蛾的颜色一样黯淡,但它还是传到了伊西德罗的耳朵里,因为他们坐在一起。"什么?"他惊讶地问。

"'现今存在的,有信、望、爱这三样,但其中最大的是爱。'①"她的声音更大更有力了。

"我不知道这场讨论和爱有什么关系。"

"基督教导我们爱彼此。如果非要说玛卡胡阿尔缺乏信仰,那么或许你们缺乏爱。"

伊西德罗冷笑一声。她想更进一步解释一下,但父亲瞥了她一眼,明明白白地表示她应该注意自己的言辞。蒙哥马利坐在她对面,一脸笑意,而爱德华多似乎有点惊讶。她说了什么可怕的话吗?

---

① 出自《圣经·格林多前书》。

她不这么认为。然而,伊西德罗的声音变得冰冷。

"你根本无法理解我们的处境。对我们来说,最好是像人们一直说的那样让亚洲劳工来工作。虽然在我看来那也是不菲的开支,但是如果我叔叔执意花钱,至少亚洲佬不会咬我,再不济我们就继续雇印第安人。这跟爱不爱无关。"伊西德罗尖刻地总结道。

"我觉得有些劳工也想'咬'我们。"爱德华多说,"我父亲跟我讲过1847年暴动的故事,有些真的叫人毛骨悚然。"

小飞蛾突然飞起来,撞上了烛火。它被烤焦了,落在卡洛塔手边的桌布上。卡洛塔伸出手指去摸它的翅膀,但拉平塔默默地从她身后走了过来,把昆虫扫走,然后绕过桌子,给她父亲的杯子斟酒。

"那是因为曼努埃尔·安东尼奥·艾①被处死,才引发了暴动。"蒙哥马利说着擦了擦嘴,漫不经心地把餐巾扔到盘子边。

"是吗? 然后呢?"爱德华多不以为意,"你的意思是,曼努埃尔·安东尼奥·艾被处死,所以他们在特皮克杀死妇女儿童就是公平合理的?"②

"战争对任何一方都不是公平合理的。"

---

① 曼努埃尔·安东尼奥·艾(Manuel Antonio Ay,1817—1847),尤卡坦奇奇米拉的玛雅土著首长,也是一位军事领袖和革命家。1847年,他与塞西略·奇(Cecilio Chí)和哈辛托·帕特(Jacinto Pat)等人一起发动起义,希望使玛雅人摆脱土生白人的压迫,建立起独立的国家。他在墨西哥的巴亚多利德被处死,是这场战争的第一位烈士。

② 曼努埃尔·安东尼奥·艾被杀后,塞西略·奇和哈辛托·帕特领导了针对特皮克西班牙血统居民的袭击,引发了尤卡坦种姓战争(the Caste War)。

"你忘了劳顿先生是英国人,"伊西德罗说,"'公平'就是对王室有利。"

"倒是不假。劳顿先生,我很好奇,作为英国王室的臣民,你是否赞成建立一个独立的玛雅国家？当然,我用'独立'这个词不太合适,因为我确信英国人会以某种方式监督它。"

"我们还是不要展开不必要的政治话题为好。"卡洛塔的父亲说。蒙哥马利像是做出回应一般,把手伸进外套口袋,拿出一支香烟和一个小火柴盒。

按照当地的习俗,当一个人要吸烟时,他必须把香烟递给周围的人分享,否则就会得罪人,但蒙哥马利没有这样做。不过其他人似乎没有注意到这一点,或者他们直接无视了他。

"你觉得谈论政治是没必要的?"伊西德罗问。

"我是个科学家,对自然的研究早已征服了我。除了我所追问的问题,别的我都不在意。研究是最重要的。"她的父亲自豪地说,"真正的医学研究。治疗方法——"

"哦,对,治疗盲人。"伊西德罗漫不经心地说。

虽然卡洛塔并不真的喜欢伊西德罗,但看到他干脆地切断了父亲的发言,她觉得有点高兴。在雅萨克顿,没人敢跟父亲顶嘴；他就像上帝一样。然而现在,在其他人的陪伴下,他似乎不像以前那么伟岸而不可撼动了。他对卡奇托的态度使她感到沮丧。而现在,他又强迫他们献上这场表演；哪怕卡奇托这会儿正痛得打滚,他们也必须做出快乐的样子,这太残忍了。

他是个糟糕的父亲。她暗忖。

她几乎立刻就为这样无情的想法感到内疚。她又一次感到自己的身体里裂开了一条缝,而且还在不断地扩大。她回忆起蒙哥马利说过的话:一切都会改变的。她朝他的方向看了看,想知道他在想什么,但他的脸上戴着嘲讽的面具。

蒙哥马利点燃了一根火柴,把它凑在烟头上,他眼神闪烁地看着她,随后吹灭了火柴。

她双手颤抖着抚平裙子的缎面,沿着腹部往下滑,最后双手摆在膝盖上。

"我觉得莫罗先生的研究很有趣,只是在应用方面不太切合实际。"爱德华多说,"毕竟,他也解释过了,如果没有他在生物科学方面的研究,他的女儿就不可能健健康康地坐在这里和我们共进晚餐。那样的话就太遗憾了。莫罗小姐,你真是美丽非凡。"

她听后笑了笑,在餐桌上被恭维还是很让人开心的。伊西德罗显然不太乐意和她交谈。在她对面,蒙哥马利靠在椅子上,脸上挂着假笑。

"谢谢。"她脸红了。

"说真的,我们不应该谈论工人和他们的待遇问题,"爱德华多说,"这很无聊,可不能让莫罗小姐觉得我们无聊啊。"

"接下来爱德华多就会让我们整晚都谈论马了。"伊西德罗翻了个白眼。

谈话继续进行,所有内容都轻松愉快,没有触及任何实质性的东西。晚饭后,伊西德罗说自己累了,要回自己的房间去。其他人都转移到院子里。卡洛塔的父亲坐在长凳上,蒙哥马利靠墙站着,双臂交叉,爱德华多则和卡洛塔一起绕着院子走。

被两双眼睛注视着让她感觉很奇怪,这时候和爱德华多一起散步就更奇怪了。她觉得人们仿佛在观察一只彩色鸟的求偶仪式,而她在场是为了制造奇观。

"你今天很安静,"爱德华多说,"我怕是惹你不高兴了。"

"我也有同样的顾虑。"

"你这么迷人,绝不会惹人不高兴。"

"你的堂弟似乎不喜欢我。"她低声说。

"他很紧张,而且手还疼。"

"真的很抱歉。可当我说卡奇托是个好孩子的时候,我是认真的。我们从小一起长大。"

"你从小和这些可怕的生物一起长大?"爱德华多问。

卡洛塔把他们称为朋友,爱德华多却把他们叫作"可怕的生物",真是太奇怪了。当她还是小女孩的时候,阿卡布曾和她玩举高高,逗得她开心得直尖叫。她跟卡奇托和路皮玩过捉迷藏,还教过其他孩子读书上的儿歌。他们突出的下巴、位置奇怪的眼睛和畸形的手在她看来并不奇怪。

不过她觉得,爱德华多把混血种视为怪物也不奇怪。蒙哥马利一开始也被他们的外表震惊到了,但现在他却和他们开玩笑,愉快地一起工作。"你只是不了解他们,一旦你了解,你就会知道他们并不可怕。"她说。

"那个像狼一样的家伙,牙齿可以瞬间咬断一个人的脖子。你不怕吗?"

帕尔达的牙齿确实很大,还从嘴里突出来,眼睛又小又尖,但她只在自己觉得痒痒的时候才啃自己的皮毛,从来不咬别人。

卡洛塔摇了摇头,"不怕。而且,想到和他们分别,我会觉得非常痛苦。"

"也许某个时候他们会被送往美景庄园,或者其他庄园。"

"为什么?"

"他们本来就是要当劳工的吧,不是吗?"

她知道父亲制造混血种是为了取悦埃尔南多·利萨尔德,理论上来说,最终他们都是要被送走的。但她从未想过他们会离开雅萨克顿。父亲的研究还没有达到那种程度,而且她一直都纵容自己沉浸在虚假的安全感之中。

"你也会离开雅萨克顿吧?"爱德华多补充道。

"为什么呢?"她警觉地问。

"世界上还有那么多大城市呢。你不想亲眼去看看,并且去遥远的海岸游历一番吗?我迫不及待地想要离开梅里达。"

"你想离开你的父亲?"

"如果你了解我父亲,就根本不想靠近他。"爱德华多乖僻地说。

"他对你不好吗?"

"他……要求一切都按他的方式来。他规定好舞步,我们都得跟着他。你肯定不愿意总是按你父亲说的去做。"

"女儿必须服从父亲。"她迅速回答,不过只是出于习惯。她皱起眉头;平日里这个息事宁人的念头总是来得轻而易举,如今却让她有点恼火,"但我必须承认,有时候我也有所不满。"

"怎么不满?"

"我想照顾父亲,照顾混血种,照顾这个地方。我爱我的家,但是……有时我父亲管得太多了,就像你父亲一样。"卡洛塔抬头看着他说道。

他的手指擦过她的指关节,"你在这里是浪费了。"

"为什么这么说?"

"如果你在梅里达,肯定会被邀请参加很多宴会。"

她当然知道梅里达。她知道那里有带柱廊的大房子,有曲线优美的铁门,有由漂亮马匹拉着的敞篷两轮马车,有成排树木遮蔽的林荫散步道,当白天的炎热被夜晚的凉爽所取代时,人们可以在那里散步。但那又怎样呢? 雅萨克顿的夜晚也很凉爽,摆着许多盆栽植物的内院也同样舒适。

"墨西哥城显然更宏伟,我很喜欢在那里学习。我们在首都有一所房子，这是当然的，虽然我还没能拜访巴黎，但计划这一两年内就去。你一定很想去巴黎看看吧？毕竟你父亲是法国人。"

"我喜欢听父亲谈论巴黎，因为我想要了解那个地方。但我同样喜欢听劳顿先生讲述英国和他去过的其他海岛的事情。我觉得，巴黎或许没有真正吸引我的东西。"她说着坐在喷泉边，将手指浸入水里。

"我真的不明白了。我见过的每位年轻女士都希望被尽可能多的人赞美、欣赏。"

卡洛塔端庄地摇摇头，"我觉得雅萨克顿就是个美丽的梦，我想要它永不结束。"

"但是在《睡美人》的故事里，王子吻了公主，她就醒了。"爱德华多说着坐在她旁边，手轻轻地落在她的手上。

他真是毫不费力就能让她脸红。透过眼角的余光，她看到父亲已经离开了，但蒙哥马利仍然站在原地不动，他的香烟在暮色中像萤火虫一样闪闪发光。"劳顿先生在看着我们。"她低声说。

爱德华多点点头，"他敏锐得像只鹰。我受够了父亲和监护人。走吧。"

他站起来，卡洛塔跟着他。院子里的九重葛树枝繁叶茂地攀附在墙上，一簇簇洋红色的花在半空中盛放。爱德华多把她带到一片茂密的花丛中，迅速地把她拉进阴影里。卡洛塔意识到，他们被包裹在芬芳四溢的黑暗中，从蒙哥马利所在的角度看不见他们。

　　她还来不及问爱德华多任何问题,他就把她按在墙上,双唇压在她的嘴上。卡洛塔向他张开嘴,感觉到他的双臂紧紧地搂住她的腰,他的拥抱太大胆了,这使她对自己笨拙的回应感到不满,她不想被人当作什么都不懂的大傻瓜。但她真的什么都不懂,羞怯与想要反击的欲望相斗争;她想要狠狠地回吻他的嘴唇。

　　女士们应该温顺些,她这样想着,但还是抬起一只手抓住他的衣领,另一只手搂住他的脖子,尽量把他拉得更近些,免得被人看见。

　　当他把下巴靠在她的头顶上时,她的心跳像鼓点一样剧烈,大概整个雅萨克顿都听见了。但她还是抬起头,再次开始吻他,引得爱德华多笑起来。

　　"你真是大胆啊。"

　　"我没有。"她低声说。她真的不是大胆,她知道如果拉莫娜或蒙哥马利看到他们,肯定都会责备她,这种恐惧使她想逃走。但爱德华多很深情,她喜欢他的身体紧贴着自己,所以她一动不动。

　　"我送给你什么才能让你高兴?"他问道。

　　"让我高兴?"

　　"礼物,小饰品,"他低声问,"什么都可以。"

　　她认为正确的回答应该是要花或糖果,但两者都不令她心动。她的手指擦过他夹克的黄铜扣子,她只能说真话,说出她心里唯一的愿望。

"你能不能……如果可以的话……你能不能把雅萨克顿送给我?"

"你确实很大胆。"他说。

他听起来并没有不高兴,但卡洛塔脸红了。他迅速地吻了她的嘴唇,然后离开了。他们又回到空地上,慢慢地绕着院子散步,她的手搭在他的胳膊上。蒙哥马利仍然站在原地,抽着烟,地上有丢弃的火柴头和一根冒烟的烟头。当他们从他身边走过时,他踩住木桩,抬起眼睛嘲笑他们。卡洛塔知道,他肯定看到他们接吻了,他会为此责备他们的。但他只是点了点头。

她匆匆从他身边走过,回到自己的房间。过了一会儿,拉莫娜过来帮她脱衣服。丝绸织锦的沙沙声在她敏锐的耳朵里显得震耳欲聋,她不由得皱起眉头。

"你不舒服吗?"拉莫娜问道。

"我有点累了。"卡洛塔说着坐了下来,"还有我的神经……太紧张了。"

拉莫娜取下她的发夹,"担心这些来客? 他们不过是人而已,洛蒂。"

但他们不仅如此,她一边想着一边看了看杯子,拉莫娜把发夹放进杯子里。

"蒙哥马利不喜欢他们。"她说。

"劳顿先生看谁都不顺眼。他有病,需要能听血流的巫医来治治他。"

"他没病。"

"他当然有病了。你父亲可以治愈各种疾病,但是总有些疾病他不知道。劳顿先生的灵魂迷失了。它飞走了,被困在某处。我曾经跟他说过去找个巫医洗去他的疾病。"拉莫娜耸耸肩,"劳顿先生怎么想倒是无所谓。"

"父亲的想法却很重要啊。"卡洛塔低声说着,转过头,"你的婚事是媒人安排的吗?"

拉莫娜点头。"他们看了星星,我的muhul①里有一条很漂亮的项链。但那婚事并不好。"

"我没有muhul。"她低声说着,想起了父亲的话。这个宅子里没有任何东西是真正属于他的。爱德华多大概根本不想要嫁妆,但这还是让她想起了自己的境况。"你怎么才能知道一门婚事是好还是坏?"

"没办法知道,"拉莫娜回答,"婚事就是婚事的样子。对所有人来说,那都是一段旅途,一段写在人生之书里的命运。"

但是,她的旅途是什么样的呢?卡洛塔不知道。

①玛雅语中的嫁妆。

## 14.蒙哥马利

　　他们来到水塘边,那里的红树像光滑的蛇一样缠绕在一起。他们此行是为了检查在此登陆的小艇,那是最快的交通方式,也是通往外部世界的钥匙。他们必须定期查看情况,尤其要关注通往登陆点的小路。

　　他们不必坐下来,把脚伸进水里,也不需要在周围闲逛。但他们还是这样做了,因为蒙哥马利想让卡奇托藏起来不被客人看见。由于莫罗博士的惩罚,卡奇托右眼肿着。蒙哥马利不希望他们看到卡奇托,然后又生出是非。

　　"感觉怎么样?"他指着卡奇托的右眼问。

　　"似乎是好些了。你前额的伤口还好吗?"

　　"不影响视力。"

蒙哥马利拿出香烟,给了卡奇托一支,卡奇托摇头拒绝了。距离他们不远处,有两只雪白的鹭鸟站在岸边,与身后浓绿的树荫形成鲜明对比。慢慢地,其中一只非常谨慎地转过头,看向他们这边。

"他之前从没打过我。梅尔加德斯打我,有一次我咬了他,他打得特别重。但博士从没对我动过手。我一直觉得他是好人。他总是说要服从,他说要谦恭,还说他爱我们,但是他……他——"

"他竟然这么伪善?"蒙哥马利接道,"我以前住在一个村子里,那里的牧师布道时总讲起地狱里的火和硫黄。讲完之后,他留一个年轻女人打扫教堂。你知道吗,虽然他布道说得那么好听,但是那个姑娘最后还是怀上了私生子,孩子长得特别像牧师。"

他还听过更恶劣的事情。他听过、见过无数耸人听闻的事情,这就是世界。在他还年轻、没变成人们眼中的异端分子的时候,他还会觉得这些丑恶之事是撒旦的手笔。但现在,他认为世界只是某个残忍而邪恶的神明的玩物。

"有时候,我在报纸上看到一些庄园刊登的广告。说是工人逃跑了,谁能把他带回来,他们就给予奖励。"卡奇托说,"但他们永远不可能找回所有的人。有的人躲了起来,成了强盗,有的人逃到安全的地方去了。如果他们能逃走,我们为何不能呢?"

蒙哥马利点点头,但是不想给出完整的回答。他能说什么呢?如果卡奇托逃走,没有了药物治疗,他过不了几天就会死,如果他努力活得久一些,说不定埃尔南多·利萨尔德会派赏金猎人去抓他。

他们就是这样对待那些从庄园逃走的劳工的。抓到人之后,付给赏金猎人的费用被添加到工人欠庄园的债务中。这也是蒙哥马利留任的原因。他欠了钱,如果他敢跑掉,利萨尔德可能会让他以命还债。

"古巴也是这样吗?"

"你说有人逃走这件事吗?古巴也有签约的劳工。近几十年来,他们把亚洲人运过来在种植园干活,他们把那叫作'黄皮交易'。亚洲劳工一般签约八年。现在他们把发动叛乱的玛雅人送到荒岛上去。不进监狱了,直接装上船送去古巴。其实都一样。"他说着在空中挥了挥香烟,"所有人都该死。如果禁止了印第安人交易,他们又会找到新的办法规避禁令。奴隶贸易早在六十年前就该消失了,但是他们找到漏洞绕过了法律。"

"所以他们发动叛乱。蒙哥马利,我一直在想,你很勇敢,敢和美洲虎搏斗。但是实际上却根本没有那么勇敢。你不敢反抗任何事。你只想等死。"

卡奇托说得很严肃。

蒙哥马利摇摇头,然后狠狠吸了一口烟。他没有否认。是的,他死了,或正在死去,像是在岸上蹦跳、苟延残喘的鱼,但是出于一些很可恶的原因,宇宙却没有彻底切断他的氧气供给。那个冷酷的神灵在享受他的痛苦。也许祂专以人类的痛苦为食。那也许就是上帝的终极面目:残忍、恐怖。

白鹭飞走了，卡奇托再次开口。

"路皮说她见过胡安·库穆克斯一次。在天然井附近。"

"她怎么知道那就是库穆克斯？"

"她就是知道。当时他没带手下的人，就他一个。路皮说他是个老头，但和莫罗不一样。莫罗像石头一样，但库穆克斯却像红树林。他能对抗风暴。"

蒙哥马利把手放在男孩肩膀上，"你会没事的。别害怕，卡奇托。"

"我不怕。"男孩坚决地回答。

蒙哥马利想告诉他，害怕也没关系。他这辈子害怕过很多次。当他父亲打他时，他闭上眼睛祈祷自己能飞走。但这么说没用，透过卡奇托专注的眼神，他明白，这种话会更加冒犯卡奇托。于是他不再说什么。卡奇托伸出手，蒙哥马利把烟递给了他。

他们一起走回去的时候，他觉得自己苍老得可怕。当他终于在图书室门口停下来的时候，精疲力竭的感觉已经深入骨髓。随后他就看见了卡洛塔，正蜷缩在房间里唯一的一张沙发上。她一手拿着书，另一只手拿着扇子，咬着下唇，陷入沉思。那一定是她喜欢的海盗或者侠盗的故事，讲的是令人陶醉的冒险和浪漫。

"爱德华多在哪里？"他问。

昨天他们还一起在院子里散步。蒙哥马利以为那个年轻人会像藤壶一样黏着她，此时见她独自一人倒是意外之喜。一时间，他忽然希望自己没有出声，只是远远地看着她。她看起来很平静。

卡洛塔把一条丝带夹在书页里，然后抬起头来看着他。她身后是高高的书柜，柜子里装满了书，但与客厅相比，图书室显得有些破旧，只在角落里有一张旧桌子算是装饰。

"他在休息。你去哪儿了？父亲在找你。"

"我和卡奇托出去散步了。有什么要紧的事情吗？"

"他找你肯定是有急事。"

"嗯，好吧。但我想和你谈谈。"

"谈什么？"

她坐得端端正正，用扇子指指旁边的沙发，自己往旁边让了让，示意他可以坐在她身边。于是他坐下了。

"我估计你还没有和你父亲谈起混血种的事情。"

"你是想问，我有没有问他配方的事情。"

"是的。"

"我还没找到机会。"

"啊，是的，你还没找到机会，"他低声说，"有那个小子在旁边吸引你的注意，确实没机会。"

"你这是什么意思？"她严肃地问，"你想让我回答什么？"

"没什么。我在想你和爱德华多的事情，但我不该多嘴。"

"那不是'没什么'，有话就说吧，先生。"

"我说了没什么。"

"你回答我的问题。"她用扇子用力拍了拍他的胳膊。

与爱德华多在一起的时候,她挥动着那把彩绘的小折扇,仿佛那是一件卖弄风情的饰品。扇子在她的手中颤抖致意,点缀着她的笑声。但对于蒙哥马利来说,扇子是用来执行惩罚的工具。她露出急躁的神情,下巴高高抬起,显得神气十足。然而她脸上带着红晕,显然是尴尬所致,蒙哥马利虽然很清楚,却还是感到不能自已。

"你宁愿跟着爱德华多浪费时间,也不去做点有用的事情。你的话语都说给另外的人听了,怪不得不肯去和你父亲谈谈。这就是我想说的。"他话语很是尖锐,卡洛塔瞪大眼睛盯着他。他又更进一步挑衅,想彻底激怒她,"难道说你害怕博士?所以才不敢跟他说话?"

"蒙哥马利,你愿意的话,可以去和我父亲谈。"她说。

"但我可没有主动说我要去。你答应了卡奇托和路皮,你说要帮助他们。那就去啊。如果事实证明你确实是个胆小鬼,那才是我出马的时候。"

"你没有权利说我是胆小鬼。你跟路皮一样刻薄。"

愤怒之余,卡洛塔又想举起扇子打他,但是他抓住了扇子和她的手。那只手被握在他掌中,他的指尖感觉到了颤抖的脉搏,同时也感觉到了像血一样流淌的苦涩。

"卡洛塔,我不知道路皮跟你说了什么,但是我不想对你说任何残忍的话。只不过爱德华多对你没有好处。"他语气柔和地说。

"你还有别的追求者可以介绍给我吗?"

"没有。但会有更好的人选出现。别的年轻人。"

"父亲让我……他有什么不对劲?"卡洛塔的语气也柔和起来,而且没有把手拿开。她好奇地看着他。

"我了解他那种人。那种人只知道索取。我觉得他不爱你,而你,卡洛塔……我了解你。你和我的毛病一样。"

"一样的毛病?"她没有厌烦,只是更加好奇了。

"是的,是心里的毛病。你爱着爱本身,卡洛塔,"他说着,把她的手握得更紧了,"仅仅是'爱'这个概念。我从你脸上就能看出来。你渴望一切,正因如此,你即将坠入深渊。有些人只奉献了自己的一小部分,但有些人则是完全奉献了自己。你呢,你会完全奉献自己。你如今的心情我都体会过。在还年轻的时候,我做了错误的选择,结果毁了自己。"

他想起了美丽的范妮·威尔金森,想起了那段已被痛苦和悲伤冲淡的短暂幸福时光。这是一件无法解释的事情。一个人能被另一个人伤害得如此严重,以至于大多数人听来会觉得可笑。但浪漫主义情怀一直都在他身上,他也许同时是个孤独、伤痕累累的人,一直希望自己能得到拯救,甚至是在过去那个时候。范妮曾经充满春天和希望的气息,仿佛碧绿的森林,但后来一切都枯萎了。

"我不希望你也遭遇这一切。"他收回了自己的手。

这些话都是真的。他心里明白,总有一天她会找到一个真正值得爱的年轻人，而他决不会嫉妒。但卡洛塔投入爱德华多·利萨尔德的怀抱只会让他觉得近乎猥亵。为什么不是另一个男人？其他任何人都可以。他很乐意在她的婚礼上跳舞，只要新郎不是利萨尔德家那个恶心的蛤蟆。

卡洛塔皱起眉头，仿佛在认真思考他的话。"但是他可以把雅萨克顿送给我，"她说，"不然我们还能怎么弄到钱？"

"女人不该为了钱结婚。"他想起了可怜的姐姐，还有她不幸的早逝。他知道差劲的婚姻会把一个女人害成什么样子。

要是他能回到过去就好了！可是他已经失去了伊丽莎白。他失去了一切。现在他觉得卡洛塔也可能面临着类似的可怕结局，他不能让这种事情再次发生，不管莫罗如何垂涎利萨尔德家的财产都不行。他必须站出来，必须发声。但是卡洛塔似乎没有在听。

"你说得容易。"她摇摇头说道，"如果利萨尔德先生把这个地方收回去了，你倒是可以去别处工作，你可以回英属洪都拉斯，去古巴，或者干脆回英国。我们怎么办？**我**怎么办？"

和我一起走吧，他忽然这样想。也许卡洛塔对他没有什么浪漫的想法，但只要她愿意，他可以带她一起离开，如果她喜欢他，哪怕只是一点点，那对他来说也足够了。这是一个愚蠢的想法，但他想说出来。但卡洛塔忽然说话了，她很紧张，语速很快。

"这座宅邸……这里的生活……树木、混血种，甚至包括像这本书、我的扇子之类的东西，"她几乎是恳求地说，"离开它们我该怎么办呢？"

"是啊，没有利萨尔德先生付你的账单，确实很难再买到象牙柄的小扇子了。"他生气地说。他几乎要愚蠢地向她表明心迹，而她却想着自己的扇子。

"你真的讨厌。"

"确实。我该走了。"他说着准备站起来。

但是卡洛塔拉住他的胳膊让他坐下，"你对我的看法很不近人情，而且也没有给我任何选择的余地。我不知道我做错了什么要被这样对待。"

"放开我，洛蒂。"他疲倦地说。

她松手了。蒙哥马利站起来，不慌不忙地走了几步，卡洛塔也站起来，双手握着自己的书。"我恨你！你太可恶了！"她大声说着把书朝他扔去，书砸到了墙上。

蒙哥马利转过身。她站在图书室中间，低着头一手捂着腹部。

"你还是控制一下自己。如果那本书坏了，肯定要从我的工资里扣，我已经受到了处罚，已经没钱了。"他以为卡洛塔接着会把扇子扔过来。

但是她站在原地，没有看他，双手不停地颤抖。

"卡洛塔？"他走过去。

她看起来状态很不好。忽然就跌倒摔在他怀里，接着又挣扎着想要站稳。"我不能呼吸了。"她说。她的眼睛似乎在发光，它们看起来格外的黄。不是琥珀色,是金色。

博士曾经告诉他,卡洛塔小的时候经常生病,大部分时间都卧床不起,她一度病得很重,很虚弱。蒙哥马利知道卡洛塔有时候必须休息一会儿,当她变得焦躁不安时,可能会感到头晕,但是在蒙哥马利的记忆中,她从来没有旧病复发。她服药就是为了抑制病情,药物能保证她的安全。

"蒙哥马利。"她低声说道。她的声音濒临崩溃,指甲用力抓进他的胳膊,力气大得让他都觉得很疼。

"坚持一分钟,亲爱的。"卡洛塔已经站不稳了,于是他抱起她,就像抱新娘进屋那样,"我们去找你的父亲,坚持一分钟。上帝啊,就一分钟。"

## 15. 卡洛塔

一开始，她什么都听不到了。只感觉到蒙哥马利的手臂环绕着她，托着她，抱着她。她能感觉到他的心脏在跳动，血液在血管里流动。但她没有听到心跳的怦怦声，而是感觉到一种震动，宛如无声的鼓点。她的下巴贴在他的肩胛骨上，她能闻到他的气味：他每天早上洗脸用的肥皂气味，他前一天洗好挂起来晾干的衬衫气味，还有汗水和他身体的味道。

他低声说了些话，但是卡洛塔没听懂。她脑子里充满红黄色的闪光。

随后，父亲的声音响亮而清晰地传过来，伴随着金属和玻璃的叮当声，以及枕头垫在她脑袋下面发出的声音。蒙哥马利走开了。她再也摸不到他的脉搏了。但他还在那里，在房间的某个地方。她能听到他的心跳声。她甚至想问他为什么声音这么大。

"把那个瓶子给我。"

注射器扎进她的胳膊里,父亲的手握着她的手。她远远地听见鸟叫,不禁想着自己若是动作够快能不能抓住它。

她转过头。架子上放着她以前的娃娃,娃娃们用玻璃眼睛回望着她。她觉得自己仿佛回到了从前,回到了充满疾病和痛苦的童年,那个童年已经被她遗忘了大半。

接着她前额被盖了一块冷敷布,冰凉的触感叫她吸了一口气。一个又一个分钟流过,过了不知多久。她睁开眼睛的时候,父亲依然坐在床边。

"爸爸。"她说。

"你醒了,"父亲握着她的手说,"喝点水吧。"

他拿起水罐倒了一杯水。卡洛塔坐起来,乖顺地喝下。她双手有点颤抖,不过杯中液体只是略微溅出来几滴。她把杯子还给了父亲。

"好了,你吓了我一跳。"

"抱歉,爸爸。我也不知道发生了什么。"

"我们之前说过。你要保持冷静,不要激动。应该是药物问题,需要调整一下。"

"我发脾气了。我扔了一本书。"她低声说。

"为什么? 什么事情让你生气了?"

"我和蒙哥马利争论。但是我好几年都没有发作了,爸爸。我都快不记得生病是什么感觉了。"她真的不记得了。那种模模糊糊的痛苦变得十分遥远,她记得最清楚的就是父亲坐在她旁边,安慰她,在她痛苦的时候握着她的手。

但她的身体似乎还记得。她的身体与一种古老的疼痛产生共鸣,仿佛皮肤下藏着一些看不见的伤疤,现在它们像雨后的蘑菇一样冒了出来。

"也许你能吸取教训,少跟他吵架。你不能再像小孩一样乱发脾气了。"

"我知道。"她低声说着,想起了和蒙哥马利的争吵以及他说过的一切。他真可恶!但是他说对了一件事:她确实没有问父亲有关混血种的事情,那明明是她自己答应过的。

"你觉得要是客人们看到这一幕会怎么想?他们看到你朝劳顿扔书,像个疯子一样打人会怎么想?他们对你的评价会变差。"

"图书室只有我们两个人。"

"卡洛塔,你心里明白。这样不得体。"

"我知道。"

"还好劳顿马上带你来找我了。你会迅速恢复的。现在你需要睡觉。药物会逐渐起效,你要是还在屋里跑来跑去,药效就没了。"父亲说着站起来,他似乎很疲惫,而且很想离开。

卡洛塔没说什么,闭上眼睛继续睡觉。但蒙哥马利的话语依然刺痛着她。是的,那个可恶的人说得没错:她是个胆小鬼,但毕竟她答应了那些混血种。于是她赶在父亲离开之前,赶在勇气溜走之前飞快地说:"爸爸,我想知道我的药物的配方。"

她的父亲皱起眉头,"你为什么问这个?"

"因为……知道配方会让我感到安全。我也想知道混血种们吃的药怎么配。"

"你和我在一起觉得不安全吗?"

"不是的,但……我们全都依赖着你。你刚才也说,我不是小孩了。如果我要结婚,并离开雅萨克顿,就必须让自己保持健康,不然要如何打理我的事务呢? 我每一次发病你都能及时赶到吗?"

她父亲的嘴唇轻微地抽搐了一下,"如果你遵守我定下的规矩,就不会再发病。每晚按时睡觉,保持深度睡眠,祈祷,读《圣经》获得慰藉,待人温柔真诚,不要太过劳累。"

"但人不可能永远温柔。"她的声音有些犹豫。

"这些都是复杂的医学问题。"

"你自己说过我很聪明。这几年来我一直帮你打理实验室,我可以学习,真的。"

"你不是那种聪明。"父亲说。他声音没变,但确实生气了;他语言冷淡,"你和劳顿也许可以帮我做些小事,但是那和成为专业的医生完全是两码事。"

"爸爸——"

"不用再说了。你必须休息。乖乖的,好吗?"

她终是垂下眼睛点点头。她的声音很温和,像裙子上的蕾丝一样纤细,"好的,爸爸。"

"温良的人是有福的,因为他们要承受土地①。说一次。"

"温良的人是有福的。"

"睡一觉,你就会好起来。"父亲亲了亲她的前额,离开了。

但她却睡不着,因为她意识到一个矛盾之处:在父亲看来,她既是小孩又是成年女子。他不让她长大,却又希望她像个成年人一般举止高雅、久经世故。

莫罗博士的女儿必须永远是个小孩,就像此时盯着她的那些娃娃一样。她觉得焦躁不安,她觉得自己仿佛在长大,长到皮肤都装不下,似乎必须蜕皮了。

她躺在床上闭着眼睛,但无法入睡。

过了些时候,路皮端着一个托盘前来,托盘上放着一壶茶、一个杯子,还有一片涂了蜂蜜的面包。太阳逐渐西沉,白天的闷热已经被傍晚舒适的凉爽所取代。这会儿,她很想懒洋洋地伸个懒腰,盯着星星看一会儿。

"蒙哥马利说喝点茶对你有好处。我觉得热巧克力更好。但是你知道蒙哥马利那个人,他反对巧克力。"路皮说着做了个鬼脸,"英国人,就知道茶茶茶。"

---

① 出自《圣经·玛窦福音》。

"我觉得他考虑挺周到了。"

"我能看出来,他很懊悔。你们吵架了?"

卡洛塔点点头。壶里是洋甘菊茶。她给自己倒了一杯,又拿银夹子夹了一块方糖。路皮点燃了两支蜡烛,把它们放在房间另一边的大桌子上。那张桌子上面放着她的镜子、梳子,以及装着项链、手镯和玫瑰念珠的木盒。

"你们这次为什么吵架?"

蒙哥马利说她胆小那件事卡洛塔说不出口。她也不想再重复一遍蒙哥马利说的"渴望"之类的事情。她想起蒙哥马利说话的态度就觉得头晕。*爱着爱本身。*他觉得我是傻子吗?可他说的对吗?据卡洛塔所知,他曾经有一次坠入爱河。但他妻子早已经抛弃了他。如果是这样,他能给出什么有益的经验呢?可能有一点;可能根本没有。

爱德华多不英俊吗?英俊不是一切,但当他亲吻她的时候,感觉十分美好,而且他完全是个绅士。父亲也是这么说的。

*爱着爱本身。*

"说了些有的没的。"卡洛塔搅着茶。

"有人不说实话了。"

"没有。我们说了好些事情,我觉得他也不希望我把整个对话都讲给别人听。"

路皮似乎不信,她在屋里走了一圈,假装收拾了几样东西。她拾起卡洛塔丢在椅子上的白色披肩,把一本书放回架子上。卡洛塔喝了一口茶。茶太烫了,烫得她舌头疼。她把杯子放了回去。

"我让父亲把药方告诉我,他不肯。"卡洛塔一边说一边继续搅动茶水。

"他告诉你了才奇怪。"

"我会弄到手的。"

"怎么弄?"

卡洛塔深吸一口气。这话说出来很可怕,但她还是说了,"去实验室看他的笔记本。"

"这你怎么可能做到?"

"我不知道。我对他的工作了解得不多,但是应该试一下,不是吗?"她不喜欢自己这种尖细的声音,听起来像在请求什么。

路皮还在屋里转来转去。最终她回到卡洛塔床边,坐在之前博士坐过的椅子上。

"我跟你说点事情,你一定要保密好吗?"路皮的语气好像在说什么无关紧要的恶作剧,比如偷吃很多甜点这类。

"当然。"

"这附近有一条小路直通胡安·库穆克斯的营地。那条路很隐蔽,谁都看不出来。但如果你认识标记就能找到。"

"他住在那里吗?胡安·库穆克斯?"

"就算不是他,也是一个他信任的手下。卡洛塔,如果我和卡奇托还有其他人逃到那里去,他们就抓不住我们。然后我们就能去更远的地方。我们可以去东南部,去叛军控制的地方。我们就安全了。"

"他们会对你们友好吗?"

"我觉得会。你也可以去,蒙哥马利也可以去,只要他愿意。他可以帮我们交涉。我们可以去英属洪都拉斯。那里有悬崖、溪流和很多可以供我们躲藏的地方。我在报纸上看到了,蒙哥马利也是这么说的。"

路皮看起来兴高采烈,卡洛塔不禁感到心痛。她不知道自己能否信守诺言。不只是找到药方,还要能够复制出药物,更重要的是能够帮助那些混血种逃走。那等于是背叛自己的父亲。卡洛塔可能会跟蒙哥马利吵架,生路皮的气的时候会扔下她扭头就走,但是她不敢跟博士顶嘴。

她只会服从他的意志。所有人都是。

"如果你能安全地留在雅萨克顿呢?"卡洛塔问。

"怎么留下? 利萨尔德不在乎我们。晚餐的时候你听到了。他们说钱的事情,说雅萨克顿花费太多,他们没利润。如果关闭这个地方,你觉得他们要拿我们怎么办?"

她想起爱德华多的绿眼睛,他说卡洛塔可以问他要任何东西,她回答说自己想要雅萨克顿。他说她十分胆大,却又吻了她。爱德华多喜欢她,雅萨克顿对他来说是什么呢? 是一座农场,但相对于他的大笔财富来说微不足道,可以像一把小发梳一样送给她。

"也许不需要走到那一步。把托盘拿走坐下吧,拉着我的手坐一会儿。"卡洛塔说。

她握住路皮毛茸茸的手,感觉到爪子收在爪垫里。

"你又觉得不舒服了吗?"

"有点发烧,像小时候一样。我父亲说需要休息。"

"那我还是让你一个人好好休息吧。你想让我把博士叫来吗?"

"不,不用麻烦他了。"卡洛塔说,"我睡一觉,明早就好了。"

"那就好。"

她们一起坐了一会儿。路皮走后,卡洛塔掀开被子起身站在镜子前。烛光使她的倒影显得很奇怪。她又有了一种奇怪的感觉,觉得她的体内有一条裂痕、一道缝隙。她用指尖抚过脖子,寻找那处看不见的瑕疵。她的手指在镜子里看起来很长,指甲也太尖了,眼睛……

她俯身向前,看见自己的眼睛格外明亮,好像在发光。但那或许只是烛光的反射,当她换一个角度,光亮就消失了。

她能听见外面的声音:蛾子在扑翅,屋里有人沿着长廊走动。她闭上眼睛,几乎可以嗅到……是蒙哥马利在走动吗?但那只是她的想象。她在自己屋里,什么都闻不到。

她来到门口,把手贴在门上,认真听着。脚步声停了下来。她等着敲门声传来,但是什么声音也没有。随后脚步声又出现了。那人走开了。

卡洛塔想打开门,问他是否有什么事。

但是她最终去了桌边,吹灭蜡烛,回到床上。

## 16. 蒙哥马利

"她总是这样，不过最近几年好多了。"莫罗说道。他们在客厅里谈话，白色的窗帘随风飘舞，蒙哥马利的不安也在慢慢消散。"只需要改一下药物剂量就好。"

"但是她那个样子——博士，我见过她疲劳的样子，但是这次完全不一样。"

莫罗站在鹦鹉笼子前，鹦鹉歪着脑袋盯着他。博士瞥了蒙哥马利一眼，语气似乎有些厌烦，"疲劳、关节痛、低烧、头疼、双手发麻。这一系列症状都有可能出现。我跟你说过。"

莫罗表现得很平静，仿佛卡洛塔只是撞到了脚趾，而不是晕倒在蒙哥马利怀里。这种态度让他觉得很困惑，即使他知道莫罗不想接着讨论这件事，他还是要继续说。

"我以为她快死了，我吓坏了。我知道卡洛塔病了——"

"是一种血液病。我妻子就有这种病……她死了。我没能帮她止血。这个孩子……"莫罗的声音低下去，他望着远处，"我用尽了全部知识，也没能止住血。"

"我记得你没有和卡洛塔的母亲结婚。"蒙哥马利说。他一直认为卡洛塔是博士的亲生女儿，但不能享有合法子女的所有权利。医生可能不是特别富有，不过他在梅里达的银行账户里可能存着一些钱。如果卡洛塔不是私生女，而是他的合法继承人，那么在他去世后，卡洛塔肯定能继承这个账户。到时候这个女孩就会拥有比他想象中更多的影响力和社会地位。

博士如梦初醒似的眨眨眼睛。他从鹦鹉笼边走开，"卡洛塔？不，我没有和她的母亲结婚。或许可以说，我们拥有的是一种类似婚姻的关系。请原谅，我不想谈论她。"

"我理解。"

"卡洛塔说她发病的时候，你们在吵架。"

"我们有一些不同意见。"

"她不可以焦虑。"

"只是焦虑导致的吗？她感到焦虑，就会引起那么严重的反应？"

他不能接受这个说法。卡洛塔美丽又迷人，不过和他争论的时候可不少，也会和路皮吵架，但之前她从来没有这样发病。

"她长大了,她在不断变化。"博士的声音中有种阴郁的情绪,但也不完全是恼怒,也许更多的是怀疑,"当她还是个孩子的时候,我对她了如指掌。我清楚地知道给她用药的剂量,以及如何控制她的病情。但是一个生命体是不稳定的,不像石头上的篆刻。我用上了所有关于生长规律的科学知识,但是还不够。"

"听起来不是小事。她肯定病情很严重,不可能像你说的那样,只是偶然发病。"

"我可以控制。"莫罗坚持道,方才语气中的怀疑烟消云散,像是魔术师在表演一个毫不费力的魔术。"卡洛塔一直在发展之中,就像一个项目。这就是孩子,劳顿;每个孩子都是一个伟大的项目。"

莫罗像往常一样,满口华丽辞藻。蒙哥马利以为他又要开始没完没了地说一些长篇大论,但今天,莫罗忽然怀疑地瞥了他一眼。

"你和卡洛塔往来的时候要小心些。请别让她烦恼。"

"我不会的,先生。"

莫罗似乎不太相信,他一手挂着拐杖,皱起眉头。就在这个时候,爱德华多和伊西德罗走进客厅。他们二人看起来活力十足,精神高涨,蒙哥马利立刻被他们的笑脸和响亮的声音惹怒了。

"先生们,莫罗小姐哪里去了?我们一直在找她。"爱德华多说。

"我的堂兄想邀请她去骑马。当然,要请求你允许,先生。"伊西德罗补充道。

"那恐怕要等到明天了。卡洛塔现在觉得很累。"莫罗说,但是对他们两个讲话的时候,他还是带着热情的微笑。

"她还好吗?"爱德华多问道。他的语气关切,但声音刺耳。相比之下,蒙哥马利还是更喜欢水蛭和吸血蝙蝠。

"非常好。只是有一点小毛病偶尔会困扰我女儿。但她有特效药,不必担心。"

"博士,也许我们可以送点茶去她的房间。"蒙哥马利说,他希望借此机会去厨房,离开这些人,"我让拉莫娜准备一些。"

"好主意。我很愿意陪她坐一会儿,"爱德华多说,"毕竟一个人喝茶太令人沮丧了。"

"坐在姑娘的房间里吗,先生?这可不体面。"

"劳顿先生,你这么在意体不体面,我真的很惊讶。你给我的印象是……不怎么遵循常规的。"爱德华多微笑着说。

你给我的印象是个傻子,蒙哥马利心想。

"不如我们找些别的娱乐吧,"莫罗说着站起来,"也许你们愿意和我去图书室下棋?"

"乐意至极。"

他们离开房间,蒙哥马利松了口气。然而很不幸的是,伊西德罗留了下来。他伸手摸着壁炉架,独自哼着歌,然后来到钢琴边敲了几个音符。

"你不去下棋吗?"蒙哥马利希望这人也消失。

"下棋不算是我最喜欢的消遣,你呢?"

"我打牌。"他简单地说。

"也就是说你喜欢赌一把。"

"有时候。"

"还喜欢权衡利弊。"

"你想说什么呢,先生?"

伊西德罗从钢琴旁走开,直接来到蒙哥马利面前,靠在椅子上故作闲适的样子,"我了解我的堂兄,如果我赌博的话,我必须要说,卡洛塔赢面很大。"

"赢什么呢?"

"套住他。我们别装了:她想死死抓住爱德华多。"

"你不喜欢她。"

"她很漂亮。但是她有点……放肆。"伊西德罗神情不太自然,"她受的教育不正规。在这种穷乡僻壤长大当然没受过什么正规的教育。除了那张漂亮的脸,她还能给爱德华多什么呢?"

"对年轻的少爷来说,漂亮的脸蛋就足够了。"

"爱德华多的感情就像导火线,燃烧得很快。他没有耐心,如果他心仪什么东西,就一定要弄到手。那女孩是什么血统?莫罗博士也许颇有学识,但他不属于尤卡坦的任何一个上流家庭。天知道她的母亲是谁。她是个私生女,我知道。而且她明显是混血,虽然很漂亮,但是她的皮肤是深色的。"

你这个恶心的小蛤蟆,他心想,但对方这话并不令人意外。墨西哥也和世界其他地方一样,生命之树的层级森严。肤色和血统决定了你在树枝的什么位置。西班牙人已经放弃了这个国家,但他们的规训保留了下来。血统门第真实存在,古老偏见也真实存在。蒙哥马利作为一个身无分文的外国人,在这个错综复杂的人群网络中地位模糊,尚可以绕过分类。然而,卡洛塔的角色是被用更强硬的方式划定的。

"她是个美丽的年轻姑娘,利萨尔德是运气好才得到她的青睐。"蒙哥马利说。

伊西德罗整理了一下思路,一只手搭在椅子靠背上,"我猜,你大概是觉得爱德华多要和她结婚。但万一他只是想要她当情人呢?那怎么办?"

蒙哥马利嘴角抽动了一下,"那很不幸。"

"那我们就能互相理解了。我知道你不喜欢我,劳顿先生。我也不喜欢你。但我们两个谁也不喜欢爱德华多和卡洛塔情投意合,制造出一些麻烦。他会毁了卡洛塔,而我们就不得不收拾烂摊子了。"

"你想让我做什么?"蒙哥马利粗声粗气地问。

"我会写一封信给我叔叔,催他来雅萨克顿把他儿子接走。"伊西德罗说着从外套口袋里掏出一张折好的纸,"我需要你把这个送到美景庄园。庄园管理员可以把信很快送到城里。"

"为什么是我帮你送信?"

"我走不开。我一走，爱德华多就会知道我送信去了，我不希望他知道。"

"所以你就指使我当你的秘密信使？"

"备好马，送信之后再顺利返回，我确信你可以做到这么简单的事。"

"并按部就班地毁了卡洛塔的前途？"

"我们住在墨西哥城的时候，爱德华多迷上了一位女裁缝。整整一季度的时间，他都在追求她，接下来的一季度他爱着她，到了第三个季度，他们就匆匆分手了。你难道觉得他要过好几个月，才会厌倦卡洛塔吗？我不能容忍不道德行为，也不想看到这位女士的名誉被玷污。要我说，我的堂兄既愚蠢又冲动。"

他想起了姐姐和那个畜生姐夫。他没有救伊丽莎白，他没有采取任何措施去阻止她的婚姻。他会让卡洛塔落入一个无赖手里吗？假如他真的娶了她，然后又当着她的面招惹一连串的情妇。再或者，如伊西德罗所说，他只是把卡洛塔当作情妇消遣一两个季度？

"把这件事告诉她父亲。"

"莫罗？我们都知道他不会帮着我，反而会不择手段阻挠我。"

"我也可能阻挠你。把那封信给我，我会交给博士。"

"我觉得你不会，我能看出来你喜欢她。"伊西德罗说着，用两根手指夹着信。

"没错。"

"那就做点什么。"

"你的意思是,让她心碎。"

"这种心碎比另一种心碎好多了,你不觉得吗?"

蒙哥马利站起来把信攥在手里,"我不保证信一定能送到。"

伊西德罗点头。"我接受这风险。仔细考虑一下。我去看看他们下棋下得怎么样了。"他说。

蒙哥马利去找了拉莫娜,让她准备好茶,晚上给卡洛塔送到房间去,也许这样能让她好过些。而他自己则开始喝酒——酒瓶永远是苦闷时刻的良师益友。几杯下肚之后,他又开始高高兴兴地在想象中给范妮写信。

亲爱的范妮:

你可曾有机会为了行善而作点小恶?卡洛塔是个可爱的女孩。她太甜蜜了,甚至不应该被心痛和苦涩玷污。我发现自己有能力阻止这种痛苦,因此在各种选择之间摇摆不定。我知道你可能会想:我只是想摆脱一个对手。但这是荒谬的,因为想象爱德华多是我的对手就意味着我有机会追求那个女孩,或者我希望自己能追求她。但我没有机会,也不想追求她。

范妮,当我们年轻的时候,你在我身上看到了什么?一个女人能在我身上发现的那些优点现在已经消失了吧?

又喝了几杯之后,夜色笼罩了他的房间。他点起蜡烛,把伊西德罗的信在手中翻来覆去,端详着信封。只需要稍微动一动手,它就会被烧掉,灰烬消散在窗外。

然而,他还是把信塞进口袋,跌跌撞撞地走出了房间。房子里很安静,他行如梦游,然后在卡洛塔的房间门口停了下来。他用手捋了捋头发,想挺直身子。他的衣服皱巴巴的,而且他知道自己身上有一股烧酒的臭味。屡次不改。

他举手想敲门,想给卡洛塔看伊西德罗的信,并解释他说了些什么。但当他把手掌贴在门上时,他意识到自己做不到。她不会相信他,即使她相信他,他也怕自己会胡言乱语。

他喝醉了,脑子也不甚清醒,如果卡洛塔开了门,他会双手捧住她的脸亲吻她。先亲吻她的嘴唇,然后亲吻她修长的脖子——当她的头发被编成辫子时,裸露的脖颈总是被衬托得格外诱人。他会请求她不要和爱德华多结婚,请求她,并迷失自我。

而她会说不,蒙哥马利很清楚。

她会说不,然后把门砰的一声关上,拒绝他,接着一切就都毁了。莫罗会开除蒙哥马利,卡洛塔会厌恶他。

莫罗说,不要去烦他女儿。

他不会的。

蒙哥马利转身,跌跌撞撞走回自己的房间。

## 17.卡洛塔

图书室那件事过后的第二天，卡洛塔去了实验室。

她父亲说得对，她已经好了。她没什么大病，早晨就没事了。但她依然觉得很奇怪，血肉之下那条歪歪扭扭的裂缝依然存在。她不知道那意味着什么，那是一种难以描述的感觉，仿佛什么东西出错了，变得不一样了，她不喜欢这样。

匆匆喝了一杯咖啡后，她洗了脸，换上了一件蓝色的茶会礼服，离开了房间。卡洛塔环顾实验室前厅，翻看着书架上堆放的许多书籍和期刊。她父亲画了很多野生动物的素描。有一幅画上描绘的是一只死兔子头部的俯视图，头骨已经被移除，神经的位置被清晰地标注出来。还有一幅素描里画出了一条脊柱裸露的狗。

美洲虎经常出现在她父亲的素描中。有时它们看起来不像是科学研究，倒更像是艺术表达。她羡慕这种动物的尖牙，还记得有一只美洲虎差点咬掉了蒙哥马利的胳膊，留下了一大片参差不齐的伤疤。

但是她父亲的文件中没有记录任何有关治疗方案的内容，她翻遍了所有的图画也没找到。

卡洛塔从前厅走进实验室，看了看她父亲锁着的一个柜子。她能透过玻璃门看到，柜子里有很多皮革封面的笔记本。她怀疑那是不是父亲存放化学笔记的地方。可惜她没有钥匙。

她整个上午都在实验室里，却没有发现什么有用的东西。不过实验室里东西很多，只是粗略地翻找一下肯定不行。她现在担心，即使自己找到了所需要的笔记，也无法读懂那些信息。是的，她了解父亲实验室的一些基本知识，她知道蒸馏硫酸和酒精能制造出乙醚，知道人体骨骼的名称，可以非常轻松地进行皮下注射，但是她意识到，这一切都只是皮毛。

离开实验室的时候卡洛塔很沮丧，不过她忽然想到，也许蒙哥马利可以告诉她，记录治疗方案的笔记究竟是不是在玻璃门的柜子里，不是的话她就可以专心搜寻实验室的其他地方。但蒙哥马利不在自己的房间。

她在宅子里四处寻找蒙哥马利。当她去客厅的时候，看到了爱德华多，他正心不在焉地翻看一本书。爱德华多看到了她，立即站起来露出微笑。

"莫罗小姐,见你又能四处走动真是太好了,你感觉好些了吗?"他说着在她手上落下一吻,"你父亲说你病了。"

"我很好,只是一点小毛病。你怎么样呢?"

"说实话,挺无聊的。"他说,"看,我找到了你的老朋友,沃尔特·司各特爵士。"

"你在看《艾凡赫》!你不是不喜欢吗?"

"这书还不错,不过天气太热,汗流浃背的时候很难看得进去书。"他说着把书扔到方才坐的椅子上,"我想再去一次你之前带我们去过的天然井。你要和我一起吗?"

"蒙哥马利先生不在,不能和我们同去。"

"他不去正好。容我说句实话,他是个很糟糕的监护人。"

壁炉架上的钟在滴答作响。十二次滴答声对应她的十二次心跳。

"我应该可以陪你走一段。"她这样说着。她其实也不愿意让蒙哥马利和他们在一起,鬼知道他现在在在哪里。她担心蒙哥马利又要让人难堪。他和爱德华多真的处不来。

他们慢慢走向天然井,一路都挺开心。沿着那条熟悉的路走下去,早晨找东西的挫败感和哪里不对劲的感觉就消失了。每迈出一步,她都想着向爱德华多道别,然后返回,因为她说过自己只与他同行一小段路,但她又总是会迈出下一步,因为天气很好。

最后,他们走到了天然井,坐在岸边的树荫下。他们不能去游泳,因为游泳就必须在彼此面前褪去衣服。虽然她渴望感受水拍打皮肤,但眼下透过树枝照下来的阳光和小绿洲的宁静之美对她来说已经足够了。

空气中充满了红白缅栀子的浓郁香味。她闭上眼睛。

"你在想什么?"爱德华多问。

"没想什么。我在听。"她说,"似乎闭上眼睛,集中精神,我就能听见水中游鱼的声音。"

前一天晚上,她的听觉非常敏锐。拉莫娜曾经告诉她,万物都是有生命的,万物都能说话,连石头也有语言。拉莫娜还说,患有肺痨的人听力都很灵敏。这也许算是一种解释,只不过卡洛塔没得肺痨。

"你还真是想象力丰富。"

她睁开眼睛看着他,"这是坏事吗?"

"完全不是。这是你的魅力之一。"

"蒙哥马利说我老是做白日梦,还说我脑子里全是小说剧情。"

*还说我爱着爱本身。* 她心里说。

他们并排坐着,但还是保持着适当得体的距离。但是爱德华多说话的时候伸手碰了碰她的胳膊。那是很细微的一个动作,仿佛只是为了引起她的注意。

"劳顿先生很多嘴,我要解雇他。"

"你不能。"她马上说。

"为什么？他什么都不做，行为还很粗鲁。"

"他是雅萨克顿的人。"

"那人该回到他的臭水沟里去，我父亲就是在贫民窟里找到他的。"

"别这么说，这话太残忍了。答应我，你要宽容地对他。他孤身一人活在世上。"

爱德华多勾起她的一缕卷发，慢慢地缠绕在指间。他皱起眉头，"你要再说他，我就会嫉妒了。"

"别傻了。"

"他总是在看你。"

"那有什么问题？"

"他看你的样子非常没有礼貌，我很担心。"

卡洛塔确实有几次发现蒙哥马利用那种沉着、不带感情的目光看着她，但她不觉得那是无礼的行为。蒙哥马利似乎总是有点迷惘。她知道蒙哥马利不会真的对她造成任何伤害，他们吵架也只是嘴上功夫而已。

"我认识蒙哥马利很久了。"她说。

爱德华多把手拿开，皱起眉头说："也许你更喜欢他。"

"更喜欢他？你这是什么意思？"

"别装了。"他压低了声音，充满暗示地说。

"请不要把我对朋友的情谊错当成……别的什么东西……"

某种低俗的东西。她心里想着,但是没有说出来。蒙哥马利从来没有跟她说过任何暧昧的话,从来没有碰过她,哪怕仅仅是纵容这种瞎话都令人心生厌恶。不过,现在仔细想来,也许蒙哥马利并不是对她漠不关心。在图书室里的那几分钟里,他表现出一种热切的情绪,在她看来近乎激情。想到这里,她忽然想把脸藏起来。

"蒙哥马利是我们的管理员,"她双手放在裙子上,"是我父亲的心腹。"

"也是你的心腹吗?"

他真的在嫉妒。卡洛塔这样想着,惊讶地抬起头。

"我说了,他是朋友。你希望我对你说什么?"

"说你更喜欢我我就好了,"爱德华多的语气有些不耐烦,仿佛在提出某种挑战,"说你已经做了选择,说你愿意和我同床共枕。"

她松开裙子,不知道该怎样回答。蒙哥马利,她知道的一切都是书本上的冒险故事,但从书本上并不能学到全部的知识。也许他是对的,而她确实想知道一切,总是很好奇,想知道很多自己不懂的事情。然而对爱德华多的话作出肯定的回答似乎是不恰当的,但如果她不回答,对方又有可能会认为她很愚蠢,是一个在智力方面配不上他的愚昧女人。

一阵尴尬的、令人痛苦的沉默在他们两人之间弥漫。

"怎么了,你不肯说吗?"

他看起来很气恼。她觉得也许该逗趣他,说个笑话之类的。但事实是,她脑子里一片空白。

"我有很多事情想告诉你,但不知从何说起,"她轻声回答,"我和你在一起的时候,整个世界都变得很不合理,我很紧张。"

他的表情柔和起来,"是吗?"

爱德华多把她拉近,手指来回地抚摸她的手腕,然后举起她的手,在上面吻了一下。她深吸一口气。她想就此向他靠近,把脸贴在他的胸前。然而最后,她转过头,把手抽了回去。

"你不该这样。"她低声说。

他似乎在考虑什么,态度严肃起来,"如果我向你求婚呢?"

她眨眨眼睛,不知所措,"你要和我结婚?"

"我发誓,我会的。"

"你的家庭……你的父亲,他会喜欢我吗? 他会祝福我们的婚姻吗?"

"我厌倦了什么事情都要请求别人准许。"爱德华多语带气愤,"我父亲依然把我当孩子看待,但我已经是成年人了。如果我说我要和你结婚,我就会的。你不相信我吗?"

"相信。"

"所以呢? 但是你或许并不喜欢我。"

她的心在颤抖,眼睛盯着他,他的手托上她的脸颊。"别再提这个了。"她说。

"原谅我言语粗鲁,原谅我的怀疑。但你如此美丽,我觉得还有别人在觊觎你。我知道这听起来很傻,像这样求婚你会认为我是个浮躁的傻瓜,但除此之外我什么也做不了。没有你我会死的。"

"你现在说话听起来好像书里的角色。"她有些诧异地说。

"我以为你喜欢书。那些浪漫冒险故事。"

"我确实喜欢,"她的手指拂过爱德华多的嘴唇,"而你喜欢说童话故事。"

"山鲁佐德有一千零一夜的时间,肤白如雪、唇艳如血的女孩最后嫁给了王子,睡美人得到一个吻;所有这些故事。"

她的手现在抚摸着他的下巴,然后垂下来,停在他的衬衫领子上。"是的。"这个音节是呼出的一口气,几乎不成一个词。

他把她拉到自己身边,他的手指隔着长裙抚摸着她的脊背,然后偏过头,甜蜜地吻上她的嘴唇。那吻迟迟不肯结束,变得仿佛不顾一切,最终她感到他的舌头在她嘴里,而他的一只手滑上了她的大腿。她觉得喉咙像是着了火,几乎说不出话来,但她还是问道:"你会把雅萨克顿作为结婚礼物送给我吗? 就像我之前问过的那样?"

"不止雅萨克顿。我要给你珍珠项链,去国家大剧院的马车和一千条裙子。我要给你无限宠爱。你最喜欢什么宝石?"

"我不知道。"

"红宝石? 祖母绿?"

他的眼睛是美丽的绿色,比任何宝石都明亮。"祖母绿。"

"在我遇见你的那一刻,我就知道我爱你,也许在那之前就爱着你了。请你也爱我吧。"他恳求道。

她没有时间想出一个恰当的回答,因为他又在吻她,把她本来想说的话都压住了。此外,她觉得他好像在拉她的拉链,衣服就要解开了,她的脉搏疯狂地跳动着。

"脱下你的衣服,我想看着你。"他说。

她涨红了脸,一动也不动,因为太困惑了,所以无法顺从。他伸手脱下自己的衣服,先脱掉上衣,再脱下背心,最后脱下衬衫。尽管大脑一片混乱,卡洛塔还是用手抚上他的胸口,她好奇他的皮肤和其下的肌肉究竟是什么触感。凑近的话,他身上有肉桂和橘子的气息,那是用的古龙水的味道,清新明亮,就像他本人。蒙哥马利的手臂上文着疼痛的地图,锯齿状的伤疤就像地图册上的河流,细碎的皱纹笼罩在他眼睛周围。而爱德华多的身体上没有任何伤疤,这个世界从未有机会伤害他。

"你真漂亮。"她说。爱德华多笑起来。

他开始帮她脱衣服,同时不停地吻她,这让整个过程变得很缓慢。她并不介意。这是一种折磨,却如此美味。他的身体是个奇迹,是个谜。她以前从未见过像他这样的人,她自己的身体也感觉焕然一新。她抚摸着他结实的肌肉,还有他粗糙的毛发。

她感觉到他的嘴唇贴着自己的耳朵。他的嘴唇很软,浑身是汗,很温暖。她尝到了他皮肤上的盐味。他把脸紧贴在她的脖子上,靠近她的两乳间,然后把她拉得更近,放在他的大腿上,直到她的指甲顺着他的后背滑下去,他做出了什么承诺,然而她根本没听懂。

关于爱的什么东西吧。

当他滑进她的身体,当他把她推到薄薄的黑土上,当他们紧紧相拥时,她确实爱着他。他的手指紧紧地抓住她的手腕。一只小鸟发出了几声尖锐的啼叫,当他咒骂起来时,因为太过努力他有些破音。卡洛塔轻轻地笑了,她以为自己也许会崩溃,但是没有。他们只是躺在一起,她把脸埋在他的胸前,直到给他们唱歌的鸟儿累了飞走。然后他们到天然井里去洗澡。她的大腿黏乎乎的,她还能闻到她血里的铜味和尖锐的气味。

她跳进水里,欣喜地感受到水的拥抱。爱德华多跟着跳下来,抱住她亲吻。这一次的吻不一样,他没那么狂热了,嘴唇也变凉了。

"你高兴了吗?"她问。

"我之前没有和处女交往过。我还以为你……嗯,没什么。"他摇摇头。

"你和很多女孩交往过?"

"你不该问这个。"他似乎有些尴尬。

"我不管。现在你是我的人了。"她说着拨开挡在他眼睛上的头发,"对不对?"

"我说了,我会和你结婚。"

　　这不是她问的问题,但她也不知道如何解释自己的意思。水、黑土、树木和那些飞翔的鸟儿都是她的,不是因为她拥有它们,而是因为他们彼此拥有。但在那一刻,当他对她微笑时,他看起来深陷爱河,就像另一种阳光温暖着她。

　　他们回到岩石顶部,直到全身都干了才重新穿上衣服。她帮爱德华多扣上衬衫扣子,打上领结,心里想着从现在起,她可以每天早晨为他做这些事,也可以让他帮自己系上紧身胸衣的系带。他们可以为彼此做无数美妙的事情,而没有人能指摘他们。他们可以让雅萨克顿成为一座美丽宁静的天堂。

　　她身上开裂破损的部分上午似乎愈合了。没有裂隙了。

　　她知道自己会永远快乐。

　　返回的时候,他们手挽着手。

## 18. 蒙哥马利

他骑得很快，希望发生点什么灾厄。也许马蹄铁会掉，也许他会摔下马。但是他一路上没有遇到任何麻烦，安然无恙地到了美景庄园的大门口。

他希望命运能够横加干涉，这样他就无法把衣服兜里那封信送出去，但是他又觉得必须完成手头的任务。

管理员迟迟不到，蒙哥马利不耐烦地敲着脚。时间仿佛过去了好几个小时，那人才挠着头走进了院子。

"我有一封信必须交给埃尔南多·利萨尔德先生。请立即派人送信。"蒙哥马利说。

"嗯，当然，我明天就派人——"

"我说，请立即派人。信是少爷写来的。"

他把信递给管理员，对方耸耸肩，"好的。"

蒙哥马利把自己的马带到石槽边，好让它喝水，他没有问管理员要一杯柠檬水喝，而只是给自己的瓶子里装满了水便上路了。他回家的速度非常慢，不止一次停在树荫下，凝望周围的土地。

他做到了。他干涉了卡洛塔的私事，甚至可能会引发一场灾难，他不愿承担后果。如果莫罗知道这次背叛，会把他从雅萨克顿赶走。

他对自己说，这是为了卡洛塔，然而感觉依然十分不快。

下午晚些时候，他走进客厅。大家正聚在一起，开开心心地举着玻璃杯。

"劳顿先生！你今天不在家。"莫罗说。

"是啊，我们以为你赶不上庆祝了。"爱德华多说。

"庆祝什么？"

"我向莫罗小姐求婚，她答应了。"

爱德华多满脸笑容，他身旁的卡洛塔也在微笑。

"和我们一起举杯庆祝吧。"莫罗马上给他倒了一杯酒，而蒙哥马利还没想好该作何反应。"敬我的女儿，她是世间最受祝福的孩子。敬她的未婚夫，希望他让卡洛塔幸福。"

他们一起举杯，不过伊西德罗坐在长靠背椅上，没有丝毫热情。他很快地瞄了蒙哥马利一眼，仿佛想知道他究竟送了信没有。蒙哥马利没有看他，用两根手指捏着杯子，尽可能远离自己。

"我是世界上最幸福的人,最幸福的。"爱德华多说,"我希望夏天结束前就能举行婚礼。"

"那订婚时间也太短了。"伊西德罗说。

"没必要等太久。我们去哪里度蜜月?墨西哥城是个不错的选择,但我想走远些。"

"只要远离这里,什么地方都行。这里的这些生物让人毛骨悚然。"伊西德罗说着,几滴酒洒在干净的衬衣上。

"它们很吓人,不是吗?"爱德华多回答,"但等我们住在梅里达之后就无所谓了。"

"你想住在梅里达?"卡洛塔转向未婚夫。

"为什么不呢?我们不能住在这里。"

"但是雅萨克顿很美。"

"亲爱的,雅萨克顿是一个小地方,不适合利萨尔德家的妻子居住。"爱德华多说着开玩笑地抬起她的下巴,"再说,我希望你见见我的朋友,陪我出席各种场合。"

"我想和自己的家人在一起,全家都在一起。"

"我想给你最好的。"

不,你只是想炫耀她,蒙哥马利想。就像某人给自己买了一幅名画或一枚戒指;就像一个人在商店里,指着他想买的一个小饰品,要求把它包起来。爱德华多站在卡洛塔旁边,像个主人一样自信。

"我认为雅萨克顿是很好的产业。"

"卡洛塔,你什么都没见过呢。"

"也许吧。但这件事我还是想自己做主。毕竟我们是要共同组建家庭,必须两个人都满意。"她说话的态度依然甜美,手放在未婚夫的胳膊上,但语气很坚定。

爱德华多挑起眉毛。

"我们必须再庆祝一次。"莫罗拿起酒瓶,倒了更多酒。

啊,你这个聪明的魔鬼。蒙哥马利心想。为了防止新人之间发生摩擦,你用酒和诙谐的评论迅速分散他们的注意力。

蒙哥马利一口酒也没喝,也没必要再倒满。他一动不动地站在原地,心里很不舒服,希望自己能无声无息地消失。爱德华多似乎察觉到了他的想法,带着卡洛塔走近他。

"先生,我想给未婚妻挑一块宝石。她说自己喜欢绿宝石,但我想送她更稀有的礼物。也许黄色刚玉不错,据说这是缅甸最珍贵的宝石。颜色也很衬她的眼睛,她有着全世界最美的眼睛。"

"我对婚礼和宝石知之甚少。"蒙哥马利说着想起了范妮,以及他曾经送给她的那对华丽耳环。但是他不想和这个人提范妮。

"我忘了,你这样的单身汉很少有机会考虑给女士送什么礼物。"

"请不要取笑劳顿先生。"卡洛塔拉住爱德华多的外套袖子。

"不会的。有时候我确实会说几句玩笑话,劳顿先生,只是并不是每个人都觉得我的玩笑好笑。"

"恭喜你订婚。"蒙哥马利说,他的声音没有变化,眼睛一直盯着卡洛塔的脸。爱德华多对卡洛塔笑了笑,她微微低下头,害羞得像只鹿。

他们转身离开蒙哥马利。爱德华多的手搭在卡洛塔的腰上。他们彼此注视的眼神充满了恋人之间那种自然而然的亲密。他能想象出他们互相亲吻、抚摸的画面。在爱德华多的笑容中,他读出了征服者的胜利宣言。这个傻瓜看不到女孩在他周围编织的欲望丝线。然而,即使他愿意跟着她的调子跳舞(或者相反),最终还是他紧紧地把她攥在了自己的手心里。庄园,富丽堂皇的房子,奢华的家具,还有一个美丽的妻子——温婉婀娜好似维纳斯的雕像。

姑娘,你把自己卖了,但你算清价格了吗?他想着。这年轻人有毒刺。或许她不在意,毕竟也有人养蝎子当宠物。

蒙哥马利斜靠在椅子上,直到整点的钟声敲响,他找了个借口离开。独自一人待在房间里,他伸直了双腿,抽了支烟,仰头盯着天花板。

当黑暗笼罩了房子之后,他才提着油灯走到院子里,呼吸着夜晚的气息。这房子有那么多窗户和房间,但他依然觉得很小。

"你又睡不着了?"卡洛塔问道。

他转过身。卡洛塔站在阴影里,手里没有提灯,头歪向一边望着他。她的披肩是紫红色的,与夜色融为一体,她的头发编成辫子,垂在背上。她应该睡觉了。每个人都该睡了。

"你在做什么呢,小姐?"他想到了情人的午夜约会。她可能是在找爱德华多。

"昨晚我听到你走来走去,在我门前停下来。"她走过来,并没有回答他的问题。她的眼睛闪烁了一下,仿佛反射着亮光。她在黑暗中行动显得非常轻松,当她像现在这样移动时,那灵巧的动作令他感叹。

他将提灯放在脚边。地面上散落着喷泉周围的椴树的花瓣。

"我喝了些酒,不记得自己走到哪里了。"他回答。

"你今天没有喝酒,也没有笑。"

"你很会观察,聪明又敏捷。你这一步行动堪称绝妙。后吃掉了王。"

"生活不是下棋。"她走动的时候,裙子发出沙沙的声音,仿佛轻柔的音乐。他们并肩走着,像两只飞蛾似的围着灯光绕圈。

"我要修正一下刚才的发言。我们都是你父亲象牙和桃花心木棋盘上的棋子。不过你是他手里的后,可以在棋盘上往各个方向自由走动,完成他的命令。你做得很好。"

"你今天就一定要讽刺我吗?"她头一偏问道,"今天是个好日子。我有了爱德华多,得到了雅萨克顿。"

"是的,确实'不错'。我警告你要远离那个人,你比蜂鸟还快地冲向他。但我不怪你。"

"你当然不该怪我。"

她转了个身,蒙哥马利觉得她是要走开了,但卡洛塔只是站定了,她看着房子的方向。

"我必须知道自己能不能信任你,蒙哥马利。雅萨克顿需要你。"

"怎么回事?"

"我不在的时候,必须有人照顾雅萨克顿和混血种。你听见爱德华多说了,他想要我们住在梅里达,就算我们住在美景庄园,也是要离开雅萨克顿的。"

"你父亲在这里。"

"我们都知道他老了,还生病了。再说,等雅萨克顿完全属于我之后,我打算用不同的方式进行管理。他会把雅萨克顿当作结婚礼物送给我。这整个庄园。"她张开双臂说。

"你在想什么?"

"父亲必须把治疗混血种的秘密药方告诉我。这里应该成为避难所,而不是我父亲的游乐场。"

"这件事由你说出来很奇怪,因为你一直是个特别顺从的孩子,而且很爱他。"

"我也爱路皮和卡奇托。他们不开心。我希望他们今后不再被虐待。父亲希望我有个成年女人的样子,那我就当个成年人。但是这个身份伴随着我无法逃避的责任。"

"你和你父亲谈过了吗?"

"我问过药方的事情了,我不是你想的那种胆小鬼。"

"很抱歉,我不该那样说。"

她似乎很惊讶,随后点点头。她站得很直,双手紧握在一起,"我要求父亲把药方告诉我,他拒绝了,还说我太愚蠢,不懂他的科学。我翻看了他的笔记,想找出答案。但目前为止,还没有找到我需要的信息,但我会遵守诺言。"

"这么说来你生他的气了。"

"没有。我做这些不是因为生气。我说了,这是因为我爱路皮、卡奇托和其他人。"

"你也爱着爱德华多,你真的很'博爱'。"蒙哥马利管不住自己的嘴。

"我很快乐,也希望别人都快乐。有什么不对吗?"她问道,"你不希望别人快乐吗?"

"我懂什么。"他嘟囔着,想起几小时前他把那封该死的信送到了美景庄园。如果埃尔南多·利萨尔德听到风声,她的幸福转眼就会烟消云散了。也许这就是爱德华多想要马上举办婚礼的原因,希望能在家人介入之前办好这件事。要不然就是一腔热血的诱惑,他想让这姑娘尽快给他暖床。

"如果我们安全的话,我就开心了。"

"仅此而已吗?你是不是为了别人的福祉牺牲了自己?"他问道。

"我爱爱德华多。"

在她那个年纪,爱情是一团迅速燃烧的火焰,所以她认真地说出这种话,蒙哥马利也不应该感到惊讶,但听到她如此从容地表达爱意,他还是感到有点刺痛。她认识这个年轻人并没多久,而当她说出他的名字时,唇边却已经流淌着甜蜜。再给她一个月的时间,如果这个被宠坏的孩子离开她,她恐怕会难过到把一条毒蛇紧紧搂在怀里。

"你怎么知道爱的呢?翻看类语词典,还是百科全书?还是阿尔塔米拉诺[①]或者其他你喜欢的作家写的虚构故事?爱!他很富有,这很好。"尽管不想表现出恶意,蒙哥马利还是这样说了。

"你为什么要帮我定义爱?"她十分不快地眯起眼睛。

"在一位女士面前摆弄异国的珠宝,爱就很容易发生。如果他是个修鞋匠,就算长得俊美你也不会接受他。"

他原以为卡洛塔可能会用一场激烈的长篇大论来回应,但她的眼睛却变得悲伤起来。

"蒙蒂,我不喜欢你这样残忍。"

"我一直都很残忍。"这么说更多的是为了反驳她,而不是表达一个真实的观点。他本就会答应她的任何要求,现在只不过是在推

---

[①] 伊格纳西奥·曼努埃尔·阿尔塔米拉诺(Ignacio Manuel Altamirano,1834—1893),墨西哥政治家和浪漫主义时期的印第安作家、诗人、文学评论和文史学家。

迟投降的时间。

"不，你不是。"她摇着头说，"你喜欢告诉自己你很残忍，然后把自己封闭起来，但其实你是个正派的人。我相信你能照顾好这里。我知道你喜欢雅萨克顿，和我父亲不同。我父亲住在这里，但他并不爱这里。"

"卡洛塔，我保证，如果是你的要求，我会帮助你的。"他说。喜欢雅萨克顿，他说不出口，因为他知道埃尔南多·利萨尔德可能不会同意儿子和这个女孩订婚；他不敢做出任何承诺。

那封信！他为什么要送那封该死的信呢。他们头顶上悬着这样一把剑，他怎么能直视卡洛塔的眼睛呢？当她说了她爱爱德华多之后，那真是愚蠢啊。

她仔细看着他的脸，或许是想发现某些谎言。他低下了头。

"谢谢。"她说。

"不要谢我，卡洛塔。我今天一点也没有帮你。"他低声说。

但是她完全不明白他的意思，只是耸耸肩就走开了，离他远去了。她脚步轻盈，裙子在身后飘舞，仿佛一阵吹过庭院的微风，只留下花瓣拍打着提灯。

## 19. 卡洛塔

爱德华多在向她求婚后，就宣布自己要留在雅萨克顿，一直等到举办婚礼。他的堂弟对此似乎很不高兴，但爱德华多已经完全被迷住了，他告诉卡洛塔自己绝不会离开她。卡洛塔则怀疑他是希望找个机会再和她一起偷偷溜到天然井去。但这是不可能的，伊西德罗以他们的监护人自居。如果他不在，蒙哥马利就会出现，在这对年轻人绕着庭院散步时跟在他们身后几步远之处。

卡洛塔由衷地希望和未婚夫的接触不仅仅是脸颊上转瞬即逝的吻，但她提醒自己耐心是一种美德，为了转移注意力，她一直在努力翻阅父亲的各种文件。但是文件里什么都没找到，她还问了蒙哥马利，而蒙哥马利回答，他没有卡洛塔关注的那个玻璃橱柜的钥匙。耐心，一定要耐心。

有一次她翻动实验室之后，父亲走进来，发现她正在收拾架子。她已经把刚才看过的笔记本收起来了，所以父亲应该不会发现什么令他不满的迹象。

她见父亲有些疑问的意思，于是解释说："到处都是灰尘，我想稍微收拾整理一下。"

"是啊，灰尘太多了。我又用不到这个地方，收拾这里有什么意义？"父亲不悦地低声说着，"这三年来埃尔南多·利萨尔德逐渐削减我的资金，经济状况不好就很难取得任何成就。要是能再次拿到资金购入更好的设备那就太好了。卡洛塔，好孩子，你一定要确保尽快做出这些安排，就像你尽力推进这次婚姻一样。我一定要再次开始实验。新的实验。"

"有了新的资金后，你肯定可以开始新的实验，但我常听你抱怨说混血种达不到期望的标准。"

"是啊。我能制造出人形，这是很轻松的，但是手和爪子的转换却很麻烦，有严重的裂隙……你不用关心这些。自然界还有秘密需要被发掘，还有宝藏需要去发现。这些混血种不是我要找的宝藏，他们是拼图的一部分，或者说是一把钥匙，可以打开下一把锁。"

他身后的玻璃和金属闪着光，卡洛塔看到他实验用的各种精致设备，有生以来第一次，她由衷地想知道这些仪器具体是做什么用的。父亲说一切都是为了人类的福祉，可以治愈疾病，可以使人类进化，但是现在他这样说着，卡洛塔却不太信了。

"你能治愈路皮和卡奇托吗？让他们不再需要定期接受治疗。"

"他们治不好。"父亲坚定地说。

"那可以改进治疗方法吗？减少麻烦的流程，让他们能自己照顾自己？"

"又提这种事了！我不是跟你说过，我不想讨论这个问题吗？别在那些混血种身上浪费时间了。你和蒙哥马利教他们读写，整天护着他们，让他们变得软弱。我知道你想治好他们，但是他们天生就有缺陷。"

当卡洛塔还小的时候，她教过路皮和卡奇托读书，她也见到过蒙哥马利指着报纸上的词读给混血种们听。父亲说这番话是真心的吗？她和路皮、卡奇托的对话使他们变软弱了？既然父亲要求他们顺从，那软弱有什么不对？

"混血种们不重要了，卡洛塔。过去他们对利萨尔德来说很重要。我为他提供了我的专业知识，用来换取我需要的资金。再也没有比这更引人入胜的研究方向了，但现在我终于又有了新的机会。你的丈夫将成为我的赞助人，再也没有什么能约束我了。"

"如果你拒绝帮助混血种，我就会告诉我丈夫不提供任何资助，如果——"

"如果什么？"她父亲问话的声音尖锐得好像手术刀，"你现在敢威胁我了？"

父亲身材高大，力大如牛。岁月侵蚀着他的身体，但是并无太大损害,当他站直身体摆出强硬姿态时,他那有力的双手和锐利的眼睛以及紧闭的嘴唇无不令人心生畏惧。

卡洛塔咽了口唾沫,"我也要有发言权。"

如果说爱德华多厌倦了每件事都要有人允许,那么她也一样。

父亲瞪着她,"忘恩负义的孩子。谁教你和我顶嘴了。"

"我没有说任何粗鲁或愚蠢的话。我只是要求一些尊重——"

"'做子女的,应该事事听从父母,因为这是主所喜悦的。①'你忘了以前学过的东西了吗?"

"我也会引用《圣经》。《哥罗森书》也说,'做父母的,不要激怒你们的子女。'"

"你怎么敢。"她父亲眼神严厉。

指责扼住了她的喉咙,裂隙又出现了,卡洛塔用颤抖的手捂住额头。她觉得眩晕,喘不过气。

"行了,坐下,卡洛塔。你不能再这样让自己激动了。"父亲低声说着,"坐下,坐下,我给你拿些嗅盐。"

她坐下,听见父亲在柜子里翻找东西,当他拿着一个长颈瓶回到她身边时,她推开了父亲。

"我很好,没事的。"她扶着椅子站了起来。

"卡洛塔,我要调整你的药物,但是必须小心。与此同时,我需要你务必镇静。我们之前说过的。"

①出自《圣经·哥罗森书》。

他把瓶子放回桌上,轻轻拍了拍她的手。正是那只手,在她生病的时候帮她擦去额头上的汗水,当他教卡洛塔读书的时候,也是用这只手翻动书页。那是她既爱又敬的手。

"我做的一切都是为了你,卡洛塔。"父亲说道。

"我知道。"

然而,在那天剩下的时间里,卡洛塔又感觉到怀疑在啃噬着她的内脏。她曾说服自己前进的道路是清晰而美好的,但现在她又开始担心自己其实什么都做不了。她的父亲是个顽固不化的人,事情比她所怀疑的还要糟糕。

他曾经是那么的完美无瑕,但最近几天,在她看来,那份完美似乎完全消失了。最糟糕的是,她从别人那里也找不到安慰,因为路皮肯定会生她的气,蒙哥马利又疏远她。她想和拉莫娜谈谈,但后来卡洛塔意识到她无法向拉莫娜解释自己的感受。

她腹中仿佛有一团可怕又焦虑的大疙瘩。

不过晚餐时,爱德华多让她精神振奋了一下。他似乎决心在那天晚上表现得特别迷人,惹得她笑了起来。

爱德华多从桌边站起来,在她耳边低声说:"我过会儿去你的房间。"她一点也不觉得惊讶。

她没有脸红,只是看着自己的盘子,嘴边挂着谨慎的微笑。恐惧感变成了渴望。

那天晚上她换了一件简单的睡袍,仔细地梳了头,在桌上的两根蜡烛之间照了镜子。

午夜时分,爱德华多来了,他轻轻地敲门,卡洛塔打开门,让他进来,在他的嘴唇上飞快地吻了一下。他想更热烈地吻她,她后退了一步。

"你该去睡觉了。"她低声说,然而脸上却带着微笑。

钥匙平时总插在锁眼里一动不动,而这会儿,爱德华多转动钥匙,把他们反锁在屋里。

"我会保持安静,不发出声音。"他保证道,随后抓住她的手把她拉到床上,把睡袍掀到她大腿上,露出双腿。

"这怎么行呢,没有——"

"我保证,绝对不发出声音。"他说着敏捷地解开衣服。

她把这个不出声的保证视为一个挑战,接着爱德华多说这次他们可以换个方式做爱,这又是一个有趣的挑战。

他的身体在烛光下看起来很不一样,每一个细节都变得光滑,但当他把她扶到他身上,手顺着她的乳房和腹部滑下时,他仍然很英俊,而且有点自大。起初,她不明白他在说什么,只是感觉很不舒服,因为他一直盯着她,叫她想把脸藏起来。后来情况变了,他们找到了节奏。他激动起来,她让他安静,而自己却很想笑。

他躺在她身下,不得不用一只手捂住嘴,才没有叫出来。就在那时,当他释放的时候,卡洛塔与他紧贴着胸口,她的嘴唇吻到了爱德华多的喉咙一侧,轻轻地咬着他柔软的皮肤。

　　她没有挪开,而是依偎在他身上,尽管他已经筋疲力尽了。他懒洋洋地在她的后腰上画圈。

　　"你要知道,你来这里真的很傻。"她说。

　　"也许算是很大胆,但不傻。我们根本没有单独在一起的时候。我要怎么办才好?"

　　"等到结婚那天?"

　　"那要求也太高了。但你确实提醒了我,我必须去核实一下。之前我在梅里达看到过一座漂亮的房子,院子里有棕榈树。我得看看能不能买下来。我还得给母亲写信,让她告诉父亲我已经决定要结婚了。"

　　"你不能直接写信给他吗?"

　　"我妈妈比较能够委婉地和他打交道。"爱德华多说,但是她听出来了,这话里有些犹豫。她猜想,埃尔南多·利萨尔德可能和她的父亲一样,是一种令人敬畏的力量,有时候会把孩子们吓得不轻。

　　"我也必须再检查雅萨克顿的文件。我希望在婚礼前就把它送给你,不然就不算彩礼了。你觉得庄园要花钱重新装修吗? 我不希望它荒废了。"

　　她想起父亲说过的关于钱的事,他多么希望爱德华多成为赞助人。她意识到爱德华多是一种专注于具体事物的生物,他的行动举止总是迅速而热情。如果她悄悄说她需要这笔钱,他一定会答应的。她还怀疑这张床是向爱德华多求情的好地方,在他听话的时候诱捕他。

尽管听从父亲的命令很简单,但她却发现自己无意识地在爱德华多的腹部描绘着线条,然后耸耸肩,"我不需要那么多钱来修缮庄园,但时不时回雅萨克顿看看会很好。"

"卡洛塔,梅里达比这里好。"

"也许。但是你告诉过我你在那里有很多朋友,我们必须参加所有的晚会,这听起来有点叫人疲惫。再说了,在梅里达,我们必须做你家人想做的事。听你**父亲**的命令。"

他皱起了眉头。关于爱德华多,卡洛塔察觉到的另一件事是,对他来说,婚礼的兴奋与独立的概念有关。婚礼将是一个里程碑,他将成为一个男人,有自己的家庭和妻子,不再是孩子。卡洛塔理解这种感觉,因为她也有类似的想法。在这种情况下,人们最不想要的就是一个父亲告诉他们什么时候该做什么。

"但你父亲会住在雅萨克顿。"爱德华多说,"在这里,我们也一样要听人命令。"

"那么,也许我们应该在巴亚多利德①定居,离雅萨克顿也近。雅萨克顿就当我们的度假地。我父亲不会来烦我们的。他很尊重你,不会给你下命令。我们可以每天都去天然井,懒洋洋地躺在床上,想骑马的时候就去骑马。你不是说要宠我吗?"

她仍然跨坐在他身上,他的下身又硬了起来,她用指甲划过他

---

① 墨西哥尤卡坦州的第二大城市。

的胸口,故作疑惑地朝他扬起眉毛。他笑了。

"好吧,好吧,就按你说的办。天哪,你可真是个顽固的小姐。"

我以前可不顽固。她心想。她以前总是别人说什么就做什么。但现在她逐渐明白了,有这样一种选择,一种办法,让未婚夫按自己的意思行事,就像一个人引导一匹马。她的父亲可能认为她会按嘱咐在爱德华多耳边鹦鹉学舌,蒙哥马利认为她很天真,但卡洛塔学东西很快。

他皱起眉头,但只持续了一分钟,然后就对她手指甲的动作产生了兴趣。他叹了口气,"你知道吗,你就像我小时候看的书里的女孩。"

"真的吗?"她不太相信。

"是《一千零一夜》。山鲁佐德坐在国王身边,她裸露着肩膀,头发是紫黑色,仿佛成熟的葡萄。"

"我小时候看过一本书,然后就很害怕被三文鱼吞掉。"

"天哪!看来是我的书更好些。"

"为什么? 你希望山鲁佐德整夜给你讲故事吗?"她俯身靠近他,长长的头发像天鹅绒帷幕一样笼罩了他的脸。

"不。我没有想过让你给我讲故事。"

"那我们就安静点。"

"非常安静。"他低声说着,用手指抚过她的嘴唇。

## 20. 蒙哥马利

天气非常热,虽然有草帽遮阳,蒙哥马利还是觉得太阳炙烤着自己的头骨。蒙哥马利和卡奇托给猪和鸡喂了食,然后回屋,用湿毛巾擦拭满是汗水的额头。

做完了这些之后,蒙哥马利来到院子里,坐在窗边抽烟。那两位绅士在弹钢琴,他能听见琴键在伊西德罗手中叮当作响,此外还有笑声。他可以想象出卡洛塔扇扇子的模样,他们的欢声笑语就像他皮肉里的小刺一样;他皱起了眉头。

他拿起一盒火柴在指间转了转,另一只手搓着脖子下面。还没来得及点烟,他就听见有人在大力敲庄园的门。他站起来朝门口走去,一手摸着别在臀部的枪。敲门声一直砰砰地响,蒙哥马利打开那扇装饰美丽的铁门,又打开外面的侧门。小的那扇门只能让人徒步进入。他不打算把两扇大门都打开。

"总算来了!"埃尔南多·利萨尔德喊道。他看起来经历了长途旅行,整个人风尘仆仆。

蒙哥马利见到他并不感到惊讶。这个星期的每一天早上,他都在等待埃尔南多·利萨尔德到来。但当他意识到那封信已经达到了预期的效果时,仍然感到嘴里泛起一种酸味。利萨尔德来接他的毛头儿子了。此时,蒙哥马利忽然不愿意摆脱爱德华多了,因为他依然想看到卡洛塔幸福的微笑和她紧紧抓住那个青年人手臂的样子。

"利萨尔德先生。"蒙哥马利退到一旁让他进来。利萨尔德身后跟着两个人,另外还有两人骑在马上。"可以帮你做些什么吗?"

"我找我的儿子。那个混账在哪里?"埃尔南多说着大步走进院子里,他的马鞭还夹在胳膊下面。他的皮靴踩在石头地板上发出响亮的声音。

"他应该在客厅里。"

"带我去。你们两个,在这里等着。"埃尔南多指着两个同行的人说道。

蒙哥马利迅速观察了一下那两个人,他们带了两把枪。埃尔南多也带着武器,他的黑色衣服将手枪的象牙柄衬得雪白。对于埃尔南多这样的人来说,手枪纯粹是装饰品,但蒙哥马利对细节很谨慎。"这边走,先生。"他的语调没有任何变化。

当他们走进客厅时,第一个看到埃尔南多的是他的儿子。爱德

华多迅速站起来,咽了口唾沫。接着莫罗也转过头,朝他们的方向
望去。

"利萨尔德先生,"莫罗拄着拐杖,也站了起来,"真是个惊喜啊。
我没收到信,完全不知道你要来。"

"我没有写信。"埃尔南多说。他目不转睛地盯着卡洛塔,她刚
才一直坐在沙发上给自己扇着风,现在却一动不动地坐着,把扇子
收在腿上。伊西德罗停止了演奏,靠在钢琴上。他唇上隐约闪过一
丝微笑。"你似乎玩得很开心。"

"莫罗先生待客热情,父亲。"爱德华多回答,他努力想显得快
乐,"我很高兴看到你。你为什么不先坐下呢?"

埃尔南多没有坐。壁炉架顶上的法式座钟滴答作响。"我没说
过你可以到这里来。我明确说过我们要一起来雅萨克顿,但是你却
擅自跑来了。"

"我觉得这不是什么大事。"

"很有问题。"

"出什么事了吗?"博士问道。其他人似乎都吓坏了,唯有博士
看起来异常平静。

"我对这件事应该更为慎重委婉,莫罗,但是看来你对我已经全
无敬重之意,我也就直说了:你的研究到此为止。把所有的混血种
交给我,然后离开。"埃尔南多说着,紧紧地握着马鞭,拍打卡洛塔
坐的长椅的扶手。女孩赶紧挪向离站着的爱德华多更近的另一端。

莫罗冷淡地看着埃尔南多，"请容我问一句，究竟发生了什么？难道我甚至不能解释一下吗?"

"你可以解释，但我觉得你解释不了什么。这么多年来，你向我提供的东西就只有账单和借口。我说了，我不能再继续那样慷慨地资助你了。"

"我知道。这几年来，一提到我的研究，你就格外俭省。"

"因为你没有任何成果，莫罗！除了夸夸其谈和病态的动物以外什么也没有！但是，如果不是雅萨克顿里的某人在向胡安·库穆克斯提供援助，我其实也不会介意。"

"胡说。"莫罗冷淡地说。

"起初我也不信，但后来我做了更多调查。最近有个逃跑的印第安人被捕了，他是一个流氓无赖，曾经在美景庄园工作过，在审问他的时候，那个人承认自己一直住在雅萨克顿附近，那里的人和库穆克斯关系友好。"

"你相信逃亡的劳工说的话？他胡编乱造罢了。"

"他挨了十几鞭子，我才相信他说的是真的。"埃尔南多说着又甩了甩他的鞭子，末端打在长椅扶手上发出噼啪的声响。卡洛塔在座位上一惊。蒙哥马利看到她伸出手，爱德华多紧紧地握住。

"你儿子刚到这里的时候也说一样的话，"蒙哥马利说，"但我当时就告诉他，我们根本不知道什么胡安·库穆克斯。流言蜚语不可信。"

埃尔南多这时候看着蒙哥马利,嘴角挂着轻蔑的假笑,"流言蜚语是有来源的,劳顿先生。综合考虑各种事实,在我看来情况是:我花了一大笔钱却没有得到任何回报,此外,很有可能我所做的一切都是在给库穆克斯提供食物和武器,好让他们洗劫我的财产。我想抓到那个印第安混蛋,博士,带上你那些没用的动物,去杀了那个印第安猪猡。如果不这样,它们还有什么别的用处呢?"

"埃尔南多,你难道认为自己可以带上混血种然后去……然后给他们刀,叫他们去丛林里,搜寻什么子虚乌有的角色吗?"莫罗问。

"它们拿刀干什么? 它们有爪子,不是吗? 它们咬了我的侄子,不是吗?"埃尔南多指了指伊西德罗,"如果它们能咬他,那也就能咬别人。我说了,你的研究没有任何成果。其他人只需要你那些资金的零头就能继续研究了。"

"谁也做不了我的研究。"莫罗坚决地说,"就凭你能找来的那些蠢材,他们连模仿我的理论都做不到。"

若是争执继续白热化,光是吵架恐怕不能收场。蒙哥马利心想。在某个这样的日子里,他被愚蠢的愤怒所驱使,卷入了毫无意义的争斗。这就是目前正在发生的事情。埃尔南多看起来就像一个在廉价酒馆里的闹事小丑,哭诉着打牌被骗,蒙哥马利担心出现最坏的情况。这样的日子从来没有好结果;它们总是会见血。

"先生们,父亲,冷静一下,我们坐下,喝点饮料好好谈吧。"爱德华多说,他的声音有些慌乱。这孩子虽然傻,但至少还能闻出空气中的血腥味。"我们别吵了。博士是我未婚妻的父亲。"

再也没有比这更糟糕的发言了。埃尔南多的脸瞬间因为愤怒而涨得通红。

"未婚妻?"埃尔南多问道。他看着伊西德罗,"什么时候的事情? 信里没提到结婚。"

"几天前他求婚了。"伊西德罗说。

"你没想过要阻止他?"

"叔父,我给你写信是在求婚之前,别的事情我也无能为力。"

"你不能娶她,"埃尔南多说,"我死也不会让你这么做的。"

爱德华多摇了摇头,"先生,我发誓,我的心——"

"你的心个屁! 你瞎了吗? 你看不明白吗?!"埃尔南多怒吼着,用鞭子指向卡洛塔。他说话时,唾沫从嘴里飞溅出来,看上去像条疯狗。

他跨了几步,来到那姑娘身旁,用皮鞭抬起她的下巴,她不禁吸了口气。他居高临下地看着卡洛塔,眼中充满敌意。蒙哥马利曾见过有个醉汉拿刀捅了另一个人,那醉汉脸上就是这种神情,他赶紧迂回地靠近他们,左手握成拳。

"你在做什么,利萨尔德先生?"蒙哥马利低声问。

"欣赏博士的大作。"埃尔南多低声说着放开了卡洛塔,后退几步,"她和那些东西一样,也是博士制造出来的。"

女孩抓住爱德华多的胳膊,她的未婚夫笑了起来,"父亲,你在开玩笑吧。她是一个女人，不是混血种。"

"我告诉你，她是混血种之一。我认识莫罗的时候，他没有女儿。当然，他藏着一个私生野种和自己一起生活这也不关我的事。但是伊西德罗写信说你对那个女孩很着迷，我就必须多关注一下这件事了。

"你还记得之前的那个助手吗，莫罗？几个月前我和他见面了，问他是否愿意回雅萨克顿工作。我联系了他，问他知不知道你女儿的事情。我以为他会说博士之前是迷上了某个女仆，我以为我得警告你，爱德华多，你喜欢的是女仆诞下的私生女，是个没有地位的黄毛丫头。但我没想到他告诉我，博士的女儿是野猫的后代，字面意义上的野猫。"

"梅尔加德斯想窃取我的研究成果，"博士说，"他完全可能把我当成敌人，诽谤我。"

"向我证明她不是怪物，不是美洲虎和人类的邪恶结合体。"埃尔南多再次指着那个女孩说道。卡洛塔此时紧紧地搂着爱德华多，把脸埋在他的胸膛里。她在发抖，也许在哭泣。她似乎想把自己变小一点，藏在未婚夫外套的皱褶里。"如果你能证明给我的话。"

"我可以把你儿子带到裁定猥亵的地方法官面前，利萨尔德，所以不要要求我证明什么，否则我能证明的会比你想要的更多。他无论如何都得娶她。"莫罗警告说。

埃尔南多看着自己的儿子，脸松垮下来，"上帝啊，不要告诉我那是真的。你不是被这个小娼妇勾引了吧?"

"别这么说,父亲。我和她同床的时候,她是处子之身。"爱德华多认真地说。

埃尔南多脸色苍白。这也难怪,如果他儿子夺走了卡洛塔的贞洁,莫罗就有了他的把柄,对爱德华多来说这是一桩丑闻。卡洛塔将接受医生的检查,而爱德华多也要接受检查,确保他有能力与处女交媾。想想看,利萨尔德家的人脱了裤子,让医生检查他的生殖器,仿佛他是个肮脏的平民一样。然后他就要站在法官面前,有可能被逮捕,名字被写在法庭文件上。

那女孩因为哭泣,身体颤抖不已,她转头看着埃尔南多时,眼中泪光闪闪。蒙哥马利想对利萨尔德大喊。够了,真的够了。

"天啊,和这样一个亵渎之物缔结婚约。"埃尔南多转头举起鞭子对莫罗说,"都是你干的,你这个疯子!"

埃尔南多扑向博士,猝不及防地一拳打在博士脸上,皮鞭也狠狠地抽了上去,莫罗扔下手杖,惊呼一声。他往后退了一步,差点摔下去。

卡洛塔跑到他身边,扶住了博士,让他免于跌倒。"离我父亲远点!"她喊道。

"走开,不然我要狠狠地揍你。"埃尔南多再次举起鞭子。

蒙哥马利受够了,他行动起来,打算把埃尔南多·利萨尔德拖到房间的另一边,把他们分开似乎是最谨慎的做法。但他没来得及动手,因为当那个男人举起鞭子时,卡洛塔冲了上去。

她行动迅速。起初,蒙哥马利不明白发生了什么事,只听到埃尔南多惊恐的叫声。然后,他看到了男人脸颊上的红线。卡洛塔抓伤了他。

女孩抬起头,蒙哥马利清楚地看到了她那双愤怒的大眼睛。它们现在闪闪发光,颜色鲜亮。卡洛塔的眼睛平日是一种美丽的蜂蜜色,但现在却是另一种颜色。她的眼睛似乎在发光,瞳孔也不一样了,在黄水晶一般的眼珠里,瞳孔像是黑色的小针尖。

这不是一个女人的眼睛,她转过身,胸部起伏,剧烈地喘着气,伊西德罗后退几步,差点打翻了花瓶,而蒙哥马利却纹丝不动。

他曾经见过这样的眼睛,就紧紧贴着他的脸。那是美洲虎的眼睛。这个女孩的姿态,她昂着头,伸着脖子,身体绷得很紧,那是一只大猫愤怒时的姿态。

他迷迷糊糊地想起了在她身边的所有时光,想起了自己多么欣赏她的动作举止,像杂技演员一样,极其优雅。她的眼睛有时似乎在昏暗处闪烁着转瞬即逝的光芒。她在黑暗中也能看得很清楚,在半夜不点蜡烛也能走路,她的脚步安静得像耳语。如果她不愿向你打招呼,你就看不到她正在向你走来。阴影笼罩着她,她在黑暗的庭院里,在绿油油的丛林里,进进出出,仿佛没有实体;像水一样,像鬼一样,像美洲虎捕猎时的样子。

他知道这是真的。全都是真的。她是混血种。其他人也知道。

　　"你好大胆!"埃尔南多拔出手枪,另一只手捂着自己的脸。

　　蒙哥马利也拔出枪指着他的头。"我们就此停手吧。"他声音低沉。

　　起初埃尔南多似乎没听见。他瞪着蒙哥马利,震惊多于愤怒。接着他哼了一声,"劳顿先生,别来威胁我。我的人就在屋外,可以立刻射杀你。"

　　"但我会先朝你的头开枪。容我再提醒你一句,我枪法很准。"

　　"想好你该说什么,你该帮谁。"

　　"把枪扔在地上。我要你离开这里,我受够了你们所有人。"

　　庄园主冷笑了一下,但还是把枪放在地上,然后直起身。蒙哥马利一直拿枪指着他,同时捡起那把象牙柄的手枪。

　　"你们三个,滚出去!"他命令道。

　　"我们现在走了,日后还会回来的,莫罗。"埃尔南多看着博士说道,"等我再回来的时候,就会带上十几个人,我们要抓走所有的混血种,让他们杀了所有扰民的印第安人,然后严厉惩罚你。你最好现在投降。如果你投降,我会宽容一些。别逼我动手,因为你会后悔的。"

　　莫罗扶着女儿的胳膊,这样才能站直,他盯着埃尔南多,"你必须离开了。"

　　"你听到博士的话了,"蒙哥马利说着用另一支枪指了指爱德华多,"滚出这座房子。"

爱德华多和伊西德罗跟在埃尔南多身后慢慢朝门口走。

"爱德华多。"卡洛塔说。这名字像是一个请求,她朝他伸出手。这个动作足以让任何人心碎。

但是那个年轻人退缩了,他的眼睛扫过卡洛塔的脸,眼神中满是恐惧,随后他走出了大门。蒙哥马利跟在那三个人身后,枪指着他们的后背。

他们到了中庭时,埃尔南多的两个随从立刻警觉地看着他们,准备去摸各自的枪。

"我们离开,放下枪。"埃尔南多说,他明智地猜到了,有一把左轮手枪正指着自己的后背。

那两个人很惊讶,但还是照着老板说的办了,他们从庄园大门走出去。那些人离开之后,蒙哥马利立即把门闩上,迅速回屋了。

# 第三部

## 1877年

## 21. 卡洛塔

"过来,坐吧。"她父亲说,"蒙哥马利,给我拿一支注射器。在那儿,对,在那儿。"

卡洛塔全身颤抖,她觉得自己可能会吐。她的手抖得厉害,当她看着自己的双手时,觉得它们很不对劲,手指似乎比平时长也比平时弯曲,指甲也太尖了,有点勾着。她看到了自己映在玻璃橱柜上的影子。她的眼睛也变了,它们闪着光,仿佛抛光的石头。

她把手臂贴在腹部,弯下腰哭起来,她不想看到自己。

"胳膊给我。"她父亲说。

"不!"她大喊一声把他的手推开,"别碰我!别靠近我,你们谁都别靠近!"

蒙哥马利看着她,她父亲双手举在空中,脸色很平静,"卡洛塔,你需要注射。我的小羊羔,别忘了,神的祝福——"

"给我一个解释。你必须解释!我到底是怎么回事!"她高声说着站了起来,方才坐的椅子都被撞倒了,她把旁边装着医疗设备的托盘用力推开,各种东西乒乒乓乓地掉在地上。

她原本很熟悉实验室的前厅,此时却感到陌生。架子上装着动物标本的罐子、书木,还有展示身体骨骼、肌肉的图片,看起来都异常错乱。她觉得自己仿佛此前从未见过那些东西,一种难言的、可怕的痛苦席卷了她的全身。

"他说我是混血种!看看我的手!"她高声说着,举起双手张开手指,"我的手看起来为什么会是这样!我长了爪子!"

的确如此。那双手就像猫爪一样,指甲长而弯曲,她不明白这双手、这个身体为什么会是自己的。

"你一定要冷静。你必须冷静下来。我不想控制你,但是如果必须的话我会采取措施的。"

"告诉我为什么!"

"卡洛塔,好孩子,别说了。"

她对父亲发出呲呲的声音。当她脖子向前伸的时候,声音不由自主地就从嘴里冒出来。她转过身去,把桌子横在她和那些人之间,然后快速地从房间的一边走到另一边。她的心怦怦直跳,双手攥成拳头,压在太阳穴上。

"卡洛塔,你之所以会这样,是因为你有一部分不像人类,而我多年来一直控制着它。但近几个月来,你的身体发生了一些让我困惑的变化,抑制这些特征的治疗不起作用了。"

"我怎么会有一部分不是人类呢?我不是你的孩子吗?拉莫娜说有个女人来找过你几次,一个城里来的漂亮女人,"她想起了那条小道消息,"那是你的情人吧。那是我妈妈。"

"她只是**认识**你母亲。"她父亲摇头。

她的肌肉酸痛,好像跑了很长时间似的,她急促地吸气,鼻孔张得大大的。她能闻到实验室里的上百种气味,化学制剂、溶液,还有父亲额头上的汗水和蒙哥马利的气味。它们尖锐而清晰,各种味道相互交错。

"我曾经和一个可爱的女人结过婚,我的玛德琳。"父亲微微一笑,"你在我房间里看到她的画像了。但她患有先天性疾病,在怀孕的最后三个月去世了。事情不应该是这样的。但我无能为力。缺陷在于玛德琳的身体。神父告诉我们,上帝按照他的形象,让我们变得完美,但他们在说谎。看看这些缺陷!所有的缺陷都是大自然强加在我们肉体上的。那些畸形的、孱弱的,还有那些早夭的人。我试图纠正这一点,来完善上帝的创造,去消除人类的一切弊病。"

直到刚才,她父亲的面容依然很平静。现在却变得阴沉了,他皱起了眉头,"我的实验太深奥、太疯狂了,在巴黎是不被理解的。我被迫离开自己的故乡,来到墨西哥寻求庇护。但我需要钱。利萨尔德有很多钱。我的一些研究很合他的胃口。那时,我成功制造出了基本的混血种,于是我产生了一个想法,让像他这样的人能够接受这个研究方向。他向我提供了研究资金和雅萨克顿,使我能更顺利地开展工作。你必须明白,我并不想研究混血种,我是被迫的。工人!我要劳工做什么?这些是埃尔南多关心的。

"我在猪的肚子里培育杂交猪,然后把存活的胎儿转移到我的水箱里。但总是有错误,总是有细节……我想问题可能出在我使用的材料上。我之前总是用罪犯和流浪汉的微芽,于是我想,或许还是自己的微芽更合适。我还决定让女人生下孩子,而不是猪。于是我在妓院找到了特奥多拉。那是……就是那个生下你的人。"

卡洛塔停下脚步,盯着他,"这么说来我确实有母亲,埃尔南多在胡说。我不是美洲虎的孩子。"

他父亲紧闭着嘴,抿成一条直线。他叹了口气。

"我把特奥多拉从妓院带出来,她收了钱,同意参与我的实验,孩子确实在她的子宫里长大了。是的,胎儿有一些她的特点,也有一些我的特点,但最重要的是,它有着美洲虎的微芽。卡洛塔,你不是人类父母的孩子。我创造了你,就像我创造了其他混血种一样。你简直是天方夜谭,是神话中的生物。斯芬克斯,亲爱的。"

她不知道该说什么,于是站在桌子后面没动,她父亲拄着拐杖慢慢绕过桌子。他眼睛盯着蒙哥马利,蒙哥马利此时正用手搓着下巴。

"和别的混血种一样。"她慢慢低声说。

"你出生的时候,看起来就不像他们。我创造的其他生物都很糟糕,在某些方面总会有缺陷,但你看起来非常像人!确实不算十全十美,是的,但我从未见过像你这样的。我必须纠正某些特征,更充分地表达另一些特征,一开始我很痛苦——"

"我小的时候什么都不记得,只记得很痛苦。"她急促地说,同时想起了童年时代病痛的阴云和父亲冰凉的手放在自己额头上,"就是因为你在实验吗?"

"你看到了那些混血种会是什么样。我必须调整某些部分。但是你不能否认我的天才创造。你的脸完美协调,你的一切特征都很美。"

"你创造了我,又修正了我?"

"是的。因为你已经接近完美了,不像其他人。那些残次品内心有太多的兽性,他们缺陷太多了。不像你。在形体和思想上,没有任何混血种能比得上你。你是个温柔听话的孩子……卡洛塔,你还不明白吗?你是一件正在完善中的作品,一个——"

"一个项目。"蒙哥马利嘴角挂着一丝冷笑说道。他一直靠在墙上,现在却向前挤了挤,"这不是你对我说的吗,博士?一个伟大的项目。好吧,我想你在这一点上没有说谎。"

"是的,这有什么不对吗?"博士恼怒地转过身看着蒙哥马利问道,"每个孩子都是一个项目!我的计划碰巧比普通人那些肮脏下流的计划好,他们只是想要孩子,让孩子帮忙耕种他们那点贫瘠的土地。"

"我们说的完全不是一回事。"

"但确实如此。我一直是个好父亲。我为我的孩子提供衣食住行和教育。她不需要像你一样忍受父亲的暴力殴打,蒙哥马利。她也没有不幸地继承恶毒酒鬼的遗传特征,否则她注定要过上同样的酗酒生活。现在她已经长成了一个完整、健康的孩子,如果我现在在学者们面前展示她,没有人会否认我创造了一个超越一切普通女人的复合生物。"

"是的,我父亲是个卑鄙小人,但你也一样!"蒙哥马利用手指着博士严厉驳斥,"我一直都知道你有点疯,但你竟然把自己的孩子当成可以在集市上展览的东西?"

莫罗拍着自己的胸口,提高了声音说:"我从未说过要展示她。我只是说我可以。那是不一样的。"

"怪不得你想像卖马一样卖掉她!"

"别像个傻子似的大呼小叫了,劳顿。所有人都想把女儿嫁出去。我只想让她嫁得好。这点野心算什么。"

"我母亲在哪里?"卡洛塔盯着地面问。她感到筋疲力尽,不知从什么时候起,她的手不再疼痛了,好像咒语被打破了,她内心的某种东西似乎在慢慢地收回来,重新组合。指甲看起来又小又圆。"特奥多拉在哪里?"

那两个男人都转头看着她。

　　她的父亲舔了舔嘴唇,举起一只手,表示和解,"分娩的时候太艰难了,没过多久她就死了。这就是为什么我再也没有用人类子宫培育别的混血种的原因。似乎太危险了。但那可能就是关键。没有别的造物能比得上你。或者,这也许是一次奇迹,一种我不可能重现的神奇炼金术。"

　　"她没有家人吗?没有兄弟姐妹?"

　　"据我所知没有。她是个弃婴,十五岁开始就当妓女了。来找我的那个女人是她工作的妓院的老鸨。她估计是觉得我害死了特奥多拉,是来要钱的。哼,不是我害死她的。她意外死了。和我妻子一样。我可怜的妻子……"他不说话了。

　　"她埋在哪里?她在哪里?"

　　"没有埋葬。尸体扔进潟湖了。很久以前我就把它沉下去了。再也找不到了。"

　　她深吸一口气,闭上眼睛。她感到泪水涌上来,大颗大颗的泪滴包在眼睑之下,她声音颤抖地问:"你每周给我治疗,又说它现在没用了。我会变成什么样?"

　　"没有了那些治疗,你可能会表现出动物的特征。你激动不安的时候就会显现出来,所以我才让你待在平静的环境里。"

　　"那我会总是在变化。就像现在一样。"

　　"不,不是的,孩子。"父亲说着把手杖放下靠在桌边,然后拉起她的手,按在自己嘴唇上,"我会改进配方,这些都是细节问题。"

她希望父亲能拥抱自己,说一切都会好的,但是她同时又想跑出去,远离他。

"其他人呢？我需要治疗他们的药方。"她低声说。

"他们不重要。"

"他们怎么会不重要呢？"她后退几步收回自己的手,"你把他们关起来。不接受治疗,他们哪里都去不了。"

"他们要去哪里？马戏团？在畸形秀上展出？"

"畸形秀？你觉得我们是畸形的吗？"

"你和他们不一样,"父亲说,"你和他们截然不同。这才是重点。他们是野兽。"

她气得一时间什么都看不见,眼前只剩一片绯红。她刚才在客厅里又害怕又生气,但此时只剩下纯粹的愤怒。以前她一直在努力控制自己,按照父亲的要求冷静下来,现在她让这种愤怒爆发出来,张大嘴巴怒吼。她伸出一只手,掐住父亲的脖子。把他猛地摔在一个玻璃柜上。

他身材高大,很有力气,一如既往,但是卡洛塔把他按在柜子上,撞得玻璃都碎了。她觉得自己的牙齿变得像刀一样尖锐。

"我要药方!"她喊道。

"我……没有……"父亲低声说。

"给我药方!"

"卡洛塔,放开他。"蒙哥马利说着抓着她的胳膊想把她拉到一边,然后又揪着她的后颈。他努力把卡洛塔从博士身边拉开了。

卡洛塔想咬他,但咬空了,她的利齿合在空气上,而不是血肉中。蒙哥马利把她转过来,抓住她的肩膀,盯着她的眼睛,她对他发出咝咝声。虽然看起来有点奇怪,但是他似乎并不害怕。卡洛塔记得他是个猎人,习惯了对付野生动物,这使她忽然想仰头大笑。

"你先深吸一口气,"他用那种低沉的声音说,"就当是为了我,你能深吸一口气吗?"

她不知道自己能不能做到。她觉得自己已经忘了呼吸,但是不知为何她还是点点头,张开嘴。她的肺仿佛在燃烧。她颤抖着吸气,然后一阵疲惫的感觉袭来。她在干什么?

"好孩子。"蒙哥马利低声说。

"卡洛塔。"她父亲低声说。

他们都转过头去。莫罗已经站起身来,检查自己的胳膊。卡洛塔把他抓得太紧了,他苍白的喉咙上都是瘀青。

"没有什么药方,卡洛塔。"他皱着眉头低声说,一边擦拭从额头上滴下来的汗水,"是我编的。我给他们的都是我自己治疗痛风的锂或吗啡,它们也可以用来治疗急性躁狂症,似乎能让他们平静下来。对你也有效……你小的时候。"

她忍不住笑了,手指按在嘴唇上大笑起来。没有药方!她是混血种之一,不是人类,是可以把一个成年男子从房间一头扔到另一头的怪东西。

　　"我一直……我一直想要个女儿。你是我的女儿。"父亲站起来踉跄后退了几步,脚下全是玻璃碴。"我的心。"他抓着胸口说。

　　然后他就倒下了,莫罗博士虽然高大,此时已然躺在了实验室的地板上。

## 22. 蒙哥马利

他们已经在博士床边坐了好几个小时了。莫罗博士睡着了,他们就等待着。拉莫娜端来茶,递给蒙哥马利一杯。他道了谢,拉莫娜点点头,在房间里走来走去,把咖啡和茶交给其他人,他们想喝什么都可以。分完饮料之后,拉莫娜把托盘放在桌上。

蒙哥马利很少来这个房间,周围全是莫罗的各种东西,让他觉得很不适。博士死去妻子的椭圆形肖像挂在墙上,他的衣服挂在大衣柜里,博士自己躺在大红木床上,周围的窗帘拉开。这让他想起了母亲临终前的日子,当炉火熊熊燃烧时,他和伊丽莎白不得不保持安静。

卡洛塔双手攥着手帕坐在床头,有时候啜泣一会儿。卡奇托和路皮没有哭。他们并排坐着,表情平静得可怕,偶尔低声耳语。蒙哥马利从一个地方走到另一个地方。他不想坐着,怕自己会在椅子上睡着,那样的话醒来之后后背会疼痛难忍。

万一今晚博士死了会怎么样呢?紧接着,他又开始思考博士活下来又会怎么样。他见过一些中风的人,他们几乎不能移动身体,也不能说话。卡洛塔该怎么办呢?她必须自己照顾自己,也许还要照顾她的父亲?

天很晚了,蜡烛快烧完了。

"利萨尔德会带着人一起回来,在那之前我们必须想清楚,做出选择。"必须有人说这些话。他觉得很累了,他想躺下,但是不行,他们都挤在屋里坐着,都沉默不语。

"什么选择?"卡洛塔低声说。

"埃尔南多·利萨尔德说他要把所有的混血种都带走,还要和库穆克斯开战。"

她摇头,"关于库穆克斯的人的说法都是假的,是谎言。雅萨克顿没有人帮助叛乱分子。"

"利萨尔德说的没错。"路皮说,"这附近有一条小路,我告诉过你。走那条路可以去他们的营地。利萨尔德会找到那条路。"

"这是你给自己编的故事。"卡洛塔绞着手帕。

"不是故事。"拉莫娜说。他们都转头看着她,而她坚定地站着,"那些玛卡胡阿尔来这里取补给的时候会走一条路,现在这些外国佬知道了,他们就会去找他,而且会找到的。"

卡洛塔的手帕掉在地上，"那就是你了？你在帮库穆克斯？路皮，你全都知道？"

"我跟你说过那些都不是我想象的。"路皮说。

"你怎么能这样！你从来没有这么说过！"卡洛塔转向路皮大声喊道。

"我说过你就像个瞎子！再说，他也知道。"路皮指着蒙哥马利。

卡洛塔眯起眼睛看着他，"是吗？"

"怎么不是？他是管理员。食物不见了，补给不见了……你以为他不知道？对**他**吼去啊。"路皮说。

"我不能确定。"蒙哥马利说。

"你肯定有所怀疑。"

"一袋面粉，一些豆子和稻谷。你觉得利萨尔德会在乎这些？"蒙哥马利说，"对他来说这些根本无足轻重。我之前不知道是谁偷走了我们的补给，也不知道他们拿走了多少，但我为什么要计较？"

"你的意思是，你根本没在关注吧？你害得我们落到这步境地。"

"不是他害的，"路皮说，"是你亲爱的利萨尔德。你为什么不马上和他结婚，然后走人？"

"我是打算这么做。"卡洛塔低声说，她站起来背对他们。

蒙哥马利想起了那封愚蠢的信，想起了那次冲突。也许他们原本可以避免埃尔南多的打扰，或者可以处理得更优雅一些，但蒙哥马利无法让时间倒流。他以后会有空在自己的房间里私下责怪自己。而现在，还有其他事情要处理。

"事已至此。我们还是专心收拾烂摊子吧。库穆克斯的人有危险，我们也一样。"蒙哥马利说。

"他们会拿着枪过来把我们都打死。"卡奇托郁闷地说。

"那我们就关上门，自己躲在屋里，"路皮说，"他们不能穿墙而过。"

"他们会把门砸烂。"

"那我们就逃走。"路皮坚定地说，"卡洛塔说我们不需要博士的药物。我们逃走就好了，他们找不到的。我们可以去英属洪都拉斯，去英国殖民地。我们速度会很快。"

"并不是所有混血种速度都很快。"蒙哥马利想起年长的阿卡布和佩克，以及其他身体有缺陷的混血种。

"那些玛卡胡阿尔呢？库穆克斯和他的手下怎么办？"卡奇托问，"他们也有危险。"

"他们能保护好自己。"路皮说。

"如果他们不了解对手的话，就不能保护好自己。"

"这不是我们的问题，我们必须逃走。"

"逃跑没用，我们必须战斗。"蒙哥马利坚定地说。

卡洛塔转过身。因为哭过，她的眼睛看起来红红的，辫子有些散开了。她嘴唇颤抖着问："你想杀死他们？"

"如果有必要的话，是的。"他说。

"如果你伤害了他们，他们还会卷土重来。你杀了十个人，他们会带着三十个人回来。"

"这里与世隔绝。如果我们杀了十个人，外面好多天都不会知道。提前一个星期准备总比没有准备好。而且对方很难召集人手到这一带来追查。"蒙哥马利说，"印第安人发动大规模袭击的时候，庄园里的人只能要么去找半岛当局，要么请求他们的邻居派人来。找当局本来就很麻烦，而如果其他庄园的人认为发生了突袭，他们要么根本不急着来帮忙，要么就惊慌失措，逃到安全的城市。他们不会再回来了。只需要过上一个星期，只要我们消灭了第一波攻击者，我们就安全多了。"

卡洛塔摇头，"这不是印第安人的袭击。"

"我只知道埃尔南多·利萨尔德想打回来，我们可以用手枪和步枪迎接他。"蒙哥马利说。

"是的，"卡奇托激动地说，"我们要把他们撕成碎片。"

"你们听听自己在说什么，"卡洛塔说，"你们在讨论杀人！"

"你觉得他们在计划怎么对付我们，卡洛塔？你觉得他们是想请我们喝茶吗？"路皮把银托盘连同茶壶茶杯都推到一边。方糖夹子掉在地板上。

"不是。我可以跟他们谈谈，我可以谈判一下。"

"谈什么？"

"协议,具体我不清楚。你们不必去谈。"

"你不要帮我们决定。"

"你们就可以决定吗?"卡洛塔问,"你也代表不了所有人。"

"我们问问其他人吧,"路皮说,"但请你别站在这里,以为自己是女主人。"

"我们早晨就投票。"蒙哥马利捏着鼻梁皱起眉头,"但现在,我必须休息了。"

他从房间出来。他再也受不了了。每当有人生病,他都觉得很难受。他记得母亲在康复期间,自己蹲在她床边的几个小时,说话必须很小声。他母亲在世的时候,他父亲的情况要好一些,但也好不到哪里去。但至少那时他还有姐姐,有伊丽莎白。他意识到,没有了莫罗,卡洛塔可能会孤身一人。

他回到自己的房间,脱下外套,洗了脸,然后点起烟,摇了摇头。

他喜欢这个地方。他在这里过得很好。雅萨克顿给了他安全感,现在这份安全感正在以惊人的速度消失。他把烟灰抖进杯子里,然后拿出枪放在桌子上。他把埃尔南多·利萨尔德的象牙柄手枪放在自己的手枪旁边。他最喜欢的步枪靠在书桌旁的墙上。

他猎杀过美洲虎,猎杀过其他动物,知道如何使用武器,但他不是冷血杀手。他不是那种到处放狠话的人,尽管他冒险去了一些混乱的地方。当他喝醉的时候,有时会卷入麻烦。但即使在他喝醉的时候,也懂得克制自己。

有敲门声传来,他并不惊讶,只是感到不满。他真的想睡觉,不想吵架。开门之后,他看到卡洛塔的表情仿佛是要上战场的将军。

"你屋里总是存着烧酒,所以我也想来分一杯。"她说。

"你不喝烧酒,肯定不会喝我这里的便宜货。"

"我平时还不会把父亲揪起来扔到柜子上呢,但是刚才我就这么做了。"她说着用胳膊肘把他推到一边,带着一股征服者般的气势走进来。她的头发垂在身后,那条朴素的辫子已经被拆开了。

他走到桌边打开一个抽屉,拿出酒瓶和两个玻璃杯,给她倒了少许酒。"这比你在篝火旁喝的东西更烈,这是一种廉价烈性的劣质酒,"他警告她,"喝几口就会醉。"

"我尝尝。"

她一抬手,把酒喝光了,然后用手背擦了擦嘴。她有一张漂亮的嘴,嘴唇饱满。他桌上的灯照得她的头发看起来就像用炭笔在纸上用力画下的素描。

"感觉怎么样?"他问。

"比我想象的好些。卡奇托说你喜欢喝的东西特别可怕。"她说着拿起酒瓶给自己倒满杯。

"喝多了会上瘾的。但你是想听我说不同的酒该怎么喝吗？我觉得不是。有什么要紧的事情大半夜来找我?"

"马上就要天亮了。"

"别转移话题。"

卡洛塔坐在他方才坐的椅子上，他自己则坐在床上。一件深红色的外袍把她的睡衣完全遮了起来，她端庄地交叉着脚踝，但她越过酒杯的边缘望着他的样子却很大胆。

"我不同意你杀了那些人。"她说。

"你的意思是你不想爱德华多被杀。"

"我不想让任何人被杀。你准备好看到我们的人受伤了吗？看到卡奇托和路皮流血？我希望达成和平协议。"

"那就举白旗投降？你应该是想好了条件的吧，嗯？"

"当然有。"

"他们现在可能已经不喜欢你了。"

她咧嘴一笑，喝完了酒。蒙哥马利不得不称赞她一句，当那杯酒灌进她的喉咙时，她没有皱眉。她伸出手，把杯子悬在手枪上方，同时一根手指沿着象牙上的螺纹描摹着手枪柄。

"我还是想试试。和平是努力争取来的。"

"我说过，早晨我们投票。"

"卡奇托会听你的，大部分混血种都会听你的。他们尊敬你就像尊敬我父亲一样。你和我都能影响他们。"

"这么说你是来商量如何控制他们的。"

"我是来请求你考虑一下。我不想看到任何人受到伤害。在我们考虑诉诸武力之前，先考虑一下诉诸语言。蒙哥马利，我们必须试试。你以为我想保护爱德华多，但其实我是在保护我们大家。我在努力拯救我们的家园。"

他恼怒地叹了口气，"卡洛塔，我不是什么国王。我只表达我的意见，其他人表达他们的。你也一样。"

她又拿起杯子，斟满酒喝下。到早晨她可能会觉得恶心，但这不关他的事。

她想要和平，是吧？但当他看着她，凝视她柔软的侧脸时，他想起了她如何伸手掐住莫罗的喉咙，他想象着这个女孩在施暴。玛卡胡阿尔讲过巫师的故事，巫师们套上一层皮，变成狗和猫，在这片土地上消灭了邪恶。他不相信那些故事，但此刻，他的手有些颤抖。他的烟很快就烧完了。他把烟蒂扔进茶杯里，放在床头柜上。

卡洛塔的头向左偏，然后看着地上。

"我能嗅到你害怕的气味，你知道吧？"她低声说。

"什么？"

"我的感觉更敏锐了。我能闻到你的味道。如果你把这所房子里所有的灯都熄灭，我也能在黑暗中看到你。"她低着头说，爱德华多看不见她的眼睛，看不到那双眼睛究竟是闪着奇怪可怕的光，还是看起来像人。"别担心。爱德华多也很害怕。你见到他看我时的表情了吗？他很害怕，也很厌恶。他很反感自己听到的东西。但父亲并不反感，只是吓坏了。你现在是不是也感到有点恶心，劳顿先生？我是说，除了恐惧之外。"

"我不怕。"

卡洛塔走到他身边,那杯酒就拿在胸前,"你以前知道吗?莫罗博士有没有跟你说过我是什么?"

"没有。"

"但是你很会保密。你知道拉莫娜偷拿了补给。"

"这正如我所说的那样,我只是不想深究。"

"如果你过去知道,还不告诉我,我会永远恨你。"

"我不知道。"

他根本没往那个方向想。也许这是他的愚蠢之处,但这也太疯狂了。在他看来,卡洛塔从来都是一个活生生的人。

她站在他面前,神情若有所思。她长袍的褶皱拂过他的膝盖,她点了点头,一只手伸向嘴唇,咬着一只指甲。是人类的手和指甲。现在是。

"他说我是斯芬克斯,但是斯芬克斯不是真的。"她低声说着,眼睛往下看,避开了蒙哥马利的眼神,"我甚至不知道自己是否存在。"

"如果你自怨自艾完了,能把杯子还给我吗?"他有些生气地问道。他对卡洛塔的表演早就有了充分的了解,他真的累了,不想再继续下去。

"你怕得发抖!老实说你怕我!"她大声喊着,把杯子扔了出去。杯子在墙上摔得粉碎,碎片溅了一地。

卡洛塔盯着他的时候,眼睛像万寿菊一样,全然是黄色,但仍然是人的样子。但不管她的眼睛是什么颜色,如今事情也不会改变。

他把她拽向前，亲吻她的嘴唇，当她紧紧抓住他时，蒙哥马利感觉到她的指甲贴在自己的头皮上。他不禁打了个寒战。

他把她拉到身侧。他想也许卡洛塔会因为这种无礼之举而杀了他。但卡洛塔只是叹了口气，她就在那儿，心甘情愿，甚至有些热切，她的头发铺在他的枕头上。卡洛塔·莫罗是个非人类，是博士梦中理想的混血种。如果她是诱惑他到海底的塞壬，他也会心甘情愿前往；如果她是蛇发女怪戈尔贡，他就会让自己变成石头。让自己被撕碎，被吞噬。没关系。哪怕这就是她来的目的，他也一秒钟都不想再回避了。他太渴望她了。她尽可对他百般残忍，留下伤痕和瘀青，如果那是她想要的。

但她的动作很小心，温柔而缓慢地吻了他，他已经很多年没有被吻过了。他知道，自己会轻而易举地沉醉其中，同时他也可以用手指从容地抚过她的身体，使卡洛塔感到愉快。她的情人长得很漂亮，但太年轻了。年龄至少教会了蒙哥马利一些技能，他在这些年里还是学会了一两件事。

她穿的是天鹅绒长袍，绿色衬里镶了金色的边。衣服已经有点破旧，就像房子里的其他东西一样。或许它曾经属于博士的妻子，她一定是一位漂亮的女士。卡洛塔也很美，比他见过的任何东西都美好。范妮·威尔金森，他记忆中的她也长得很漂亮，他们结婚那天，她吻了他的脸。但她没有像卡洛塔那样把额头贴在他的额头上，他也没有像对卡洛塔那样把袍子从范妮身上褪下，因为那时他既害羞又过于热情。

他想让卡洛塔开心,让她快乐。她甜美温柔,而世界则太苦涩。他不希望她有哪怕一点点悲伤。

但她闭着眼睛。蒙哥马利不至于蠢到认为这是激情的表现。他以前也干过类似的事,在酒吧和妓院里与不知名的女人拥抱。这想法让他紧紧阖上双眼。他知道卡洛塔想要什么,而那不是他。如果他现在和她做爱,她极有可能会在他耳边说出另一个名字。所有的甜蜜,所有轻柔的抚摸,都是为了另一个人。

他叹了口气,"看着我。"

她睁开了眼睛。她的眼中有泪水,没有滴下来,但闪着微光。她双手放在他的胸口。

"你不爱我。"他说,以陈述的方式,而不是没必要的问句。这是事实。

"所以呢?"她语气有些轻蔑,呼吸中带着烧酒的味道,"你也不爱我。"

"你爱爱德华多·利萨尔德。"他说。卡洛塔看向别处,下巴绷得紧紧的。

酒精、疲惫和欲望让他头晕目眩,但他还是坐了起来,向床脚挪了挪,这时卡洛塔站起来,一只手按在床头板上,头发歪斜,她比其他任何时候都漂亮。在与爱德华多肌肤相亲后,她该是怎样一道美妙的风景啊,满足而甜蜜。他会为此而羡慕那个青年。

他用手捋了捋头发，"我知道这是怎么回事。你受伤了，你很孤独。当我妻子离开我时，我也曾这样到处寻求安慰。但那东西你在床上找不到，也绝对不会在酒瓶里找到。"

"话说得很明智，但你还是喝酒喝得半死。"

"也许我只是不想让你像我一样。"

"我永远都不会像你。我天生就不是那样被**创造**出来的。"

"和我上床不会让你变得更像人。当你睁开眼睛看到的不是爱人的脸时，你会更伤心。跟我在一起并不能弥补实验室里发生的事，也不能抹去你父亲坦白的那件事，更不能治愈他。"

她看上去被冒犯了，也许是被他的措辞或尖刻的语气。她睡袍的领结散开了，蒙哥马利能清楚地看到她的脖颈，她吞咽并抬起下巴的动作也更加明显。

"也许根本就和那些事情无关。"

"不，一切都和那些事情有关。就算没有关系，我也有别的话要告诉你：我害怕。"

"我知道。"她低声说。

"不是怕**你**。是怕爱你。"

"我不明白。"

他一时间不想说话，甚至想自私地收回刚才的话，吻她，咒骂这个世界。但他想要诚实，尽管他喜欢赌博，但他不想和她玩这种把戏。

"我曾经爱过一个不爱我的女人,那让我崩溃了。我不想再来一次了。"他的声音平静而低沉。

也许那不是唯一让他崩溃的东西。也许是整个残酷无情的世界给他造成了伤害,也给他留下了烙印。但范妮一直是他的安慰和希望,是他从丑陋和错误行为中解脱的慰藉。然后她离开了他,而且承认自己从未献出真心,完全是误以为他也许有些钱,才走进婚姻的殿堂。他们的相识得益于他叔叔的介绍,等他身无分文时,她就抛弃了他。在他被美洲虎咬伤后,范妮写了一封非常残酷的信。他回信了,但只是在自己的梦里。

从那以后,世界上再也没有任何美好之物,再也没有善良和同情了,所以他漫无目的地游荡,希望上帝能惩罚他,因为蒙哥马利太懦弱了,不敢拿刀割了自己的脖子。

"你要拿出一个小时的时间和我分享,然后呢?我离爱你只有两步之遥,我的心距离毁灭也只有两步之遥。"他带着冷笑说道,"因为你不会回赠我的爱,当你离开时,我会像搁浅了的船一样,而你不会在乎。这并不是因为残忍,而是因为这就是世界的规律。所以如果你想要我,你就得说你爱我,当个骗子。"

她一个字也没有说,只是蜷在床中间,眼里噙着泪水,但还是忍着没有哭出来,她真的很悲伤。至少现在她平静了不少,烧酒让她昏昏欲睡。

"我需要一个不会离开我的人。"她低声说。

"只要你需要我效力,我会一直在这里。"

他能做到。比起肉体的慰藉,她更需要陪伴。

"你发誓如此?"

"是的。"

他觉得筋疲力尽,但还是看着她逐渐睡去。他心里知道,自己再也不会有幸看到这幅景象了。

## 23.卡洛塔

她醒来时天色还早。她伸了伸懒腰，手指碰着床头板，顺势枕着枕头翻了个身，看到蒙哥马利在桌子旁的椅子上睡着了，双臂交叉在胸前。这个姿势看起来并不舒服，她为此感到难过。然后她想起了前一天晚上自己吻了他，他温柔地抚摸了她，然后把她推到一边。她本应尴尬到无地自容，但其实，虽然确实是出了些丑，但她现在却感觉好多了。

她曾经心碎不已。爱德华多看她的那种眼神仿佛刀子刺进她的心脏。他离开房间之前，那种退缩的样子，还有那种眼神……她忘不了那眼神。

她想假装一切都很好；假装虽然她父亲是个骗子，她是个怪物，她自觉爱的源泉已经枯竭了，但仍有人爱她、关心她。然而蒙哥马利看穿了她的绝望。

她站起来，把扔在地上的袍子捡起来，然后拍了拍蒙哥马利的胳膊。他哼了一声，睁眼看着她。

"早上好，蒙哥马利。"她说。

"早上？"他低声说着揉揉眼睛，"我都不知道已经早上了。"

"太阳出来了。"

"嗯……我再睡一会儿，给我个枕头。"

"恐怕不行。我们还有很多事情要和其他人讨论，利萨尔德可能很快就会打回来。"

"要是他们还是体面人的话，就该等我吃完早饭再来。"他低声说。

卡洛塔笑了，她喜欢这种幽默。他好几天没刮胡子了，看起来有些邋遢，但是和认真刮过脸的时候相比，他现在看起来更加自然。

"我头疼得要命，但我还是起来了。你也起来。"

"很正常，你喝了好多烧酒。喝杯咖啡感觉就会好多了。"他说着活动了一下咔嚓作响的关节，摇了摇头，努力站起来。

"很抱歉。我不该……不该对你那么差。"她也不知道具体该怎么组织语言。

他笑了笑，"亲爱的，那是我这几年来遇到的最有趣的事情了。"

"你不要取笑我。"她说着，用力拍了一下他的胳膊，但是蒙哥马利笑得更大声了。

"我是认真的,你这个笨蛋。不……我不希望你觉得我很差劲,也不希望你有什么……我不想破坏任何东西。"她用食指蹭着桌子边缘。

他安静下来,严肃地看着她,"你没有破坏任何东西,我也没有小看你。如果你想亲吻一个男人,没问题,何况亲吻的感觉也不错。但昨晚不行,一切都不对劲,而且我也对谎言和幻影不感兴趣。我们是朋友,卡洛塔。这一点不会改变。"

她感到如释重负。她曾担心被拒绝会让蒙哥马利对自己产生反感,但他看起来似乎真的不难过。也许他善于掩饰自己的失望,不像卡洛塔,她哭着,叫喊着,愤怒着,根本无法掩饰任何事情。什么都掩饰不了。

"那么,没有谎言,"她伸出手,"我们保持友谊。"

"我愿意为此喝一杯,但是你把烧酒喝完了。"他们握了握手。

"我知道桌子里还藏着一瓶。"她用手指关节敲了敲抽屉。

"对,但我不想给你喝了,免得你喝了又来折腾我。"

她脸红起来,蒙哥马利笑得更大声了,但现在好多了。一切恢复正常,就像平日一样,没有那么复杂。她现在已经足够心事重重,不想再徒增新的烦恼,也不想因为自私而伤害他。

"我要换衣服。你可能想稍微梳洗一下,你今早可不太好闻。"她皱起鼻子又朝他笑了笑,并且摇摇头。

回房间之前,她去看了父亲。她从门口偷偷看进去,发现拉莫娜坐在父亲旁边喝着咖啡。卡洛塔站在门口,咬着嘴唇,不知道自己是否应该再走过去一步。她从来没有忤逆过父亲。她做梦也没想到会伤害他。她觉得自己应该为他祈祷,但又担心上帝会降下惩罚。

话说回来,莫罗博士曾是雅萨克顿的上帝,向他们散布关于智慧、惩罚和爱的言论。要是他死了,就像天上的太阳熄灭了,但在内心深处,她却忍不住地希望父亲一病不起。

我不是个好女儿。她心想。

拉莫娜看见了她,于是说:"他还在睡觉,你想喝咖啡吗?"

"没有任何变化吗? 他一直没醒?"卡洛塔最终局促地走进房间。

"没有。恢复还需要时间。"

也许吧,但卡洛塔不知道他能不能痊愈,而且他们也不能去请医生。她弯下身子,拉着他的胳膊。父亲是一个强壮的人,但已经开始衰弱了,现在她可以清楚地看到岁月在他身上留下的痕迹,他努力将白发和皱纹隐藏在发号施令的表象之下。即使是痛风发作的时候,他也绝不显出病弱姿态。

"你为什么给他们提供补给?"她收回手问拉莫娜。

"一开始我并没有这个打算。我去巴拉姆的天然井,发现有个年轻人躲在那里。他是从庄园里逃出来的劳工,正在找库穆克斯及其手下。我什么都不知道,但是我给了他一些吃的东西就送他走了。后来他又回来感谢我,还说他找到了库穆克斯一伙。但是他看起来骨瘦如柴,所以我又给了他一些食物。然后他就不时地过来,有时候是其他人过来。"

"而路皮都知道。"

"路皮总是待在厨房帮我做事,她注意到了。有几次,当我出去给他们送东西的时候,她就跟着我。你不要生她的气,也不要生劳顿先生的气。外面的世界很残酷,洛蒂。他们会鞭打在地里工作的人。我必须帮助那孩子。"

"我没有生气,"卡洛塔疲倦地说,"但我真的希望有办法解决掉这整个事情。多谢你照顾我父亲,拉莫娜。我很快就过来换你。"

卡洛塔迅速换上了一件日常衣服,头发扎得紧紧的。她父亲一直要求她要温柔顺服,他没有教过她如何做出艰难决定或如何处理冲突。但她现在有很多问题要考虑,不能退缩。她准备好了之后,就把蒙哥马利叫来,他们一起走到工人住的小屋,卡奇托、路皮和其他人正在那里等着他们。

他们都聚集在外面,就像博士给他们用药的时候一样。混血种有年老的也有年轻的,有瘦小的也有笨重的。其中大部分都坐着,就像围着篝火一样,在碧蓝的天空下,所有人都显得很庄重严肃,有几个则很恐慌。二十九双眼睛盯着卡洛塔。

通常混血种们聚集起来是在博士讲话的时候。卡洛塔没有对众人讲过话。她站在大家面前,心知自己没有父亲那样雷霆般的语气,不禁觉得有点害羞。

所有的目光都落在她身上,于是她说道:"我想路皮和卡奇托已经告诉你们昨晚发生的事情了,还有它的后续影响。简单来说,我父亲病了,雅萨克顿的地主想把我们全部从这片土地上带走。"

混血种们窃窃私语,有些一直看着她。

她深吸了一口气,"眼下,我们提出了几种选择。别人的建议待会儿我会留给他们自己说,但我自己的想法是,我不希望采取暴力,也不想逃跑,虽然那些也算是一种选择,毕竟我父亲给各位的治疗都是假的。我希望跟利萨尔德谈谈。他们可能不像我们想象的那么难以应付。"

她又想起了爱德华多的脸和他厌恶的表情,但她不在乎爱德华多是不是出于怜悯才帮她,也不在乎他还会不会爱她。这样的抛弃令她痛苦。但如果雅萨克顿可以得救,她愿意忍受心碎。

她不敢想爱德华多是否还在挂念她,但是她心里燃烧着一簇希望和渴求的小火花。她希望能掐灭这个火花,却又无法下定决心。

"卡洛塔认为我们可以谈判,但是当人们拿着步枪的时候,谈判很难进行。"路皮在裙子上擦了擦手,站起来,"我听过那些先生说话。他们会毫不犹豫地朝我们胸口开一枪。拉莫娜知道一条路,可以穿过丛林让我们离开,去胡安·库穆克斯和他的人住的地方。我们可以躲在那里。"

"他们会跟过来吗?"卡洛塔问,"他们不会一路追击你们吗?"

"那也好过坐在这里等他们来,你说呢?"

"那个地方远吗？我们要走很多天吗?"其中一个混血种问道。她有着毛茸茸的脸和野猪似的獠牙。她名叫帕吉塔,是混血种中最年轻的一个,说话的声音细得好像芦苇。

"是的,"路皮回答,"但所有的旅程都有终点。"

"那这一次旅行会在何时何地结束呢?"埃斯特雷利亚问道,"要是人类在大马路上看到我们,会怎么样呢?"

"把我们推到坑里一把火烧死。"拉平塔尖声说。

混血种们都脸色严肃。老阿卡布用小树枝剔着自己的长牙,拍了拍自己的嘴唇,"你怎么说呢,劳顿先生？你今天早晨话很少呢。"

蒙哥马利抱着双臂站着,眼睛盯着地面。卡洛塔则盯着他,担心他会再次说起拿起武器搞屠杀这种事。

"我本来想提议伏击他们,杀了他们。"他说。卡洛塔用手捂住嘴,感觉温热的呼吸掠过指尖。"但是要求你们冒着生命危险参与这种暴力是不对的。路皮说得对,趁现在还有机会,最好还是逃走。我们可以收集物资,带走所有能带走的东西。运气好的话,拉莫娜也许能确保所有人都能安全通过玛卡胡阿尔的领地,因为她认识库穆克斯的人。我们需要投票表决吗?"

"我觉得不需要投票。"佩克用长指甲挠了挠自己的长鼻子,"傻子才会待在这里。"

"胆小鬼。"阿卡布发出嘟囔声,"如果其他人不愿意,我单枪匹马也要面对他们。"

"然后被一把火烧死。"拉平塔说,她又提起那种可怕的事情,其他人都惊叫起来。

"你觉得呢,坎?"路皮问。

坎甩了一下自己长长的黄色鬃毛,手在大腿上一拍,"要我说,是阿卡布太懒了,所以才不想走,而我已经准备好奔跑上路了。"

有些混血种笑出了声。路皮请大家举手表决,结果显而易见:他们打算离开。卡奇托让其他人收拾各自的东西。路皮和蒙哥马利站在卡洛塔旁边,看着混血种们慢慢走进他们的小屋,寻找袋子、衣服和任何他们能找到的东西。

"有几件珠宝你必须带走,路皮。"卡洛塔说,"我父亲给我的大部分东西都是廉价珠宝和彩色玻璃,但我有一把象牙柄的扇子,也许阿卡布可以拿一些银子。他动作虽慢,但很强壮。你们需要钱。"

"你决意要留在雅萨克顿吗?"路皮问。

"我不能把父亲独自丢在这里。"卡洛塔说着往主屋走去。路皮靠近她。蒙哥马利皱起眉头跟在她们身后。

"洛蒂,你不能独自留在这里。再说了,博士是个坏人。他对你撒谎了,他骗了我们所有人!"

"我不能让他一个人躺在床上等死。也许你不在乎,但我在乎。"

"对,我不在乎。"路皮激动地说,"他让我们清楚地知道,利萨尔德总有一天会来拿走他应得的东西。他对我们撒谎。最糟糕的是,他在我们身上刻下了死亡的印记。你看到我们的样子了吗？你见过那些年迈的混血种，见过他们肌肉抽搐、骨头疼痛的样子吗？卡奇托和我会提前老去。他活该。别傻了，洛蒂。趁着还有机会赶紧逃吧。"

"你们要准备好。"卡洛塔低声说着，走得更快了，她不想考虑这个问题。路皮也加快了脚步。

"难道你还想着那个人吗？你觉得爱德华多·利萨尔德会救你吗?"路皮问。

卡洛塔没有回答，她双手按着裙子。路皮怀疑地看着她，笑起来，"你真的在想他吗?"

"没有。我在想我的父亲。但是我可以和爱德华多谈谈，他或许愿意劝说埃尔南多·利萨尔德不要去追捕你们。"

"你是个大傻瓜。好吧！留下吧。我要走了。"路皮说着转身朝混血种们居住的小屋走去。

卡洛塔深吸了一口气，闭上了眼睛。由于昨晚的过度饮酒，她头疼得厉害。她不明白蒙哥马利怎么会养成喝酒的习惯，也不明白昨天她为什么会觉得酒能解决自己的问题。现在她知道，无论是肉体还是烈酒，都无法提供她所寻求的安慰。正如蒙哥马利所说，她想要的在酒瓶里找不到，但卡洛塔也不知道它在哪里。

她希望自己变得无所畏惧，希望一切都好起来。但这两个似乎都无法实现。

"路皮说的没错。"蒙哥马利说。他双手插在裤兜里,虽然刚才他还迷迷糊糊的,现在却很警醒了,他灰色的眼睛似乎在一如既往地等着她辩驳。

"你也认为我很蠢?"她问,语气则是难以抑制的尖刻,比她自己预料的更讨人嫌。

"我认为你该离开。"

"我父亲不能动,我不能丢下他。"

"埃尔南多·利萨尔德不好惹,那个人是要采取暴力的。我觉得爱德华多无法保护你。"

"我知道自己在冒险。"她语气坚定地说。

"我对此表示怀疑。"他低声说。

从隔墙通向房子的白色石灰岩小路旁,草长得很高。她小的时候,草比她还高,她躲在草丛里咯咯地笑着,和父亲玩捉迷藏。现在她抽出两把刀,双手摆弄着。

"你不用劝我改变主意。丢下他就等于留他等死。我不会这样的,绝对不行。"

"我们可以带着莫罗博士一起走,做个担架之类的。"蒙哥马利说。但是卡洛塔摇头。

"这会拖累其他人,也会害了他。我留下来。"

"那我和你一起留下来。"他马上说。

"你不用——"

"我昨晚答应过你,对不对?"

"昨天晚上你又不知道自己答应的是什么事。"

"我信守诺言,莫罗小姐,不管是什么诺言。"

"那也许你应该再考虑一下,然后重新选择。"

"不,不用。"

"你留下来也不会有什么帮助。"

"你知道吗,卡洛塔,总有一天你会真正同意我的观点,但那一天会是世界末日。不过,我还是很期待。"

卡洛塔从他的眼神里看出来了,他哪里也不会去,于是她叹了口气,但心里非常感激。

"谢谢你,蒙蒂。"她说着握住他的手。

他挠了挠头,很紧张地看着她。卡洛塔想知道他在想什么,他为什么焦虑不安。"听着,卡洛塔,我得告诉你——"

"蒙哥马利!"卡奇托在通往工人生活区的门口向他们挥手,"这些马怎么办?阿卡布坚持要我们带一头猪。他很贪吃。我认为我们不应该带上猪!"

蒙哥马利叹了口气,皱起眉头,明显很不耐烦地转向卡奇托。

卡洛塔笑着松开他的手说:"去吧,先生。我们晚点儿再谈。"

"卡洛塔,我暂时离开一下。"蒙哥马利说着,非常正式地抬了抬草帽,然后朝卡奇托走去,同时对他高声说:"他是不是还想带上火鸡啊?我去跟他说!"

## 24.蒙哥马利

他一向不擅长告别,更喜欢默默地离开。但他还是对那孩子嘱托了几句。

"你要小心,"蒙哥马利对卡奇托说,"照顾好其他人,平时机灵点。"

"我会努力的。但是蒙哥马利,我不确定我们能不能走那么远。"卡奇托说。其他人还在收拾衣服,用两股线把东西打包起来,卡奇托和蒙哥马利说话的时候,他们在小屋里进进出出。四下里明显有一种既激动又紧张的氛围,卡奇托看上去有些害怕,"我觉得你伏击他们这个想法挺好的。"

"你们受伤了该怎么办?也许还会送命?"

"我们中有些人想战斗。"

"**你**想战斗。绝大部分人不想战斗。"

"好吧,但你也想战斗,"卡奇托申辩道,"也许你是想像个英雄一样为了洛蒂而死。"

"相信我,孩子,我不想很快死去。"

"你以前挺想的,蒙哥马利,把我们这样送走真的很傻。"

"我们投票了,你忘了吗?"

卡奇托哼了一声,蒙哥马利把手放在男孩肩膀上笑了笑。他把自己的旧指南针和地图递给卡奇托。

"这是我叔叔给我的礼物。是银子做的,上面还刻着我的姓名首字母。看见了吗?现在,它是你的了。也许它能帮你找到出路。就算找不到,至少它还值几个钱。"

"蒙哥马利,这是你的指南针。"

"曾经是。可不要打牌把它输出去了。"

卡奇托听了哈哈大笑。

在那之后,还有更多准备工作要做,还有很多事情需要解决,但很快就到了该离开的时候。打开两扇大门的时候到了。

拉莫娜哭了,她对卡洛塔说要做个好女孩,卡洛塔也哭了。但是路皮并没有和卡洛塔流着泪道别。路皮似乎急于离开,她飞快地拥抱了卡洛塔,然后就跑到一边。

混血种们拿着各自的行李——食物、衣服和其他积攒起来的东西—— 一起走了。四肢有残疾的在后面,移动速度较慢,残疾较少的年轻混血种走在前面。那是一幅奇怪的光景,光滑的皮毛挤着肮脏的皮毛,有畸形的手臂擦着泥土,还有扭曲的脊椎。当他们穿过雅萨克顿的大门,走过那摩尔风格的拱门和两棵木棉树时,尽管身体比例失调,但他们的行动却有一种奇特的优雅。他们穿过一重重隔绝了外面世界的围栏,最终,所有的混血种都消失在视线之内。

"路皮都没有和我说话。"卡洛塔低声说。

"并不是所有人都能轻松地说再见,我就很不擅长告别。"

"是啊,但是……我希望她再说点什么。也许我再也见不到她了——"

卡洛塔似乎说不出话来,冲回屋里去了。蒙哥马利关上门,闩上围栏,走进屋子。他发现卡洛塔回到了她父亲的床边,她一天大部分时候都在照顾父亲。于是蒙哥马利静静地走开了。他也不擅长应付哭泣的人。

他绕着空荡荡的工人小屋走了一圈,停下来欣赏拉莫娜和卡洛塔精心布置的香草园。他在想,如果没有人照料这个园子,它会变成什么样呢?他瞥了一眼那些猪和鸡。他得给这些动物打开大门,还得让马和驴自由地跑走,还要打开院子里的鸟笼。他必须在利萨尔德的人到达之前做完这些事情。

他想着这整个院子,现在院子里草木丰茂,但他在头脑里描画着这院子被遗忘的样子——长满了杂草和枯死的植物。他喜欢雅萨克顿。但不是因为博士。博士有他自己的宏伟梦想,而蒙哥马利在这片土地上随意播种了一些更小的梦想,他梦想着远离尘嚣,安静地生活。

夜幕降临后,蒙哥马利点了几盏灯。他回到客厅里,听着洛可可式的小时钟嘀嗒作响,接着又仰望夜空。院子里的喷泉潺潺作响,他把手伸进水里,然后在脖子后面擦了擦,享受着清凉的泉水。

亲爱的范妮。他想。但他无法把自己的情感和想法用一句句话表达出来。在他的人生中,这种熟悉的机制最终还是失效了。他孤身一人,无所寄托。

"你在做什么?"卡洛塔问。

她像平时一样悄无声息地走过来,蒙哥马利不觉得惊讶。"打发时间。"他说,"博士有什么变化?"

"没有。我不知道怎么办了。"她摆了摆双手,手指摸了一下嘴唇。

"只能等待并心怀希望了。"

"我想去教堂为他祈祷。但是我觉得上帝可能会降罪于我。"

"上帝不是真的。"

"你说这么大不敬的话,我应该更愤怒一些,但是我累了。"她说。

"需要我照顾博士一会儿吗?"他问。在老人的病床边一连坐上好几个小时也是很不容易的。

"我只需要几分钟,呼吸一点新鲜空气。"她停下来低声说,"我觉得我们必须低声说话,我也不知道为什么。"

"有人生病的时候,确实会有这种想法。"他想起了自己的母亲临终的时候。他不知道伊丽莎白死前是什么样的。或许,自杀的念头就像癌症一样,会逐渐吸干宿主的生命。

"你的双亲去世时,你多大了?"

"母亲去世的时候,我还是个孩子;父亲去世的时候,我已经比你还大了。"

"他确实对你不好,但是你为他哀悼了吗?"

"没有。我甚至没有穿黑衣,也没有为他祈祷。我希望他下地狱。"

"你不相信地狱。"

"但我愿意相信有地狱。"

卡洛塔的眼睛温柔阴郁,而且悲伤。她仰头望着天空,蒙哥马利想搂住她,但他还是把双手插进了口袋,凝视着院子里的石头。

"这房子现在显得又大又寂寞,你不觉得吗? 好像会闹鬼一样,虽然我在这里长大,也从来没见过鬼。"她低声说,"拉莫娜告诉我们,比亚埃尔莫萨有一所闹鬼的房子。那里有个闻起来像腐肉的鬼魂在房间里走动。我不知道今后人们会不会说这所房子也闹鬼。"

"好了,卡洛塔。我们回屋吧,我看着你父亲。"蒙哥马利说。他不喜欢卡洛塔这样说话。

"不用,我很好,别在意我。我只是累了。"

"累了就更应该休息。我照顾博士吧。"

"你不能整晚不睡觉。那样更糟,如果他们早晨来了,而你累坏了,那我们怎么办?"

"我只睡几个小时也能打得准。"

"请不要再说了,"她摇摇头,"拜托,不要拿武器对着他们。"

"那我难道要献上热情拥抱吗?"

"不,我们先努力尝试沟通,然后再考虑拿武器。拜托。有时候你太激进了,会很危险。"

"说'激进'的话,你也是。"

"是的,我不喜欢自己这一点。要是爱德华多的父亲在这里的时候,我没有激动生气,也就不会跳起来攻击他的父亲……如果我没有攻击他,也许我们就能更简单地解决问题。"

"你的意思是说,他也许会让你们结婚?"

"如果他不是那么不怀好意地对我……"卡洛塔两只手握在一起,"是我毁了这一切。"

"让我告诉你吧,他们不会允许你们结婚。伊西德罗写信给他叔叔。我没有读那封信,但是我把它送给了美景庄园的管理员,那个人把信送去了梅里达。我没有看那封信,但是我能想象里面写了些什么,因为送信前,伊西德罗跟我谈过话,他说过他不喜欢你,你不适合当他们家的新娘。我很后悔送了这封信,但是我觉得即使不送信结局也不会改变。他们讨厌你。"

卡洛塔深深地叹了口气,神情严肃,那双大眼睛看着他的脸,"这么说来,是你把他引来的?"

"是伊西德罗,但是我帮了他。"他声音哽咽,虽然不想说,但是他必须说出来。他一直想告诉卡洛塔,那天早晨他们一起站在户外的时候,卡奇托进来打断大家之前的事情。保守这个秘密是不公平的。

"你为什么这样做?你讨厌我?"

"卡洛塔,我这么做是因为我不希望你受伤害,因为我确信他会对你有害。他会利用你,然后抛弃你。那是在你宣布订婚之前,还没有——"

"也许你嫉妒了。"她尖锐地说。

有那么一瞬间,他真想发誓说他的用意完全善良正直。他只是想保护卡洛塔,但看着她,有个事实是无法否认的:他想摆脱那个年轻人;是的,他嫉妒心强,心胸狭窄。

"是的,"他说,"我很懊悔,非常抱歉。"

"'抱歉'还不够。我应该扇你几耳光。"她低声说。但是她没有抬起手打他。她语气很疲惫,也很悲伤,她的手指搭在他的胳膊上。

屋里的宁静使他们昏昏欲睡。他不想跟她说话,只想享受卡洛塔在眼前的这几分钟,他觉得卡洛塔此刻也不需要说话。也许他们以后会吵架,她会责备他,迟来的耳光也许会在那时落在它该落的地方。

门外传来敲门声,蒙哥马利立刻紧张起来,握住了手枪。

"蒙哥马利,别这样。"她轻声说着拉住了他的胳膊,"我们有机会谈判,先别开枪。"

"我不会先开枪,"他低声说,"但我还是需要来复枪。走,赶紧去。"

她看上去有点犹豫,但还是点点头,匆匆地走开了。敲门声还在继续,他慢慢地走到门口,打开铁门,然后站在邮筒旁边。卡洛塔飞快地跑回他身边,看上去很害怕,她把来复枪递给他。他估计就算有手枪和来复枪也不能完全保证他们的安全,但手里拿着更坚实的东西,他感觉好多了。

他深吸一口气,下定决心似的。"是谁?"他问道。

"我是路皮。"对方回答。

他打开门,来的确实是路皮,她走了很长的路,衣服灰蒙蒙的。

## 25.卡洛塔

　　卡洛塔泡了咖啡,给了路皮一杯。她还拿出拉莫娜前一天烤的面包,他们坐在厨房的桌边,将硬皮面包泡在咖啡里。路皮解开包在头上的长围巾,折起来放在自己旁边。她仔仔细细地端详着卡洛塔。

　　"我跟他们沿着小路走了一会儿,没走多远,我就回来了。"路皮说。从他们走进房子的时候起,她就没怎么说话。蒙哥马利对她们说,自己要去看看博士的情况,然后就留下她们两个单独在一起。

　　"我以为你想离开。"

　　"在路上的时候我和卡奇托讨论了一下。我们都认为你蠢得可怕,我觉得你可能需要我。"

　　"我很高兴你回来了。"卡洛塔握住路皮毛茸茸的手,"我知道你之前生我的气;走的时候你都没怎么和我说话。"

路皮把手抽走了,她弯起指甲握着陶土咖啡杯,嘴唇动了动,但没发出声音。

"你是我的姐妹。"卡洛塔轻声说,路皮盯着她。

"那是假话。"

"是真的。无论我们是如何来到这个世界上的,你是我的姐妹,卡奇托是我的兄弟。你们都是我的家人。"

"我们可真是有趣的一家人,"路皮低声说,"莫罗博士犯下的诡异病态的错误。"

"我父亲说他创造混血种是为了完成伟大的目标,为了解决人性的弊病。甚至当他提到埃尔南多·利萨尔德资助他的研究是为了获得免费劳工的时候,他也总是强调造福人类这一点。我一直想要相信他真的是在追求重要的知识,也想相信他永远不会让任何混血种受到伤害。但现在,我知道他满嘴谎话,想到他说过的所有事情,我不能……路皮,真的对不起。"

她们两个都沉默了。卡洛塔双手握在一起。

"你问过我几次,为什么我喜欢去挂着驴头骨的小屋,却不喜欢去小教堂。"路皮说,"我想那是因为我认为,小屋里住着一个比你父亲所说的上帝更真实的存在。你父亲说上帝要他通过塑造我们的肉体来纠正自然的错误,并赐予我们痛苦,但能做出这种事的神祇一定很残忍。他虽然举着那本《圣经》朗读,但我觉得他并不认识里面的字。"

"我想我的父亲很不负责,非常冷漠。"卡洛塔低声说。她想,他的研究产生出了注定要受苦、要痛苦地死去的生物,他用上帝和伟大的目标来掩盖自己漫无目的的追求,然后用卡洛塔无法彻底理解的谎言来精心粉饰这一切。

"没错。就凭这些事情,你就该让他死在自己的屎尿里,和我一起走,但我知道你不会,我也无法强迫你走。所以我们就留在这里,为一个垂死的人守夜。我之所以回来,是因为我不想让你独自面对这些。"

"路皮。"

"别哭啊,卡洛塔。你总是喜欢哭。"

卡洛塔听了露出微笑,路皮也笑了。她们小的时候,路皮给卡洛塔编过辫子,卡洛塔咯咯地笑着,用梳子梳路皮背上柔软的毛。她们跟着一排排蚂蚁走到蚁丘,或是玩拍手游戏,或是在房子里玩捉迷藏。她喜欢卡奇托,但她和路皮最亲近。然而,在过去几个月的某个时候,她们之间出现了分歧,那条裂隙变得异常深邃。但此时卡洛塔在几个月以来第一次觉得,她们或许可以跨越这道鸿沟。

"你父亲醒了,"蒙哥马利站在门口说,"他想和你说话。"

卡洛塔迅速站了起来。她们来到博士的房间。蒙哥马利点了两盏灯,床沐浴在淡黄色的光芒中。莫罗博士盖着被子,脸色苍白,身体虚弱。他确实醒了,当卡洛塔坐在床边时,他把脸转向她这边,举起一只手,手指伸向她。卡洛塔轻轻地握住他的手;若是在过往,她会亲吻父亲的手,并把脸颊贴在上面。

"卡洛塔,你来了。"他低声说。

她回以沉默。想到自己突如其来的怒火伤害了父亲,她觉得很羞愧。她担心父亲的生命安全,又觉得自己无法直视他的眼睛。她给父亲倒了一杯水拿到嘴边,方便他饮用。博士慢慢地喝水。喝完了之后,她又把杯子放回桌上。

现在,他们的角色反转了。在她很小的时候,父亲曾坐在她床边,她虚弱无力地抓着他的手寻求安慰。如今,是博士躺在那里,他原本强壮的身体似乎要在她的指尖下溶解,肌肉和骨头都松动了。

"孩子,此次发生的事情我不怪你。"父亲声音低沉地说。

"但我的确怪你。因为你一直隐瞒真相。因为你不把我的真实身份告诉我。"她语气很平静,博士神情畏缩,仿佛卡洛塔又袭击了他似的。

"我不能随便说话,卡洛塔。"

"你跟我说,我是你的女儿,我病了,需要特殊照顾。你说混血种必须吃药,但这些都不是真的。你只想让我们顺服安静。"

"这些都是不得已而为之。我不能让他们把你们从雅萨克顿带走。我需要应付埃尔南多·利萨尔德,所以必须维持这个谎言。这样他才不会把混血种带走。"

"让我们过着痛苦又短命的生活也是必须的吗?"路皮问。她站在床的另一边看着博士。

博士叹了口气，"我确实犯了错误，但我也有了宝贵的发现，可以说是近乎完美的胜利。比如卡洛塔……卡洛塔，你给我提供了多么有价值的信息！"他的声音里又有了一丝兴奋，"多亏了你，我才能创造出寿命更长的混血种。"

"更长是多长？"卡洛塔问，"二十年？三十年？混血种也就能活这么久吧。你跟利萨尔德先生是这么说的。"

"我已经越过了这个极限，只是从来没有透露过，我怕他认为这个项目可以结束了，也怕他会把你们从我这里抢走。你，路皮，卡奇托，还有年轻的孩子们，你们都应该像普通成年人一样过完一生。我改进了自己的工作。"

他颤抖着伸出手，似乎想抚摸她的脸，"你还没意识到自己的存在本身便是个伟大壮举吗？你胜过人类，几乎是毫无缺陷。"

她转过头，这样博士就碰不到她了，"别的混血种呢？你不听听路皮是怎么说的吗？他们全身是病，关节疼痛，视力迅速减退，皮肤上长出肿瘤。你一向无视他们的抱怨。"

路皮背对博士走到窗边，拉着窗帘看外面。

"卡洛塔，我必须为利萨尔德制造混血种，而我做到了。没有他们，我就没有资金，什么都没有。人类和动物的特征混合产生了意想不到的副作用：先天缺陷，疾病。这就像把一本书的扉页撕下来的同时，也把后面的三页带了下来。我曾试图修正这一过程，但进展艰难,而且资金每年都在减少。埃尔南多·利萨尔德对我的恳求充耳不闻。我尽力为你打算了,我的女儿。"

但并没有考虑到其他人。她想。他是否有能力用这些时间为他们研发出治疗方法,而不是编造一个复杂的谎言? 他们能得到解脱吗?

"你让蒙哥马利定期带美洲虎来,"卡洛塔皱着眉头说,"你说它们是用来治疗我的,但既然是谎言,那你用它们做什么了?"

"一开始,我想复制你的成功案例。我以为美洲虎是关键因素,但随着时间的推移,我怀疑是你的生母以某种神秘的方式起了作用。但我不想再让别的女人冒此风险,只能用猪和我的孵化室,而不用人的子宫。尽管如此,我仍然觉得美洲虎可能是一条重要的线索。后来,它成了一种必要的借口。如果你表现出任何动物的特性,我想我能说服你,你的注射剂就是从美洲虎身上提取出来的。这个借口我也可以告诉助手。"

"但梅尔加德斯知道真相。这个借口可不太好。"

"梅尔加德斯有所怀疑,但后来他太接近真相了,所以我把他赶走,又雇了蒙哥马利。而且梅尔加德斯还想剽窃我的研究成果,这对事情没有帮助。他翻看我的日记,到处打探。"父亲的表情变得焦躁不安,似乎又恢复了平时那种狂暴的活力,"但借口是有用的,确实起了作用。梅尔加德斯只是怀疑和猜测。蒙哥马利不知道,埃尔南多也不知道。其实我本可以解决的,如果你没有攻击他……但是,我还是可以做些什么。微调……一切都可以调整。"

"是啊,对你来说一切都是研究过程。一切都是可以调整的。但是有时候你会造成破坏,父亲,破坏之后就不能复原了。"

她父亲低声说了些什么,然后呻吟起来,似乎要喘不过气了,他的力气迅速用完了。他紧闭着嘴唇,眼睛看着房子的一角,蒙哥马利正沉默地站在那里。

"劳顿先生,你能否拿起纸笔记录一些我口述的内容?"

"可以。"

"那请现在就开始。"

卡洛塔听见蒙哥马利在抽屉里翻找,又拉开椅子,坐在往常父亲记笔记用的小桌子边。这时候她父亲又说话了。

"准备好了吗?"

"是的。"

"先记录日期。我,古斯塔夫·莫罗,此时在身心健康的状态下,承诺将我所有财产和银行存款遗赠给我的亲生女儿,卡洛塔·莫罗。我指定梅里达的弗朗西斯科·里特为我的遗嘱执行人,我还指派他联系我的哥哥埃米尔,让他知道他侄女的存在。我不为自己要求任何东西,但我请求埃米尔,将我曾经拒绝的那份财产交给我的女儿,让她可以作为莫罗家的一员而生活。这是我的遗愿,恳请我的兄长照办。现在你必须作为我的证人签字,蒙哥马利,我也签上我的名字。"

"你在干什么?"她问。

"留下我的遗产,确保有人照顾你。我的家族抛弃了我,但是这么多年过去了,我兄长大概会认为自己有义务照顾亲属,虽然他从未见过这个侄女。"

"一个不是人类的侄女。"

"但依然是我的女儿。你永远是我最重要的人。"他用怀着无限的温柔和悲伤的声音颤抖地说道。

卡洛塔静静地看着父亲签上名字,然后把那张纸递给她。她看着它,仿佛此生从来没有见过这样的东西。她检查了蒙哥马利紧凑的笔迹和父亲的签名,然后小心地折起来。

"还有一样东西我可以给你。"父亲疲惫地说着,将脖子上的银链子拉出来,链子上吊着一把小钥匙,"我的实验室里有一个玻璃柜,平时一直锁着。那是我保存日记和所有研究笔记的地方。我一直瞒着你,但以后不会了。我现在需要休息,只是休息一下。之后我会好起来的。"

卡洛塔双手紧紧抓住钥匙和信,看着父亲闭上眼睛。他的呼吸很浅。

她站起来,内心五味杂陈,只觉得头晕目眩。路皮转向她的方向,向她投去疑问的目光。她想起路皮说过的话,说她太容易流泪了,于是,她用手背擦了擦眼睛。

"卡洛塔,我会照顾他的。你和路皮去睡觉吧。过几个小时我就叫醒你。"蒙哥马利提议。

她的第一反应是拒绝。她担心父亲会在夜里死去,而自己却不在他身边。但同时也担心父亲去世时,自己真的在他身边。虽然她是为了父亲才留在家里的,但现在却想逃走,免得看见这样可怕的事件。

"好吧,我还是休息一下吧。"卡洛塔说。

路皮陪她离开房间。她们并排走着,卡洛塔靠着路皮,她们走进门厅,她几乎看不见自己在朝哪里走。"路皮,他死了我怎么办?"

"洛蒂,很抱歉。"路皮用手指梳理着卡洛塔的头发,"我知道你爱他。"

"是啊,我不由自主地敬爱着他。他病了,而……天啊,我害怕。"卡洛塔说,"我一直想哭,止都止不住。我喝了酒,我还……路皮,我很害怕。"

这一天的每个小时卡洛塔都过得焦虑无比。恐惧压迫着她的肺,让她呼吸困难,她怕的东西太多了,甚至包括她自己。

"别怕,也别哭了。我都回来了,对吧? 你是个爱哭包,洛蒂,没了我你真的会吓死。好了,你这个胆小鬼。"

卡洛塔嘴唇颤抖,但当她看着路皮时,还是勉强挤出一个微笑,"说我的坏话不会让事情好转呢。"

"你是一个爱哭又讨厌的小宝宝。"

"哦,够了吧你。"卡洛塔说着,轻轻推了路皮一把,路皮推了回去。从小到大，她们就是这样玩闹的。路皮把她拉得更近一些，用胳膊搂住卡洛塔的腰。她们静静地站了一会。

卡洛塔深吸了一口气，"明天我可能得去一趟实验室。"她低声说，张开手看了看钥匙。

## 26. 蒙哥马利

　　蒙哥马利整天都想着喝酒。卡洛塔接替了他,自己坐在博士床边,从那一刻起酒瓶子就在他脑海里打转。到洗脸吃早饭,到太阳高高地升到天空中,到他打开猪圈,让鸡和猪自由自在地闲逛,他始终都在想着这件事。他轻轻擦了擦额头上的汗水,然后躺下,用胳膊遮住眼睛,打算睡个午觉。

　　诚然,他不久前才喝了酒,但他想再喝一杯,接着再喝一杯。他想喝到酩酊大醉,因为他紧张不安,而酒精一直是值得信赖的朋友。

　　他想到了卡奇托,只觉得肠胃里一阵翻腾,不知道他身在何处。接着,他想象利萨尔德的人在敲着门,他自私地希望莫罗博士在五分钟内死掉,这样他们三个就可以逃跑了。当他告诉卡奇托他不想死的时候,他没有撒谎。他不想死于子弹或利刃。如若不然,他几年前就会卷入一场斗殴,然后欣然在血泊中送命。

不,他是一个愚蠢的受虐狂,更愿意缓慢安静地死去。

他想喝酒,因为每当这个世界变得苦涩时,酒精就能掩盖痛苦。他想溜出去快活一会,但是以目前这个状况,他不能了。这一天,他情绪低落,真想一个人在房间里喝个痛快。但是相反,他却打开窗户把酒瓶扔出窗外,瓶子掉在地上,砸得粉碎。

亲爱的范妮,现在得保持清醒真叫人不爽。他心里想道。他写给前妻的长信现在变得短如电报。

当他在实验室里找到卡洛塔时,已经临近黄昏了,她俯身趴在一张长桌上,书和文件散落在她周围。他小心翼翼地把一本书挪到一边,把盛着米饭和豆子的碗放在桌子上,把装咖啡的杯子放在旁边。他没有喝酒,而是尽力去做一些事情,包括大胆地走进厨房。他一向不擅长烹饪,因此很欣赏拉莫娜为所有人烹制美味佳肴的能力。

他尝试做的菜虽然简单,但大概成品依然不是很成功,不过他已经尽力了。至少,路皮觉得他煮的咖啡不错。

"你和路皮可能想吃晚餐了。"他说。

那姑娘抬起头看着他,没有回答。

"你不要一直坐在黑暗中,对眼睛不好。我给你点灯。"

"我在黑暗中也能看见。"她语气很平静。

"卡洛塔?"他小心地说,"你还好吗?"

她点点头，嘴唇线条没有任何变化。他还是点了灯，放在桌上。蒙哥马利站在她对面，看着她刚才从玻璃橱柜里拿出来的文件。她没吃东西也没喝咖啡。

"来，亲爱的，跟我说说话。"他说。

她深深地叹了口气，但根本没有回应。他们似乎陷入了僵局。然后她用指尖在打开的笔记本上描画一些看不见的东西。他瞥见那笔记本上画着一只美洲虎。

"我一直在看我父亲的日记。他写了好多。我找到了我母亲的信息。她生我时才二十岁，死于败血症。他称了她的体重，量了她的尺寸，记录了她的各种特征，记录了她怀孕和分娩的情况，但几乎完全没提到她是谁。他写我的时候也是这样。我知道我的反应异常快，但我不知道他是否庆祝了我的第一个生日。我的生活和雅萨克顿每个人的生活都记录在这些文件中，但他对我们只字未提，一个字也没有。他自私得可怕，在这些记录里，他不断地想，我们对他有什么用处。"

她手叠放在膝盖上，眼睛看着地上，"我曾经盲目地爱着父亲，于是忽略了他对我们的暴行。我不假思索地服从他，上帝会惩罚我。"

"我告诉过你了，没有上帝。"

"对你来说也许不存在，"她有些生气，"但我相信上帝。或许不是父亲告知我的那个上帝，但是确实有这样一个存在。我们在这里所做的一切,我父亲通过无止境的残忍实验创造混血种,都是我们犯下的罪。我以为雅萨克顿是个天堂,但并非如此。他把痛苦实体化成了血肉。"

"他创造了我,他写道……你知道他写了什么吗?他写我'在他那群被诅咒的生物中是最像人类的一个'。Hi non sunt homines; sunt animalia[①]。我们是'人形的野兽'。我父亲是这样说的。"

"这个世界上没有完美的地方。我去过的每一个地方都有犯下残忍暴行和行为荒唐不经的人。所以我来到雅萨克顿并且住了下来,至少这里提供了一种幸福的表象。我从未在这里见到任何一个怪物。"他说。

他神情严肃,那种严厉的样子让她呼吸加速。"你看到了什么不重要。那些都是假象。混血种们现在怎么样了呢?我该跟他们一起走才对,这是我的责任。毕竟我是博士的女儿。我该和他们一起走,但是我不能。"

"别说了。"蒙哥马利绕着桌子走过来,拉着那女孩,她看起来有点过于激动了。蒙哥马利担心她像上次一样晕倒。

"你并不关心。"她低声说道,蒙哥马利感觉到她的手放在了他胸前。

"不是的。我几乎每时每刻都在担心卡奇托过得好不好,我担心追兵会不会追上他们。"

---

① 拉丁文,意为"并非人类,而是动物"。

"追兵！埃尔南多·利萨尔德不会这么快就召集起人手,对吧?"

"应该不会。但是就算他一个月之内才召集起人手,大家依然有危险。"

他觉得心脏上方传来一阵刺痛,不禁哼了一声。女孩也惊恐地叫了一声把他推开,那种力道简直令他惊讶。他后退两步,撞到了柜子上,柜子里那些标本晃动起来。

"对不起,我没想到——"

她的手指上冒出了长而尖利的指甲,像猫露出爪子的时候一样——原来她可以像猫一样伸缩爪子。被她的指甲刺到的地方冒出小血点,染红了他的衬衣。

"我伤到你了,"她抬手捂住脸,"我控制不了。我父亲说要温和平静,但现在我不知道怎么才能做到。我不知道怎么阻止这种情况。"

她另一只手放在摊开的书上,手指握起来一把攥住书页。美洲虎的图画皱起来,它身体的完美线条被破坏了。

"没关系,坐下吧,卡洛塔。给我一分钟时间整理一下。"他的声音有点颤抖。他也不知怎么办才好。

他在架子上找了找,发现了一块纱布。于是他解开衬衫的扣子,在伤口上轻轻拍了拍。伤口很浅,就像被纸割伤一样。她几乎没有用力。他又一次想起了猫,趴在人类的膝盖上磨爪的猫。多么奇怪的想法！她虽然很瘦,却又很强壮。当她把莫罗举起来时,他已经明白了这一点，但他没有亲身体验。

当他再次扣上扣子时，卡洛塔已经背对着他坐了下来。

他以为卡洛塔可能会大哭一场，但女孩只是伸手去拿了碗和勺子，开始吃东西了。她抿了一口咖啡，皱起了鼻子。吃完了之后，蒙哥马利问是否要给她煮一杯茶，免得她想喝别的东西。她摇摇头，把杯子推到一边。

"卡洛塔，看着我。"蒙哥马利说。卡洛塔闻言抬起眼睛看着他。"我见过怪物。混血种绝对不是怪物，你也绝对不是。"

"我能杀死一个人。"她说着举起双手仔细看。但是现在她的手又变成了纤细优雅的淑女模样。

"只要我有意，我也可以夺人性命。"他握住她的手，指尖抚摸她的关节，"我不清楚该如何帮助你，但是请你不要厌恶自己。"

"你就不喜欢自己，蒙哥马利。"她话里有些控诉的意思。

他歪着嘴笑了笑，想起了早已去世的伊丽莎白，以及郁结在自己心中的她的幽灵。他想起自己犯下的错误，那是他的疏忽之罪，还有他的众多弱点和他亲自培养出来的许多恶习。

"确实，我不喜欢我自己，"他摇着头说，"我花了很长时间厌恶自己，并试图让自己早死。但你不应该像我一样。相信过来人说的话吧。"

"我不知道自己该成为什么人。我是莫罗博士恭顺的女儿，但现在看来，这显然是不够的。"

"不过幸好,你不需要马上决定。"

"但是我觉得时间不多了。"她说,"利萨尔德说他们会回来的。"

确实,但是他现在不想讨论这个问题,所以他把杯子举到嘴边,喝了一口咖啡。

"听着,"他喝完,用手背擦了擦嘴,"或许我们可以帮助其他人活下来,然后再考虑我们自己会怎么样。如果利萨尔德晚几天才带着人马回来,也许我们可以把博士送走,让他乘船离开。"

"他现在很脆弱。"

"他现在还是可以吃喝一些东西,不是吗?"

"只能喝汤。"

"那是好现象,而且他已经醒了。博士原本身体强壮。我觉得这点病痛不会害死他。"

"你真的认为我们可以把他带走?"

蒙哥马利什么都不确定,而莫罗则是固执得要命。此外,他想让卡洛塔冷静下来。她紧张不安,眼神惊慌,而他自己也心神不定。他不知道他们能不能去雅拉豪,那里曾经是罪犯和反政府人士的巢穴,但那些是过去的事了,如今尽数成了编造浪漫小说的素材。现在它只是一个港口。从那里他们可以设法寻找路径进入科罗萨尔①。一旦进入英国领土,他们就安全了。

---

①科罗萨尔曾经是一个私人庄园,在十九世纪四十年代成为城镇,许多尤卡坦种姓战争中的玛雅混血难民在此定居。

当然，这个计划包含了一系列事件，其中很多他们都不能控制。

"我觉得我们最好向你所相信的神明——不管祂是谁——祈祷，希望我们平安无事，"蒙哥马利说，"再留一个祈祷给混血种们，希望他们平安。"

"我会和你一起祈祷，然后我们应该做一个担架，"卡洛塔说着，把杯子推到一边，"如果我们要转移我父亲，就需要担架。"

"也许你应该休息一下，再考虑旅途上的事。"他不禁有些担忧。如果他们移动莫罗，说不定最终拖出丛林的会是一具尸体。

"是你提出的。"

没错。但那是一种想象出来的权宜之计。他没有想到卡洛塔会突然行动起来，不过也许这确实是一个转移注意力的好办法。

"你知道怎么做担架吗?"卡洛塔问。

"你知道吗?"

"我知道，我在书上看到过。"她说着骄傲地抬起下巴。

蒙哥马利笑了，"那就打开书吧。"他觉得这个办法或许真的能行。他不能带着所有的混血种穿越潟湖，但是带走一个人还是可以的。

## 27.卡洛塔

她父亲中风后的第三天,他们试图转移他,但是失败了。

他们临时制作的担架是用装面粉和豆子的麻袋做的,用绳子绑在两块木头上,木头杆上钉着十字形的木条。这个担架很结实,蒙哥马利和路皮完全能够把博士放在上面抬起来。但到了离开的时候,博士的情况似乎急转直下。他的脸涨得通红,前额摸起来很烫。卡洛塔给他服用附子花来降低血压,然后坐在他的床边。

蒙哥马利曾开玩笑说她应该祈祷,现在她真的祈祷了,低下头,双手合十。路皮和蒙哥马利担心地看着她。几个小时后,她父亲的情况终于好转,沉沉睡去了。

正值夜晚。卡洛塔回到自己的房间,路皮代替她守着博士。当她走过走廊时,她听到蒙哥马利在房间里说话。*亲爱的范妮*。他说。门关着，他的声音很低。她不应该听到他的言语，但那些话还是被她捕捉到了。

她的感官似乎越来越敏锐了，真是一种奇怪的感觉。也许是因为她的父亲不再给她服用锂或者任何他认为可以让她平静的物质。也许这是一个从很久以前就已经开始的过程，直到现在才完全开花结果。但是她身体内部那奇怪的分界线，那似乎纠缠在她生命中心的裂缝，现在似乎变成了一个幽深的实体。一条充满恐惧和愤怒的断层线。其中填满了彻骨的怒火，她几乎一张嘴就要咆哮起来。

她必须握紧拳头，闭上眼睛。

这种力量感、这种暴力的渴望，让她畏惧，同时也惊叹不已。

一进房间，卡洛塔就脱下衣服，赤身裸体地站在镜子前——像教堂里画上的夏娃一样——仔细地检查着自己的身体。她以前从来没有这样审视过自己。她感到指尖下的肌肉和手腕上的脉搏在跳动，她注意到自己的眼睛在半明半暗中发光。

父亲教她要温顺。但是她的手可以采花，也可以伤人。

她想要伤人吗？不想。她不想伤害蒙哥马利，不想伤害父亲，甚至不想伤害埃尔南多·利萨尔德。但是她认为自己能做到。想象这种可能性真的很奇怪。

拉莫娜讲过关于巫师的故事，他们可以换一张外皮，在夜空中飞翔。但卡洛塔和他们不一样。她不能改换自己的外皮，她身体里进行着一场不可掌控的缓慢变形。

这一点让她害怕。她吓到了自己。她换上睡袍盖好毯子躺下，仿佛小孩子在躲避幽灵或者变形怪一样。

在她父亲中风发作的第四天，利萨尔德和他的人来了。他们非常吵闹，即使没有卡洛塔那么灵敏的耳朵也能听到。

他们到达时，卡洛塔和蒙哥马利在厨房里，蒙哥马利迅速走出去拿来复枪。卡洛塔跟在他后面，右手握住左手手腕，压在胸前，有那么一两分钟，她不知道该说什么。然后，她把手放在身体两侧，深深地吸了一口气。

"我们不要让对方以为我们要伤害他们。"她表现得很平静，并且希望蒙哥马利也能平静，"请把他们带到客厅来。我们先谈一谈，你千万不要开枪。记住。"

"好的。"他回答。

路皮也听见了那些乒乒乓乓大喊大叫的声响，于是来到客厅坐在卡洛塔旁边。

"路皮，你去我父亲的房间，他也许需要你照顾，而且万一这些人采取武力，你也有机会逃跑。"卡洛塔说。

"我回来就是为了和你待在一起，洛蒂。"

"别这么固执。"

但是路皮没动，很快蒙哥马利回来了，跟他进来的还有利萨尔德家的人和四个他们的手下。虽然对方人数众多，而且把他的来复枪拿走了，但蒙哥马利看起来并不紧张。

卡洛塔看到爱德华多,不禁双手颤抖,但是她把两只手紧紧地握起来。埃尔南多·利萨尔德脸上包着绷带,狠狠地瞪着她。伊西德罗看到她也很不高兴。

"叫莫罗来,"埃尔南多·利萨尔德命令道,"我们需要他在场。"

"我父亲病了,他起不了床。"

"多么方便的说辞!"

"你愿意的话,我可以带你去看他。我没有说谎。"她的声音很平静。

"他愿意躺着,那就让他躺着吧,他一直躲在被窝里我也无所谓。我们来找混血种。把它们召集起来。"

"他们走了。"

"它们走了是什么意思?它们怎么走了?"

"我放他们走了。"

"那你最好告诉我它们去了哪里。"埃尔南多气愤地说。这次他没有拿着鞭子,但是声音却比鞭子还严酷,"你放走的是我的宝贵财产。"

"我父亲有一些钱,如果你愿意放过我们,我可以把那些都给你。"

埃尔南多·利萨尔德暴躁地哼了一声,"莫罗存在银行里那点可怜的财产和我给他的投资相比不值一提。这是我的房子,我的家具,混血种也都是我的财产。"

她看着地上，抿紧嘴唇。"我帮不了你。"她说。

"那我就打到你说出来为止。"

卡洛塔没说话也没动，她双手握在一起，像祈祷一样。这样只是让对方更加恼怒了，肮脏的词句从他的口中吐出。

"妓女，"他骂道，"恶心的畜生。"

"嘴巴干净点，你这个猪猡！"蒙哥马利高声说着冲上前，举起了拳头。

但是利萨尔德的人冲上来，其中一个端起蒙哥马利的来复枪抵着他的后背，那人用了很大力气，卡洛塔甚至以为枪会折断。蒙哥马利发出沉闷的叫声，摔倒了。

"住手！"她说道。但是没人理她。两个人抓住蒙哥马利让他站起来，第三个人一拳打在他的肚子上。伊西德罗似乎很高兴。卡洛塔看着爱德华多，爱德华多冷漠地看着这一幕。

"先生，别这样！"

那双绿眼睛看着她，眼神锐利，"没必要这样。也许我可以单独和她谈谈，问问具体情况？"爱德华多提高了声音，盖过这场混乱的打斗。

那些人住手了，他们转向埃尔南多·利萨尔德，仿佛在等待指示。蒙哥马利看着爱德华多，低声骂了一句，然后吐了口唾沫。

"好了，你们都出去吧。出去！"埃尔南多·利萨尔德挥了挥手。

"我要留下吗？"路皮低声说。

"不用，没事的。"卡洛塔低声回答，绞紧了自己的手。

路皮点点头，和蒙哥马利以及屋里其他人一起出去了。门关上了。他们现在单独待在房间里，壁炉架子上的座钟嘀嗒作响。卡洛塔站得笔直，整个身体很僵硬，双手温热，仿佛在发烧一样。她心跳得很快。

"变成现在这样我很抱歉，"爱德华多说，"那些人就是来打架的，他们想看到流血。"

"你也想看到流血吗？这是你来的原因吗？"

"不是。我想再次见到你。"

卡洛塔自认为在相识的那段短暂的时间里已经熟悉并了解了爱德华多的所有表情。但是此时他走过来的样子、他打量她的样子都很不一样。既好奇又陌生。

"你的身体像极了人类，"他说，"就像变色龙变换颜色一样自然融入。我找不出任何动物的特征。"

"我不是用各种零件拼起来的。"她说。

"我的话冒犯到你了吗？"

"确实令我不愉快了。"

他没说话，依然带着那种探究的神情，似乎想搞清楚她究竟是如何构成的。

"那些混血种在哪里，卡洛塔？"

"走了，永远不回来了。"

"它们不可能凭空消失。"

她深吸了一口气，"我知道，在这件事情上，我不指望你能遵守此前的承诺。我不会要求结婚，也不要求你把雅萨克顿当礼物，也不指望你还对我抱有什么感情。尽管上次见面的时候闹得很不好看，但我希望我们能友好地分手。我不知道混血种去哪里了；这是事实。我没有对你父亲撒谎。我只希望，出于对我的好意，你能跟他谈谈，说服他不要去找他们，让他们去吧。"

"我们有充分的理由去追捕它们。它们是我家的财产，而且对我们有威胁。"

"他们不会带来任何危险。我曾希望所有人能一起生活在雅萨克顿，现在我知道那是不可能的。我们会离开这座房子，我会遵守诺言，把钱也交出来。但是我请求你，千万不要去追捕他们。我父亲现在病得很重，我也许很快就会成为孤儿，再也无家可归。"

爱德华多靠近她，实在太近了，她无法掩饰眼神中的紧张情绪。她转过头，心脏狂跳。

"拜托，不要让我面对那么悲惨的未来，帮帮我吧。"

"卡洛塔，你要哭了。只有最铁石心肠的人才忍心看你哭泣。你太美了，泪水不适合你。你一定要知道，当我第一眼看到你的时候，就彻底迷失了。"

上次他们分别时，他带着厌恶和恐惧看着她。但现在他的脸上却毫无这样的情绪。他似乎只记得他们在天然井边的会面，或者他们在一起度过的那段偷来的夜晚时光。他的手坚定地摸到了她的腰,让她的脸朝他靠过来。她的身体想起了和他分享的灼热爱抚,这种快乐的记忆使她张开嘴,用一直以来那种单纯坦率的甜蜜回应他。

"你在做什么?"她低声说。

"这不是很明显的吗?"他低声回答。

"我以为你不再想要我了。"

"别傻了。我当然想。"

"之前你离开的时候非常不愉快。我以为——"

"我确实有些不安。博士和你想骗我。"

"我没有!"她激动地说,"这些事情父亲也瞒着我。我说我关心你的时候也没有撒谎。我说爱你,这不是假的。"

"是啊,我相信你。我一直想着关于你的事情,我想着我们在这场混乱中能怎么办。我决定了,这一切都不必变得复杂。"

"还有什么可以做的吗?除了离开雅萨克顿,我还有别的选择吗?"

"你打算去往何处呢?对你这样的年轻姑娘来说,世界太危险了。"

她看着爱德华多,深感疑惑,于是没说话。

"卡洛塔,我亲爱的。"他用一种温情的语气说,"我不能让你走。"

他会不会是说……是说他的爱依然坚定?也许他想和卡洛塔

一起私奔。也许他想到了聪明的解决办法?

他紧紧地抱着她,嘴唇滑过她的脖子。她想象的不是孤独的、痛苦的未来,而是一个温暖的、安全的岛屿。她想到了他们可能还会一起建造的避风港,也许不是在雅萨克顿,而是在其他地方。她想到所有的混血种都安然无恙,他们都很幸福。她允许自己做这样的梦。她吸了一口气,嘴唇张开。

"你来美景庄园当我的情妇。一切都会很圆满。我父亲已经同意了。他起初很不情愿,但我说服了他。和我做伴比沦落为妓院里的妓女更干净、更安全。混血种不能生孩子,这意味着我们也不会有私生子的麻烦。"

爱德华多的手埋进她的黑发中。这会儿,他抓握的力度变强了,卡洛塔抬起头来看着他。"你不能……我不能同意。"

"你自己也说了,不指望嫁给我。这不是一个完美的童话,但却是我们能找到的最好办法。"

"我从未想过会是这样的办法。"

"卡洛塔,住在乡村里你会感到安全又满足。我不介意娇惯你一点,你也会对我慷慨一些。男人找个情妇是很正常的,这种情况绝对比你想的要好很多。"

她手指紧抓着他的肩膀,"那你打算怎么对待混血种? 你有了我,会放过他们吗?"

"天哪,不会。"他咧嘴笑了笑,"它们是我家的东西。你父亲的前任助手将负责管理这里。你将舒服地和我一起住在美景庄园。当然，我会时不时在梅里达住几个星期，但是……"

她把自己的手从他手里猛地抽回来，后退了两步，"我不想做你的情妇，我也不愿意住在美景庄园。如果你认为这是好意，那你就错了。"

"你拒绝了。"

她觉得自己嗓子里似乎噎着什么东西，她吞了一口唾沫，"如果你放过其他人，我或许会同意。"

"你以为自己能提条件?"他的声音变得很严厉，"你没有选择。"

她闭上眼睛，热泪就要盈眶而出了。但当她再次睁开眼睛时，她还是毫不含糊地说:"那我就拒绝你。"

他猛地弯下腰，把她紧紧地圈在怀里，又把她的头往后一拽，狠狠地咬上她的嘴唇。她吓了一跳，愤怒得僵住了，然后她恢复了神智，把他推开。爱德华多跟跟跄跄地后退几步，撞在壁炉架上，不小心撞倒了放在那里的精致的钟。它砰的一声掉了下来，惊得卡洛塔尖叫一声。

她盯着地面，轻轻地"哦"了一声。那座钟主宰着她醒着的每一个小时，它的钟声标志着她每天的节奏。那美丽的求爱场面曾使她年轻的眼睛着迷。绅士亲吻了美丽女士的手，他们上方的小天使微笑着向这对新人表示祝福。

现在它掉在地上摔成了碎片，机械零件暴露在外面。

"你在干什么?"她喃喃地问道。

"我这是为了你好!"爱德华多高声说。

客厅的门突然被推开,利萨尔德的人端着武器走进来紧盯着她。她发现路皮和蒙哥马利的手都被绑了起来。

"这是怎么回事?"埃尔南多·利萨尔德问道。

爱德华多捋了捋自己的头发,然后揉了揉自己的手腕,"没什么。"

"她跟你说了什么有用的消息吗?"

"没有。"爱德华多低声说。

"哼,姑娘,那你还是赶紧开口吧。"

"我已经说了,我不知道他们在哪里。"卡洛塔依然看着破碎的钟。

"你这个顽固的野种。让我们看看你究竟有多顽固。把劳顿带上来。"利萨尔德说完,两个人就把蒙哥马利推了过来。

埃尔南多·利萨尔德没说什么,直接把枪上了膛,顶在蒙哥马利脸上,然后他盯着卡洛塔。她惊得攥住自己的胸口。

"这么近的距离不可能打偏。"

"蒙哥马利也是什么都不知道,"她迅速说,"我们都没有骗你。"

"是吗? 你很想要花招啊。"

"我没有,真的没有。"

"你肯定不愿意让你的朋友变成壁挂装饰,对不对? 那些该死的混血种在哪里?!"他怒吼道。

她又觉得呼吸困难了。刚才温热的双手这时候热得仿佛被灼烧,她感到泪水沿着脸颊流下来,她扶着沙发扶手小声哭起来。

卡洛塔觉得自己要再次晕倒了。她张开嘴,一手捂着喉咙。

"我知道他们去了哪里,我可以带你们去。"路皮开口了,语气坚定。卡洛塔很惊讶。"就在不远的地方。"

"这里至少有一个人懂道理。"埃尔南多·利萨尔德悻悻地说。

她几乎没听见他们接下来说了些什么。她的呼吸很急促,紧紧地靠在沙发上,瑟瑟发抖。

"爱德华多,你跟我们走。你也一样,劳顿。我不想把你留在这里。伊西德罗,你陪着莫罗的女儿,我不想让她跑掉。这婊子是怎么回事? 她病了吗?"

"她神经有问题。"路皮看着卡洛塔,"没事的,洛蒂。"

卡洛塔又咽了口唾沫,她嘴里有胆汁的味道。爱德华多抓着她的胳膊扶她站起来。她摇摇晃晃,几乎站不稳,虚弱地想把他推开,但她的力气已经耗尽了。

"我那把象牙柄的枪呢?"埃尔南多·利萨尔德问,"我要那个。"

"我不想对你大喊大叫,但是不要再那样跟我说话了。"爱德华多低声说着,带她走到门口,来到伊西德罗旁边,"我真的爱你,傻姑娘。你不懂吗? 我们属于彼此。"

他抬起卡洛塔的头,看着她的眼睛,嘴上露出满是信心的微笑。

　　她站在那里,看着他那年轻俊美的脸,心里感到一阵恶心,当他的手拂过她的脸时,她厌恶地退开。卡洛塔以为她内心深处的裂痕最终会把自己劈成两半,但她没有倒在地上,而是踉踉跄跄地向前走。爱德华多一直拉着她。

## 28.蒙哥马利

那些人把他的手腕绑得紧紧的,他手腕疼痛,而且根本不可能挣脱。就算他想办法挣脱了,周围也围着二十多个全副武装的人。这种情况实在不容乐观。

蒙哥马利原以为这条小路会很狭窄,而且杂草丛生,这样骑马就很难前进,可以拖慢他们的速度,但事实证明,这条小路的路况还不错。他们不需要在丛林中开辟道路,排成一列纵队也能很快前进。

路皮骑马走在队伍的最前面,蒙哥马利走在队伍的中间,爱德华多紧随其后。路皮的双手也被绑着。他们俩都没有机会逃跑。

蒙哥马利对自己目前的困境感到遗憾,并暗自咒骂,他真心希望自己当初能做一些不同的事情。不仅仅是指遇到这些人的时候,而是这整件事。他为莫罗博士服务了六年,他管理着雅萨克顿,总是告诉自己他的工作并非不道德。他既没有创造混血种,也不想从中获利。他只是在这里干活。

他喜爱雅萨克顿的偏远寂静,他关心这里的每一个人,混血种是他唯一能结交到的朋友了。但是到头来,他的同情心落得个什么下场呢?莫罗和利萨尔德都一直囚禁着这些混血种,现在他们又要去追捕混血种了。

卡洛塔没有了父亲该怎么办呢?她会面临什么情况?莫罗不能保护她,那人甚至下不了床。虽然蒙哥马利知道此时更应该关心的是路皮和他自己的前途命运。路皮倒是还有点价值,只是因为利萨尔德认为她是他的财产。蒙哥马利暗忖,如果那些人想要他死,他早就死了,但这并不意味着他最终就能安然无恙,或许有一颗写着他名字的子弹在这条小路尽头等着他。

那条狭窄的小路向左曲折延伸。蒙哥马利的马还没转过弯道,空中就传来一声枪响。接着又是三声。他前面的人从马上摔了下来。蒙哥马利知道自己继续骑在马上很容易成为目标,于是他扑倒在地,滚到路边。小路上的白色尘土粘满了他的衣服,他咬紧牙关,尽可能地趴得很低。

利萨尔德的人拿起来复枪还击,但是周围有树木和枝叶阻挡,很难看清楚枪击来自何处。从马上摔下来的那个人没有站起来,蒙哥马利爬起来冲过去,把他拉到一边翻了个身。那家伙已经死了。

蒙哥马利蹲在路边,屏住呼吸,希望自己不是下一个被枪杀的人。

一阵猛烈的枪击之后,进攻停止了。埃尔南多·利萨尔德在前面高声叫喊,接着他看到了爱德华多骑在马上,手握着缰绳,一脸紧张的样子。

"怎么回事?"这个年轻人问道。

欢迎见识真正的战斗。蒙哥马利想。他走到前面,转过小路拐弯处,想看清楚那边的状况。爱德华多小心翼翼地跟在他后面。

利萨尔德的几个手下受伤了。路皮仍然站在队伍的最前面,似乎安然无恙。每个人都很警惕,等待着另一波射击,希望能有机会确定枪手的位置。他敢打赌,只有两三个人朝他们开枪。如果对方人更多的话,他们会损失更大。不过,两三个人拿着像样的步枪也能制造出很大的麻烦。

"回到马上。"爱德华多说。

"嘘。"蒙哥马利低声说。他听见了窸窸窣窣的声音,还有树枝折断的声音。

"你别跟**我**发号施令。"

"闭嘴。"

"抓住他,"爱德华多对其他人下令,"抓住这个人。"

有什么东西在树林间快速移动,利萨尔德的一个手下指着有动静的方向。他在为另一波火力做准备,但一个轻盈的生物突然从阴影中跳出来,跳到他身上,把他摔到地上。接着又出现了第二个和第三个。

他认出了坎,她长长的黄色头发一甩,嘴里咆哮着,抓住一个骑手的腿,趁他尖叫的时候把他拉了下来。还有像狼一样的拉平塔,阿因那条像凯门鳄一样的尾巴来回摆动。他们悄无声息地上前,跳到那些人身上,抡起拳头猛击他们的头和背部。

这幅景象很可怕。奉爱德华多命令去抓蒙哥马利的那个混蛋要么没有看到三个混血种在周围跳跃,要么就是他根本不在乎。他只关注蒙哥马利。蒙哥马利被绑住了手,只能勉强躲避对方的攻击。那人一拳打在他肚子上,使他喘不过气来,接着又一拳打在他的下巴上。蒙哥马利跟跄地后退几步,跌倒在地。

那恶棍走上前,用脚猛踩向蒙哥马利的右腿。天啊,该死!他呻吟着,翻了个身才勉强躲过了一脚,但情况并无改善。接着蒙哥马利感到枪口顶在他的头骨上。

“慢慢站起来。”那个混蛋说。

“你不用拿枪指着我。”蒙哥马利低声说。

那人咧嘴笑了笑。他没打算扶蒙哥马利起来,但至少退后了一点,手枪依然指着他的头。蒙哥马利勉强站了起来。

“也许你可以给我松绑。”蒙哥马利说。借着眼角的余光,他看到一个熟悉的灰色身影。

“想都别想。”

“真的吗?眼下松开我才更明智一些。”

"闭嘴。"

身体庞大、行动迟缓的阿卡布从左边出现,冲着那个恶棍露出满嘴可怕的牙齿,那人立刻吓得丢了魂,用手枪直指混血种。他想要射击,但是枪从他手里落下,掉在地上。阿卡布咬住他的手,他尖叫起来。

蒙哥马利听到了明显的骨头断裂声,脸不禁抽搐了一下,阿卡布高声地咆哮,然后更大声地合紧牙齿,用力咬碎了那人的手。

蒙哥马利迅速捡起地上的武器,他双手仍然绑在一起,握枪很艰难,但至少他现在有了一把武器。

"这是什么!"爱德华多惊呼。这个年轻人总算屈尊决定亲自动手,他从马上跳下来。蒙哥马利看着那个年轻人,爱德华多也盯着他。他打破僵持,冲上前用枪托猛敲爱德华多的头,把他推开,跑向他最后一次见到路皮的地方。路皮已经不在马上了。

眼前一片混乱。他们的坐骑被混血种吓坏了。它们躁动不安,打着响鼻乱踢乱跳。蒙哥马利俯身勉强躲过其中一匹马的踩踏,结果用力过猛撞到树上。

"路皮!"他喊道。

到处都看不到路皮。她受伤了吗?有些人在胡乱开枪,子弹到处乱飞。其他一些更谨慎的人下了马,紧握着手枪和刀,随时警惕着前后方向。

他再次蹲下。另一个混血种抓住了一个男人,那人尖叫起来,声音尖锐,但很快就没了动静。蒙哥马利数了数,除了拉平塔、阿因、坎和阿卡布之外,还有两个混血种。六个愤怒咆哮的生物主宰着战场,有的瘦小灵活,有的笨重强壮,他们旋转、猛冲、咆哮,惊动了马匹。那场面让人们想要祈祷庇护。

利萨尔德高声叫喊,命令他的手下杀死这些生物,但混血种速度很快,他们在众人眼前时隐时现,人们变得越来越绝望。这就像是某种离奇古怪的轮舞:人们突然遇上一只动物,他们的脚步翻腾旋转,刻下血痕。

"抓住它们!"利萨尔德不停地下令。

蒙哥马利没找到路皮,倒是和阿卡布撞了个满怀,阿卡布之前正慢吞吞地在路上走着,接着他停坐在路中间喘气,舌头从嘴里伸出来,大脑袋往前伸。

"阿卡布!老朋友,"他说着跪在阿卡布面前,"来,起来。"

"劳顿,"那个混血种露出满嘴尖牙,握紧拳头按在胸前,"我跟你说过,我身体强壮,但是老了。我只是需要休息一下。"

"晚点再休息,阿卡布。"他抓住那个混血种的肩膀,但阿卡布一动不动。蒙哥马利这才看到,混血种的肚子上插着一把刀。他屏住了呼吸。

阿卡布死了。

"劳顿!"路皮大声喊。

他犹豫了一下。路皮跳过尸体跑过来,她双手已经被解开了。

她抓起绑着蒙哥马利的绳子使劲咬,最后他总算松绑了。到了这会儿,对方的人马尖叫着纷纷倒地,他们恐惧不已。混血种们暂时占了上风,但他们的人数严重不足。埃尔南多·利萨尔德还在大声发号施令,吼叫着来袭者只不过是些动物。有的人手忙脚乱,试图给枪装弹;有些人决定逃跑,他们要么手忙脚乱地步行,要么爬上受惊的坐骑。马匹踩在倒下的人的尸体上,混血种来回飞奔,所到之处血肉横飞。

他们一起沿小路奔逃时,蒙哥马利问路皮:"你受伤了吗?"

"没有,我很好。"

一个灰色头发,肩膀上披着红色方巾的人来到他们旁边,他布满皱纹的双手上提着一把来复枪。他身旁是卡奇托,这孩子正对着蒙哥马利微笑。

"蒙哥马利!"

"这里发生了什么?"

"你猜不到吗?这位是库穆克斯的副官之一。"

"先生。"蒙哥马利边说边去摸自己的草帽边缘以示敬意,但是他的草帽早就丢了,于是只好把挡在脸前面的头发拨开。

"我们还在战斗!"卡奇托激动地说。

"趴下!趴下!"路皮高喊。

越过卡奇托的肩膀,蒙哥马利看到了埃尔南多·利萨尔德,他儿子就站在他身边。老人用他心爱的象牙柄手枪对准他们的方向。

蒙哥马利把男孩推开,伸出手臂。打猎的时候,他向来技艺精湛,目标精准,但此时,他的动作毫无优雅风度可言。他笨拙地扣动了扳机。

子弹击中了埃尔南多,他看到那人跌倒了。

他不知道埃尔南多·利萨尔德的枪伤有多严重,但他没有时间去看,因为又有两个骑手朝他们飞奔而来。蒙哥马利把枪口转向他们的方向,击中了其中一匹马。然后他的子弹用光了。这时有人向另一个骑手开枪,伴随着步枪发出的巨大爆炸声,鲜血从马的脖子上喷涌而出,虽然蒙哥马利转过身去想远离跌落的人和马,免得被踩踏,但太近了,血还是喷到了他的脸上。

匆忙中他绊了一跤,很不幸地以刁钻的角度摔倒,头撞到地面。马匹砰的一声瘫倒在蒙哥马利的脚边。他躺在那里,盯着死去的马黯淡无光的眼睛。

他头上的撞伤发出钝痛,一切都变得沉闷而黑暗。他听见自己在呻吟,但感觉不到自己的身体。好像有什么东西正把他拖进丛林,他记得美洲虎扑向自己,爪子扎进了他的肉里。

*亲爱的范妮*,他写道,*我可能真的要死了。*

美洲虎。他那天就该死了——就在它咬住他的手臂的时候。但事实并非如此,他一直活到现在。嗯……也许不会活太久了。他想起了卡洛塔,不知道自己是否能一边怀念着她的面孔、她的低语,一边死去。

当他终于恢复神志时,他眨了眨眼睛。他正躺在一间小茅屋的地上,左边有两张吊床和几把椅子。即使作为玛卡胡阿尔的房子,这也太寒酸了。

汗水顺着蒙哥马利酸痛的后背滚落下来。利萨尔德的人用来复枪打他的疼痛还留在身上,他嘴里也很干。

"他睁开眼睛了!嘿,蒙哥马利,你安全了。"卡奇托说。

他用手背擦了擦嘴,转过头,看着那男孩。虽然他显然已经被转移到了别的地方,但路上尸体和内脏的气味还弥漫在他的记忆中。

"我们在哪里?"

"营地!拉莫娜说得对。这是库穆克斯手下的营地。"

蒙哥马利皱起眉头。卡奇托的袖子上沾了血。"你受伤了吗?"

"只是皮外伤,一点小刮擦。"卡奇托看了看自己的手臂,"他们还给了我这个。"他掀起衬衣露出肋骨,有人在那里裹上了厚厚的绷带。男孩移动手臂的时候不禁皱眉。

"下次不要再参与打斗了。再说,你们到底在这里干什么?"

"你嘱咐说不要打斗,蒙哥马利,我们都知道你很固执,于是,我们制订了一个计划。我们其中几个人留在路上等你。路皮说你会上路的,如果五天之内你还没有来,我们就继续前进。她还说,我们不能告诉你这个打算,因为你肯定会拒绝,并且破坏我们的计划。"

蒙哥马利皱眉,"她说得不错,不是吗?"

"你肯定会想要阻止我们。"

"有可能。"蒙哥马利承认。他想起可怜的阿卡布，他的尸体还被扔在路中间，"你的新朋友呢？"

"外面。我们有三个库穆克斯的人，愿意战斗的混血种都在。不是每个人都愿意战斗，我尽力了。"

"英国人，你还活着。"那个围着红披巾、扛着来复枪的老人站在小屋门口。他旁边是一个提着枪的年轻人，还有路皮。"很好。我们必须走了。"

"等等，去哪里？"蒙哥马利揉着头问。他依然头疼得厉害。他不知道自己昏迷了多久，也不知道库穆克斯的营地离发生冲突的地方有多远。

"去别的地方。我们打死了一些抓捕你们的人，又吓退了一部分。但是我们还是不该留在这里。这地方对我们来说不安全。"

"别的混血种先走了，"卡奇托说，"库穆克斯的人也上路了。我们要追上他们才行。"

"我必须回雅萨克顿，"蒙哥马利揉着前额说道，"卡洛塔和莫罗还在那里。"

"雅萨克顿的围墙坚固，不会被轻易攻破。"披红披巾的人回答。他神情严肃，有种不容任何反对的气质，"我欠拉莫娜人情，所以才跟你的同伴一起等你。我们不会做更多了。"

卡洛塔。他说过，只要她需要，自己就一直陪着她。如果说她有什么时候最需要他的话,就是现在了。

"我不要求你们跟我一起回去。"

"你想独自一个人回去?"卡奇托问。

"我必须回去。"蒙哥马利说着站起来,他还有一点站不稳。即使他和卡洛塔之间隔着一千个人以及多如天上繁星的长矛,他依然会回到她身边。

"你都快走不了路了。"路皮很不高兴地说。

"我不需要走路。我可以骑马。如果你能分给我一点烧酒就更好了,没有也无所谓。"

他们没有拿出瓶子,所以蒙哥马利估计这里没有酒,或者没有把他的话当回事。他当然可以清醒着做这些事情,但是喝几杯提升一下气血和运气也不错。

蒙哥马利走出小屋。外面有四个混血种——拉平塔、坎和另外两人,他们看起来又脏又累,指甲上沾满了血。阿卡布已经死了,他没有看到阿因,恐怕也是凶多吉少。

他们向蒙哥马利严肃地点了点头。他看到了另外三间用棕榈叶搭的草屋,和他刚才待过的那间一样,另有一个黑头发的男人在照料三匹马。没有别的动物,也没有别的建筑。这个营地很小。库穆克斯很可能把它用作运送补给和武器的中转站。

"我们可以给你武器和一匹马,英国人,但我要提醒你一下,这么做很不明智。你最好和同伴一起走。"那个老人说,"他们都很担心你。"

蒙哥马利看了看别的混血种，他们满身是血，疲惫不堪，接着他又看了看那个老人，对方正慢慢地卷着烟卷。

"那个小孩觉得你既勇敢又愚蠢，"老人说着，看向卡奇托，"但是他也一样，勇敢又愚蠢。他说，如果我不帮你的话，就咬我。"

"他真的这么说了？"

"真的。然后还说服了其他人留下来帮他。"

"而且你也留下来帮他了。"

"他让我想起了自己年轻的时候。"

"你不怕他们。"蒙哥马利觉得有点奇怪。

"我之前在水边见过其中一个。"那人回答，"我们都有动物的一面，英国人。"

他想起了卡奇托说过的话，路皮曾经在天然井附近见过胡安·库穆克斯，还说他是个老人，和莫罗不一样。

"你不是库穆克斯的手下，"蒙哥马利皱起眉头，"你就是胡安·库穆克斯。"

那人没有回答，但是他根本不需要回答。蒙哥马利又说："你冒着巨大的风险帮助了我们。"

"那些人是来找我们的。知道他们来了是件好事。现在他们再朝这个方向追击可能要三思了。"

"你希望那些人被吓跑？"

"也许。如果他们都说这个区域很危险,那也是好事,不是吗?"

"也许是这样。"

"我还欠着一个人情。不过,也许是时候算你欠我一个人情了,英国人。"

"我的名字叫劳顿。"他说,"没问题。我欠债必还。"

"我不能冒更多风险了,劳顿。我手下的人也不能继续藏着你的同伴,他们必须保护自己。我们可以带他们去更东边,但我们必须跟自己人汇合。"

但你是胡安·库穆克斯。他心想。路皮和卡奇托心中的英雄。但是他估计,或许事实是,莫罗不是上帝,库穆克斯也不是圣人。

"如果你可以把我的这些朋友带到前面去跟先走的那些人汇合,我真的感激不尽。我希望你帮他们找到藏身之处。我不希望他们再受到伤害了。"

"我们可以带他们去更东边,但是我不能一直保护他们。"

"找个山洞,或者你们废弃的营地,"蒙哥马利请求道,"任何地方都行。求你了,先生。"库穆克斯卷好了烟卷,摇摇头。他点起烟吸了一口,"现在你欠我两个人情了。"

"既然如此,就借给我马和来复枪,算作三个人情。"

"三个总是更好,没问题。"

他们握了握手,朝马匹走去。路皮和卡奇托快步跟在他们后面。"你想都别想……"卡奇托还没说完,蒙哥马利就制止了他。男孩吃惊地瞪大眼睛看着蒙哥马利。"你受伤了。"

"皮外伤而已!"

"总之就是受伤了。"蒙哥马利重复道。

"他受伤了,但我没受伤。"路皮边说边抓住其中一匹马的缰绳。

"拜托。"蒙哥马利都说累了。

"你不能丢下我,劳顿。我之前回去,因为我不想看到你或者卡洛塔死去,这次我也要回去,确保你们两个不做傻事。"她固执地说,"如果不是因为有我和卡奇托,那些人早就杀死你了。你确实应该让我跟你一起去。"

"好吧,但是一旦出现什么危险,你必须马上逃走。"

蒙哥马利和路皮各拿了一支步枪,把枪放在马鞍上,马鞍上还挂了几个装满水的大罐。卡奇托不想让他们单独行动,坚持说自己伤得没那么重,但蒙哥马利从他说话的神态和痛苦皱眉的样子看出来,他肯定不能再战斗了。

"听我说,"蒙哥马利把男孩拉到一边,"其他人需要你。"

"他们不需要我,蒙哥马利。我有什么用处吗?"

"库穆克斯喜欢你,你也很聪明。让所有人都待在一起,保证他们安全。大家都聚在一起就有逃走的机会。我们会找到你的,明白了吗?"

"不要再丢下我们了。天知道你这次什么时候才能回来。"那孩子都快哭了。

"我必须回去找到卡洛塔，你知道的。卡奇托，你今天救了我和路皮，但是现在我们必须把卡洛塔找回来。胡安·库穆克斯不能再保护混血种，但是**你**可以。"

"不行的，蒙哥马利。"

"你有我的指南针和地图。"

"那还不够。这就是为什么我们当时要把你找来，你能帮我们，而我做不到。"

他把那个男孩拥抱在怀里。当蒙哥马利离开的时候，卡奇托终于安静下来，点了点头。

他们向其他人道别，蒙哥马利在出发前和库穆克斯握了握手。当他们到达发生冲突那一段路的时候，蒙哥马利从马鞍上跳下来，环顾四周，打量着满地的死马和死人。在这种纬度的高温天气下，尸体很快就会发臭。

他在路中间发现了阿卡布的尸体，刀插在他的肚子上。蒙哥马利把刀拔了出来，在裤子上擦了擦，接着动手把尸体拖到路边。路皮看到了他在做什么，也下马来帮忙。他们把尸体放在离小路很远的地方，这样如果有人经过，就不容易被发现。在挪动别的尸体时，他们发现了阿因，他脸朝下躺着，旁边是一匹死马。回头他们得把死者体面地埋葬了，但现在没有工具。

蒙哥马利摇了摇头，看着尸体的惨状，开始收集还有子弹的弹药袋。他还找到了一个皮套和一把手枪。他一边捡东西，一边在倒下的人群中寻找爱德华多和埃尔南多，但没能找到。

路皮面无表情地看着他。当他检查完了之后，他们牵着马，穿过已然被血染红的白色道路。

"回去还来得及，路皮。"他说，"前面等待着的恐怕只有更多死亡。"

"我不怕。"

"我可不敢说同样的话。"

"她是我的姐妹，蒙哥马利。"

"她知道吗？"

路皮看着他的眼睛，神情十分严肃，"我们是姐妹，我爱她。但这不意味着我每天早晚都要说一遍。"

"你偶尔说出口或许有好处。"

"你管好自己可能更好。我不用告诉你我和她的对话。再说了，如果有谁对卡洛塔有义务，那是我，不是你。你和她并没有什么关联。"路皮说。

"那看来，我们只能一起去找她了。"他低声说。

蒙哥马利从鞍袋里喝了些水。他手腕红肿，后背也痛，不过他们还是一起踏上了归途，前去寻找莫罗博士的女儿。

## 29. 卡洛塔

她整天都守在父亲床边,伊西德罗和他手下的人轮流监视他们。到了晚上,父亲醒了,卡洛塔给他拿来一些食物和水。他看着伊西德罗,眼神中带着询问。

"他们今天来了。"卡洛塔说。

"埃尔南多在哪里?我要和他谈谈。"她父亲说。

"他不在这里。"

"他去追那些被你女儿放走的混血种了。"伊西德罗插嘴说。

"真的吗?你把他们都放了?那是我毕生的心血。"

"他们必须离开。"

"卡洛塔,那些实验生物是我最大的成就,是我的遗产。我没打算让你把他们都放了。"她父亲的声音越发嘶哑痛苦,"这份宝贵的知识必须留存下去。"

你的遗产全然是痛苦和悲惨。她这样想着，摇了摇头，"我有你的笔记，但是混血种不能一直待在这里。那太残忍了。"

伊西德罗冷笑道："是啊，毕竟用的不是**你们的**钱。就这么把钱扔出去打水漂吧。"

"先生，你真是没有半点同情心。"她平淡地说。

"同情？同情一群动物？它们存在的原因，它们唯一的用处就是服侍我们，而你却要来捣乱。你觉得这么做能有什么好处？它们能养活自己吗？能在丛林里生存吗？"

"至少他们有机会去试试。"

"你觉得它们遇到人类还能活下来吗？它们会被一枪打死，然后被剥皮。"

"我现在需要喝点茶。"莫罗提高声音盖过了他们两个。

伊西德罗眨了眨眼睛，看着博士。"我去拿。"卡洛塔说。

"不，"伊西德罗低声说，"你待在这里别动。我找人去拿。"

他前去门口，唤人过来。伊西德罗真的一点也不想冒险，从来不让她离开自己的视线。其实她也走不了多远。卡洛塔知道屋外至少有四个人，只要她离开屋子，那些人就会马上行动，迅速抓住她。

"他们真的走了吗?"父亲低声问。

"是的。"

"劳顿呢?"

"埃尔南多·利萨尔德把路皮和劳顿抓起来,一起去追捕混血种了。"

"那就剩你一个了。卡洛塔,床边的抽屉里放着我的《圣经》,旁边有个盒子里装着手枪。拿上它,离开这里吧。"

"父亲……"

"拿上它,离开这里。"莫罗双手紧握着被单重复道,"穿过院子出去。"

卡洛塔打开抽屉,看到了《圣经》和旁边的木头盒子。她吸了口气,睁大眼睛,思考这个选择是否可行,然后她又看了看挂着白色窗帘的落地窗,那是通往院子的路。

她慢慢朝门口走去。她想要跑出去,躲进夜色中,想要一直跑到喘不过气,跑到星星都熄灭。但是她又看了看病床上的父亲,他病重又虚弱。无论如何她不能抛下他一个人,就算代价会很高。

院子里有阴影移动,她听见窗帘另一边有声音,于是飞快地退回来,坐回到椅子上。

"我不能走。"她低声说着,双手捂住脸,抽泣声压抑在她嗓子里。

"没事的,"父亲说,"别担心,孩子。"

声音从大厅传来,而且越来越响亮。爱德华多走了进来,他的头发乱七八糟,衬衣上沾着血。伊西德罗和其他人跟在他身后。

"博士,你必须起来,"他说,"我父亲被枪击了,需要治疗。"

"埃尔南多?"

"还能有谁? 快来,你的手杖在哪里?"爱德华多环顾室内。

"你疯了吗? 他起不了床。"卡洛塔站了起来。

"我父亲需要有人去处理伤口,还有谁——"

"把你父亲带去实验室,我来进行治疗。"

"你行吗!"爱德华多惊呼。

"我能处理伤口。"

"卡洛塔可以的,"她父亲说,"她知道怎么做。"

那些人怀疑地看着她,但爱德华多对伊西德罗低声说了几句,然后向她点点头。卡洛塔轻快地起身,领众人前往。当他们到达实验室时,门还开着,屋内和利萨尔德的人到来之前别无二致,一切都保持着她离开时候的样子,父亲的文件散落在前厅。

卡洛塔让爱德华多和他手下的人去点灯。她看了看架子,拿出了父亲的医疗包。她没有处理枪伤的经验,但她从博士的一本手册上读到过战场上受伤的情况。她抽出一本书,翻了几页。片刻后,伊西德罗和他的叔叔走了进来。老人抓着他的胳膊,神情痛苦。

"莫罗在哪里?"他问。

"只有我来处理。我父亲卧病不起。"

"一派胡言。叫他起来。"

"他没有办法治疗你。请坐下吧。"

"现在轮到你当医生了?"埃尔南多转向自己的儿子,"你居然把我交给她?"

"父亲教过我医术,我也不会害你。虽然我无意帮助你,但是现在情况紧急。你哪里受伤了?"

"肩膀。"

老人看起来极不情愿,但他还是坐了下来,显然是一副听天由命的样子。也许只是痛苦让他变得温和了。卡洛塔烧水的时候,他脱掉了外套和衬衫。准备好后,她将埃尔南多的肩膀擦干净。现在,她能看到子弹造成的那个丑陋伤口了。它从肩膀附近进入,然后干净利落地穿出,骨头和关节都没有受伤。虽然伤口确实很可怕,但埃尔南多属实幸运。

卡洛塔最关心的是确保器具清洁,没有异物传入,感染是最大的风险。她在埃尔南多皮肤上涂抹了大量碘酊,然后在受伤的手臂上敷了敷料,并注意在腋下缠上大量的纱布。她治疗的时候,对方高声抱怨,说个不停,仿佛他是被加农炮击中了一样。她动作的时候,他夸张地深吸一口气,然后咬紧牙关。

处理完了伤口,她用手擦擦额头,后退一步。

"其他人在哪里?"

埃尔南多·利萨尔德皱起眉头看了看绷带,"你们那些该死的野兽袭击了我们。"

"混血种们?"她惊讶地问。

"对,你们那些混血种,还有其他人。有三个印第安人和他们待在一起!我们现在就去集结一支军队,我们要立刻找来那些正规士兵——"

"天太黑了,"伊西德罗警觉地说,"他们可能在外面伏击。我们应该等到天亮。"

"万一他们到这里来了怎么办?"老人问。

"这里宅门深厚,"爱德华多说,"他们不可能撞开大门。伊西德罗说的对,我们不该暴露在黑暗中。我们只有七个人,外面可能人数众多,而且我们大部分的武器都丢在丛林里了,事情只会更糟。"

"但留在庄园里的人有子弹和手枪。屋子里肯定还有别的武器。"

"我没有清点物资,但是劳顿肯定存着一些来复枪,"伊西德罗说,"毕竟他要打猎。"

"但我们还是很难在黑暗中行动,"爱德华多说,"而且,父亲,我真的很累,我猜你也这么觉得。"

"确实,非常艰难漫长的一天。"老人手指交叉起来,"天一亮我们就出发。我需要喝杯带劲的,然后躺一会儿。带我去房间。"

"有一个准备好的房间,叔叔。"

"我的酒呢?"

"你可以去厨房拿一些。"卡洛塔平淡地说。

"这边。"伊西德罗说着带他们朝前厅走去。

　　卡洛塔跟在他们后面,但是爱德华多拉着她的胳膊拦住了她,"我身上有刀伤和瘀伤需要处理。"他说着脱掉自己的外套,仿佛是为了方便她检查那些所谓的伤口。

　　"我必须回到父亲身边。你可以用他的医药箱自己处理伤口。"

　　"不,我想我做不到。"

　　"必须有人照顾我父亲。"

　　"伊西德罗,你送我父亲去睡觉之后,可以去看着莫罗博士吗?"爱德华多高声说。

　　他的兄弟回头看了一眼,"你不来吗?"

　　"我要盯着她。"

　　"盯着她,当然了。"伊西德罗以嫌恶的语气低声说,但是也没多说什么。爱德华多的帮手依然站在门口看着他们,似乎觉得一切都很有趣。

　　卡洛塔让那人把灯移开,然后她拿起包又打开,把那些日记推到一边。她把包放在前厅的桌子上。就她所见,爱德华多的手指关节有一点小伤,她处理了。他的右边太阳穴上有血迹,卡洛塔也擦干净了。

　　"你是个不错的护士,"他说,"你做事很小心。"

　　"我说了,父亲教过我。"

　　"我以为上次谈话之后,你不会这么亲切了。"

　　"这不是亲切。"

是父亲教她要克制,同时也是她自己坚持要举止体面。她不是怪物。她不想憎恨他人,不想伤害他人。

"外面发生什么了?"她问。

"混血种突然冒出来袭击我们,还有拿着来复枪的人。是印第安人,我父亲说。我看到了三个。他们制造了很大的混乱。有人被杀,其他人逃走了。"

"路皮呢?蒙哥马利呢?"

"你的朋友蒙哥马利开枪打伤了我的父亲,又打伤了我,"他指了指自己的太阳穴,"等我们再见面,我一定要奉还。"

卡洛塔转过头,咬咬嘴唇不让自己笑出来,"这么说他们都活着了。"

"也许吧。"

他们肯定还活着,毕竟埃尔南多和爱德华多都活着。但是她担心他们会受伤。没有人能够像她照顾这些人一样照顾他们。她把自己的东西装回医药包里。

"我累了,我们去睡吧。"爱德华多说。

"你知道去房间的路。"她停下手里的动作回答。

"我是说我们该去你的房间。"

"我不想和你在一起。"

"上次你好像并不介意。来,我觉得你也累了。你昨晚睡觉了吗?"

他拉着卡洛塔的胳膊,另一只手里拿着一盏灯。他没有粗暴地抱住她,只是领着她往前走。她想反抗,但又看到那个帮手在门口看着他们,一只手随意地搭在枪上。她应该把她父亲床边的手枪拿走。她觉得自己像个胆小鬼。

他们一到她的房间,爱德华多就转过身,打发走了那个悄无声息跟着的人。她房间的钥匙就插在锁眼上,他们走进去后,爱德华多转动钥匙,把他们锁在了里面。卡洛塔从爱德华多身边走开,眼睛一直盯着他,尤其谨慎地关注着他腰间的枪套和左轮手枪。

他好奇地看着她。"你为什么摆出那副面孔?"他问,"你不是在怕我吧?"

她没有回答,只是揉着自己的胳膊,又后退了一步,让床挡在他们之间。书柜上摆着她的海盗浪漫小说,旧玩偶放在盒子里,床脚边是她童年时代的玩具兵。

他放下灯,取下枪套放在桌上。

"我不会伤害你,来,坐下。"他说着坐在床边伸出手。

卡洛塔摇头,"我不想和你在一起。"

"和我在一起是最安全的。外面那些人都是雇来的流氓恶棍。虽然你帮了我父亲,但是他不喜欢你。不过他会允许你待在我身边的,别担心。"

"他可真'善良'。"

爱德华多摸了摸自己的脸,捏了捏鼻梁,深深地叹了口气,"卡洛塔,你完全搞错了方向。拜托,要明智一点。过来坐在我旁边。"他说着,又拍了拍床单。

卡洛塔看着他,"放我走吧,求你了。"

"我已经尽己所能为你做了一切。"

"你做了什么?除了追捕混血种、伤害我的朋友以外,你还做了什么?"

"你的混血种们想屠杀我们所有人,"爱德华多说,"这部分怎么说?至于其他的,我已经说过了,我会保护你。我在父亲面前替你说话,确保你不受到任何伤害,你永远都是我的。"

"你的,"卡洛塔说,"像指环、靴子或者狗一样?"

"我不是那个意思!"他喊道。

她蜷起身子,想把自己缩得更小一些,但这个动作似乎更让爱德华多心烦意乱,他大步向卡洛塔走去,伸手去抓她的腰。卡洛塔抬起手,抵住他的胸膛,把他往后推,拒绝了他。她想起了自己和蒙哥马利在一起的时候,不小心抓伤了他。然而现在,当她真心想要伤人时,却没有爪子,只有那种可怕的虚弱感,几乎要昏倒的感觉。她不想让他认为这是默许,但爱德华多把她拉向床边,她差点被他的脚绊倒。

"你好像发烧了。"他说着摸了摸她的脸颊。

"我感觉很不好,请你别管我。"

"我累了,我们一起休息吧。"

"我不想要你在这里。"她低声说。

他让卡洛塔躺下,自己也躺在她身边。今晚和他们之前在此度过的一夜截然不同。他们曾经这样躺着,睡到接近天亮的时候,他偷偷离开卡洛塔的房间。她曾经爱他,现在却怕他。但现在爱德华多双臂环住她,像笼子的栏杆一样,强迫她看他。

"总有一天你会再次渴望我的。"

"不会的。你毁了一切。我会离开。"

"丢下你可怜的父亲?你的朋友又怎么办呢?我们会抓住它们,你很清楚。"

她一巴掌打在他的太阳穴上,正是蒙哥马利之前打过他的地方。爱德华多疼得直吸气,伸手抓住她的下巴。

"不准这样对我不敬,"他低声说,"我可以让你的人生非常艰难,也可以让你过得简单舒适。"

卡洛塔什么也没说,爱德华多把她翻转过去,让她背对着他。他用手搂住她的腰,她感觉就像一根铁链紧紧地囚禁住了她。"你不想和我一起去美景庄园吗?"他在她耳边低声问道;铁链变成了丝绸。"难道你不想穿丝绸衣服,乘坐敞篷马车吗?我曾经说过,我见到你的那一刻就爱上你了。我不会让你走的。我也不会伤害你。"

他一只手拨弄着她的头发,她听见他慢慢地呼吸。过了一会儿,卡洛塔觉得他睡着了,这一整天对他打击很大。但他并没有放松对她的控制。他紧紧地抓着她,就像一个贪心的孩子抓着心爱的玩具不放。

　　她猜想自己对爱德华多来说也不过如此，是一个可以随身携带的娃娃。正如他所说，只要她同意他所说的一切，和他在一起，生活就会简单而美好。如果她不这样做，他的手指就会紧紧地刺进她的皮肤，他的话语就会危险地刮过她的耳畔。

　　她非常想把他的手指放进嘴里全部咬掉。她的皮肤像燃烧的炭一样滚烫。

　　一声很响亮的尖叫惊得他们两个都跳了起来。

　　"怎么了？"她问。

　　爱德华多从床上下来冲向门口，掏出他的左轮手枪，然后去拿钥匙。

　　"等一下。"她说着也跑向门口，但是她还没能追上爱德华多，门就从外面锁起来了。她只能用力地拍门。

## 30.蒙哥马利

待到他们到达雅萨克顿,把马拴在摩尔式拱门旁边的树上时,夜幕已经降临,房子就像是阴影的拼贴画。蒙哥马利盯着坚固的前门。他没有撬锁的经验,靠蛮力也不可能打开这道大门。正当蒙哥马利考虑着如何解决目前的困境时,他忽然看到路皮把来复枪用长围巾系在背上,攀上了大门。

他惊叹地看着她像蜥蜴一样敏捷地行动,指甲卡在木头缝隙里,很快爬到门的另一边去了。两分钟后,她打开大门让蒙哥马利进来。

"我都不知道你还能这样。"他说。

"不难。"她耸耸肩。

蒙哥马利举着来复枪走进屋里。博士房间里透出的光线昏暗地洒在院子里,房子的其他地方一片漆黑。他数了数跟着伊西德罗留下来的人数。除了爱德华多的堂弟,还有四个人。埃尔南多和爱德华多·利扎尔德不在阵亡者之列,所以他必须假设他们可能已经回到了雅萨克顿。这意味着房子里至少有七个人。

雅萨克顿的窗户上有装饰性的铁栅栏,通往天井的辅助门也是用和庄园大门同样坚固的黑色木材制成的。但莫罗的房间和客厅都有带玻璃的法式双开门,于是他靠近客厅的方向,用枪托砸碎一块玻璃,然后从破碎的玻璃处把手伸进来,打开了门。

这座宅邸里有很多房间,他不确定卡洛塔或者其他那些人在哪里。如果他们稍微有点头脑,现在就该准备好武器随时待命。

“你去看看她在不在卧室里,我去检查下博士,然后带他出来。”蒙哥马利低声对路皮说,“我们在马的位置等你们。小心点,枪托要抵住肩膀,像我告诉过你的那样,否则后坐力会伤到你。”

“只是扣动扳机而已。”路皮小声回答,飞快地跑开了。

蒙哥马利沿着走廊朝博士的房间大步走去。他走到门口,屏住呼吸等了一会儿,然后迅速进屋。莫罗躺在床上,旁边有个男人坐在椅子上。双开门打开着,窗帘在风中飘动。

守卫的男子转向蒙哥马利,立即抓起手枪。蒙哥马利先开了枪,打死了坐着的那个人。然后他转向莫罗,莫罗坐起来,双手颤抖,睁大眼睛盯着他。蒙哥马利环顾了一下房间,但卡洛塔不在屋里。

"她在哪里?"

博士吞了口唾沫,朝着床头柜伸出手,"我不知道,他们——劳顿! 后面!"

他听见门打开的声音,还没等他反应过来,就传来砰的一声枪响,一颗子弹击中了他的手臂,疼痛随之而来。他转过身,俯卧在地。一个影子从窗口飘过。

又是一声枪响。

他以为自己会被子弹打得千疮百孔。但是第二颗子弹没有击中他,第三颗也没有。然后他眨了眨眼,意识到是伊西德罗开枪打了他,但他现在瘫倒在双开门旁边。博士举着一把手枪——是他开的火,然而他自己也被子弹击中了。

蒙哥马利痛苦地站起来,走到伊西德罗躺着的地方。他查探着对方的脉搏,发现他已经死了。在他的尸体旁,躺着那把利萨尔德最中意的精美象牙柄手枪。蒙哥马利转身回到博士身边。

"好了,莫罗,让我看看。"

"没什么好看的。"博士说着推开他的手。

"莫罗,我——"

莫罗的眼神已经涣散,胸口一片猩红。蒙哥马利握着他的手,这是他唯一能为博士做的事情了。

"我的女儿,照顾我的女儿。"

"她会没事的,博士。"

"告诉她我爱她。卡洛塔……"

这是博士说的最后一句话，女孩的名字从他嘴里飘出来。那本《圣经》掉在地上。蒙哥马利不相信上帝，所以他没有为这个人祈祷，只是闭上眼睛，把《圣经》放在他的尸体旁边。然后他低声咒骂，看着自己受伤的胳膊。

他放下步枪。现在不能用右臂了，只好改换手枪和左手。他腰带上还挂着一把刀。他冲到莫罗的衣橱前，拿出一件衬衫，撕成条绑在伤口上。考虑到目前的情况，这是最好的办法了。剩下的他就只能祈祷今晚不会死于失血过多。

五个人，他心想。运气好的话就剩五个人了。他不喜欢这种比例，但是站在这里不动也不能增加胜算，所以他举起手枪来到走廊上。

他考虑了一下，最好的办法就是顺着路皮的路线去卡洛塔的房间，希望他们三个人能在对手发起袭击之前逃跑。但方才制造的吵闹声显然被别的人听到了，其中一扇门砰地打开。有人用手枪对着他开了枪。但射得不准，子弹只击中了蒙哥马利身后的墙。作为回报，他朝那人胸口连发两枪。

蒙哥马利站在门口，举着枪朝屋里看。埃尔南多·利萨尔德站在床边，万分惊恐地瞪着蒙哥马利。他看到埃尔南多手臂和肩膀上都缠着纱布，窗边的桌上放着一把来复枪，但离埃尔南多很远。

"劳顿，"他声音嘶哑地说，"你还活着。"

"你也活着。"

"我没有武器。"

"卡洛塔在哪里?"

"我不知道。"

"跪下。"蒙哥马利说,仍然站在门口。

"上帝啊,劳顿,不要射杀一个手无寸铁的人。"

"我是要把你绑起来。跪下!"

埃尔南多照办了。"劳顿,仔细想想。你为什么要忤逆我?我有钱,我可以付给你钱。莫罗什么都没有。你应该站在我这边。"

"我只想把卡洛塔带走。"他走进了房间。进屋的瞬间,他注意到埃尔南多的眼睛转向右边。地板上有个影子在动。

蒙哥马利竭尽所能以最快速度把门扇推到墙上,试图躲避藏在门后面的人,但他还是感到一把刀刺进了之前受伤的那条手臂。袭击者试图拔出刀,蒙哥马利用左手开枪,击中了对方的腹股沟。那人发出一声可怕的尖叫,瘫倒在地。

当他抬起头时,看到埃尔南多·利萨尔德冲向放着来复枪的桌子,他举着枪,试图瞄准蒙哥马利的腹部。蒙哥马利猛地紧贴住门板,开了一枪。子弹正中埃尔南多的脸,把他击倒在地。

蒙哥马利深吸了一口气,把枪塞回枪套里,才顾得上检查自己手臂上的伤口,刀还插在胳膊上。他用力哼了一声,把它拔了出来。他站在那里,脚边放着那把该死的刀,伤口周围的神经还在抽搐。

然后他听到脚步声,转过身来,发现是爱德华多·利萨尔德正带着困惑的眼神看着他。

困惑只持续了一秒钟。利萨尔德立即举起枪。蒙哥马利把那个年轻人推到门上,扭转他的手,这个动作让他立刻扔掉了武器。

蒙哥马利本来可以制服他,但爱德华多愤怒地用拳头猛击蒙哥马利的头,然后向他受伤的手臂扑去。剧烈的疼痛传遍蒙哥马利全身,他踉跄着后退,神情十分痛苦。爱德华多的拳头猛击他的下巴,然后又落在他的腹部。蒙哥马利在受伤的痛苦中摇摇欲坠,无法抵挡这些打击。血顺着他的额头和脸颊往下淌,盖住了一只眼睛,使他看不清东西。接着又是一击,他仰面朝天,倒在了地板上。

爱德华多拼命踢他,每一脚都落在他的肋骨上,他感到一阵新的刺痛。是肋骨。他断了一根肋骨。他躺在地上的时候,想起了自己与美洲虎的那次对峙,那只野兽是用尖牙咬进他的肉里。正是有关那次可怕对抗的记忆,使他从眼下痛苦的泥沼中清醒过来。

当他遇到美洲虎时,他清楚地意识到,自己必须马上反击,否则就会被杀死。他鼓足了所有的力气,聚集起所有的求生欲望,奋力一击,把刀刺进了那怪物的脑袋里。

蒙哥马利浑身是血,躺在地板上,痛苦折磨着他的身体,但他逐渐从痛苦中清醒过来。他做到过一次。他可以再做一次。

爱德华多抬起一条腿,打算踩在蒙哥马利的脸上,蒙哥马利举起双手,抓住他的脚,咔嚓一声扭断了他的脚踝。爱德华多尖叫着离开了蒙哥马利。蒙哥马利伸手够到刀,坐了起来。

他吐了口唾沫,朝爱德华多露出牙齿,看起来比任何混血种都要狂乱。嘴里的血腥味激励着他前进,因为他不会死在今天晚上。不会以这种方式,不会死在这个混蛋爱德华多·利萨尔德手里,所以他握着刀,在灼热的疼痛中咒骂,他知道在那一刻他肯定满脸都写着疯狂。

爱德华多眯起眼睛,但他没有枪,他一瘸一拐地后退几步,失去了勇气。蒙哥马利听到他仓皇离开的响动,沿着走廊往博士房间的方向去了。

蒙哥马利简直想瘫倒在地板上。他的每一次呼吸都伴随着剧痛,他的头在抽搐。但他不能待在那里。爱德华多会带着武器回来。卡洛塔和路皮可能还在房子里。

他捂着自己的腹部,勉强站起来,然后又倒了下去。他深吸了一口气,挺起肩膀,咕哝了一声,勉强站了起来。接着他咬紧牙关,踉踉跄跄地往前走,像个上了发条的玩具士兵一样。

## 31. 卡洛塔

　　她用力拍门，但无济于事。卡洛塔越是尖叫，就越是觉得没有了气力。头颅中高热的感觉现在似乎已经近乎沸腾，她靠在门上滑倒在地，感觉好像一整天时间都在雅萨克顿附近的小路上飞奔。卡洛塔紧握双手，把指关节压在嘴唇上祈祷着。

　　"卡洛塔！"

　　"路皮？"她低声问。起初她以为这是幻觉，接着她把脸贴在门上，抵着门站起来，"路皮，我被锁在屋里了！"

　　"离门远一点。"

　　卡洛塔后退了几步。她听见一声巨响，仿佛路皮在用什么很重的东西在砸门，最后碎片横飞，路皮砸出了一个洞，门把手整个咣当一声掉在地上。路皮打开门冲进来。

"路皮,你回来了!"

"是啊,我希望是最后一次回来。"路皮这样说着,脸上却带着微笑,"天啊,你看起来真是很糟糕。快来,我们跑到拴马匹的地方,希望蒙哥马利和博士能尽快和我们会合。"

"他也在这里?"

"他和你父亲在一起。他会把博士带过来,别担心。"

"我父亲不能走路。"

"担架还在屋里,不是吗?"

"是的,但——"

"快走! 其他人还在等着呢!"

卡洛塔全身颤抖,"其他人? 他们还好吗?"

"他们很好。走。我晚点跟你说。"

卡洛塔不确定蒙哥马利能不能把她父亲带出来,但路皮看起来很害怕,他们不能待在房间里。她走了几步,但绊倒了,好像喝多了烧酒似的。

"怎么回事?"

"我不能正常呼吸。"卡洛塔低声说。她头上渗出汗珠,身体感到刺痛,就像以前她发作的时候一样。只是,这一次发作得太不是时候了。

路皮抬起卡洛塔的一条胳膊搭在自己肩上,把她拉了起来,另一只手握着来复枪,"我找不到嗅盐,所以你必须配合我。来,走起来。对,就这样。"

她按路皮说的迈开步子,尽管她感觉就好像有人在用针刺她的皮肤。她们在黑暗中拖着步子前行。快要走到院子里的时候,一个拿着步枪的男人闯到她们面前,一言不发就朝路皮开枪,子弹击中了她的腿。

路皮发出痛苦的声音,把卡洛塔推开。卡洛塔撞到墙上,觉得自己仿佛没有骨头一样。她尖叫一声,那个男人闻声,惊讶地停下脚步。

那人还没来得及再开枪,路皮就跳上去,抢起她的来复枪,砸向那人的头。那人大叫,试图举起武器,但路皮继续攻击,袭击者的来复枪终于掉在了地上。他们激烈地缠斗在一起,路皮咬紧牙关,当那人想打她的时候,她抢起枪托挥舞,猛击对方的肚子,似乎成功了。然后她不断地殴打,先是冲着腹部,然后是头。那人四肢挣扎,让卡洛塔想起了他们宰猪的时候。

血溅在地板上,弄脏了瓷砖。那人不动了,路皮咣当一声扔掉来复枪,转向卡洛塔。

卡洛塔靠着墙滑坐在地上。血的味道充满她的鼻腔,让她感到严重反胃。

"来。"路皮说着伸开双臂想帮她站起来,当卡洛塔靠上来的时候,她皱起眉头。

"我的腿。"路皮扶着墙低声说,"我们只能慢慢走了。"

　　她们穿过院子。路皮瘸着腿,卡洛塔尽量不把重量压在她身上。走动愈发艰难,这一夜的痛苦仿佛把她的腿变成了铅,她害怕自己会变成野兽,就像她对待父亲那样,把他撞在柜子上,伤害他;就像她在蒙哥马利的胸前留下爪印那样。

　　不,不能再发生那种事了。

　　不行,她不能再那样做了。

　　啊,还有父亲。她的父亲。父亲。她希望自己能回到他的房间拥抱他。

　　"我得停下。"

　　"你不能停下!"

　　"我……我的肺。"

　　她的身体滚烫,心脏仿佛燃烧的火炭。

　　"深呼吸。来,洛蒂,像你父亲说的那样做,慢慢地吸气,再慢慢呼气。"

　　她闭上眼睛,努力使绝望的心情平静下来。她深吸了一口气,然后呼了出来。天啊,好疼! 她的眼睛刺痛无比。最终卡洛塔还是下定决心,开始继续走路。她们穿过了半个院子,这时候,她清晰无误地听到了靴子踩在瓷砖上的声音,还有爱德华多粗哑响亮的声音。

　　"我瞄准你们的头了。"他说,"转过身。"

　　她们转身,卡洛塔抓着路皮的胳膊,盯着那个年轻人。他拿枪指着路皮,恶狠狠地握着枪。卡洛塔的嘴干得像沙子一样,几乎说不出话来。这两个女人在院子的地上留下了一条细细的血迹,像一条线似的把她们拴在了宅子里,所以很容易被追踪。

"爱德华多,别这样,"她低声说,"都结束了。"

"结束?没有结束。你毁了我的生活!"他高声说着上前一步,面孔扭曲,仿佛饱受伤害,但是握枪的手没有丝毫放松,"你们所有,都是混血怪物!你以为自己能逃走吗?那就大错特错了。你是我的!"

"好吧,"她放开路皮走上前,朝爱德华多伸出手,"好吧,我是你的,但不要伤害她。"

"我要把它们一个不留地全部杀了,而你……你过来!我说了你是我的!"

他看起来也像发烧了,似乎被可怕的、狂热的疾病吞没了。他的头发乱七八糟,被汗水浸湿,但他的病只是憎恨、平庸和头脑简单。卡洛塔知道如果自己不服从,他就会开枪。她朝着爱德华多走过去时,路皮低声咒骂,想抓住她的手把她拉回来。

"你让我去哪里我就去哪里。"

"很好,"爱德华多点点头,"这就对了,过来。"

"但是把枪放下。"她请求道,因为爱德华多眼中有一些可怕、邪恶的东西,他拿枪的样子让卡洛塔害怕。枪依然直指路皮的头。爱德华多摇头,舔了舔嘴唇。

"我父亲死了。那个混蛋杀了他。"

"我们和那件事没有关系。"

"你们和那件事有直接关系！过来！我说了！"

她几乎喘不过气来，但还是摇摇晃晃地走了过去，到了爱德华多身边。他用一只手抓住她的腰，另一只手拿着武器，把她拉到自己身边。

"我来了。"她低声说着，想安抚他一下。

爱德华多仍然牢牢地握着武器，但有那么一瞬间他动摇了，他看着卡洛塔，眼神中有一丝几不可察的甜蜜。但随即，某种邪恶的东西笼罩了他的眼睛。卡洛塔感觉到他的肌肉紧张起来，也注意到他的嘴唇明显地咬紧了，她知道他会扣动扳机，于是猛击他的胳膊，子弹从空中飞过，没有打中目标。枪发出的声音震耳欲聋，她觉得必须捂住耳朵。

爱德华多把她推了回去，她骤然跌倒，指关节擦过庭院地板上漂亮的抛光装饰石之间生长的杂草。路皮已经跑开了，但爱德华多又开了一枪，女孩尖叫着慌忙躲避。

路皮紧紧地抓着受伤的胳膊逃窜，爱德华多匆匆地扳动击锤，走上前打算第三次开枪。他会杀了路皮。卡洛塔知道。不是现在就是明天，他肯定会杀了她。他的嗜血欲望必须得到满足。卡洛塔感觉到了以前那种沸腾的疼痛，那种她一直试图抹去的盘踞在腹中的愤怒，那种沉在胸口让她难以呼吸的压力。这次，她没有试图与之斗争,而是让它明亮而灼热地爆发出来,就像在准备新一季收获时在田野里点燃的篝火一样,她用尽全力向前扑去,把爱德华多打倒在地。

枪飞到空中,扑通一声掉进喷泉里。她双手抓住他的肩膀,骑在他身上把他按倒在地。

"你这个泼妇。"他说着想把卡洛塔甩开,但是她更用力地按住他,力量骤然从她的肌肉中涌出。

"住手!住手!"她喊道。但是爱德华多奋力反击。他挣扎着想打她,一拳打得她直喘气。

"你!"他接着就没有说话了,但这个词里充满了恶毒的仇恨,卡洛塔知道他会杀了路皮和她自己。

卡洛塔弓起背,她觉得脊椎骨似乎爆裂了,骨头和肌腱伴随着一连串响亮的噼啪声移动,就像木头随着季节变化受热受潮而弯曲一样。她感到自己在变化,重组成了另一种东西,她父亲一直害怕并且警告她一定要远离的东西。但这不是一种疾病,也不是一种缺陷,而是她很少体味到的原始力量。那是她身体的奥秘。在那一刻,宛如救赎最终降临,她接受了变化,仅凭本能推动着这个过程进行,感觉到骨头和骨髓在重塑的一刹那产生的撕裂痛苦。

爱德华多的手伸向她的脖子,用力捏住了她的喉咙。他发出怒吼,长长的手指抠进她的皮肤。

她一时间有点怕他。怕他的力量,也怕他的愤怒。同时也害怕自己所做以及将要做的事情。掐住她的双手带来了痛苦,她自己身体的痛苦也如同灼烧一般。

她的下巴脱臼了,肌腱绷紧,发出低沉刺耳的咆哮。她觉得自己的牙齿变大,仿佛嘴里都是刀片,然后,她一口咬住爱德华多的脸。他尖叫起来。卡洛塔撕扯着,然后吐掉,她头向后仰,用爪子猛击他的面孔和喉咙。

她不再是卡洛塔了,她变成了恐惧、变成了愤怒、变成了死亡,变成了毛皮、尖牙和复仇。她不断挥动爪子,啃咬,撕裂。

爱德华多的椎动脉完全折断了,她听到他喘出的粗气,感觉到他在发抖。但她没有松手,她一直压着他,她一直在想,不,不能伤害我的姐妹。你不准伤害我的家人。

院子里的瓷砖上传来靴子的声音,她抬起头,盯着蒙哥马利。他跌跌撞撞地走出房子,浑身是血地站在那里,一只胳膊搭在胸前,另一只颤抖的手上勉强握着一把枪。

"卡洛塔!"路皮叫喊着,来到她旁边,把她从爱德华多身边拉起来。

卡洛塔顺从地让她把自己拉起来,她感到路皮的双臂搂住了她。她摇了摇头,慢慢地跟着到了一边。蒙哥马利低头看着爱德华多的躯体。她能听到潺潺的声音,就像喷泉的水流一样;爱德华多躺在那里,流着血,已经奄奄一息。

她嘴里满是铁锈气息,血甚至顺着下巴流了下来。她把血吐

掉,鼻孔张得大大的,用嘴吸进一口气。她没有注意到自己眼睛里
也含着泪水。

"他还没死。"卡洛塔低声说。

蒙哥马利用枪指着他的头,扣动扳机,子弹炸开。那声音仿佛
打雷。

卡洛塔和蒙哥马利盯着彼此。他的胳膊无力地垂在身边,她用
手背擦擦嘴,抹掉了沾在嘴唇上的血迹。然而,她没有费心去擦眼
泪,而是牵住了路皮的手。

庭院里静悄悄的,因为他们已经把笼子里的鸟儿都放走了。夜
幕已经降临,绿色植物和花朵都染上了黑色,她的眼睛在黑暗中发
出黄色的光芒。

## 尾声

### 卡洛塔

她睡不着，于是很早就起来了，提前很久就梳好了头，穿好衣服。路皮拿着一杯咖啡进入她的房间，令她感到很惊讶。

"他也很早就起来了。"路皮眼神转了一下，"我觉得既然你忍不住用踱步声把我叫醒，我还是给大家准备好喝的吧。"

"谢谢。"卡洛塔说着走进内厅。

他们租的小房子里自带家具，在这个位置，租金算是很合理了，但房子确实很简陋，院子很丑，不像他们在雅萨克顿那样有养金丝雀的笼子。也没有喷泉。她喜欢雅萨克顿的喷泉。

卡洛塔喝完咖啡后，帮路皮穿上黑裙子，戴上手套，披上厚厚的面纱。路皮在梅里达很少有机会出门，这是他们必须搬家的原因之一——她不可能住在一个随时可能被人看到的城市。但在眼下这种情况,她却是必须要出现的。蒙哥马利也是如此。他在床上躺了好几个星期,正在养伤。虽然他发誓说自己现在已经好了,但卡洛塔不喜欢看到他到处走动,因此他好好扮演着病人的角色。

帮路皮穿好了衣服之后,卡洛塔最后照了照镜子,然后和她一起走进院子。蒙哥马利也穿了黑色衣服。他戴着一顶廉价的黑帽子,系着一条黑领带,灰色的眼睛里流露出一种似乎还想喝酒的神情,仿佛他还会偷偷把烧酒藏在房间里一样。但是在养伤期间,他确实戒酒了。但能不能坚持下去,卡洛塔不知道。

"女士们。"他致意道。接着,他们一起来到街上,并排走着。弗朗西斯科·里特的事务所在几个街区之外,这是他们在此处租房的另一个原因。

他们在约定好的时间来到律师的办公室,他让他们进入卡洛塔很熟悉的那个房间。她此前来过几次,这一次,屋里还有其他人:一个长着灰黄色胡须的男人坐在椅子上。屋里的椅子排成半圆形,这样他们三个就可以坐在办公桌的另一边同时面向律师了。

"马凯先生,请容我介绍卡洛塔·莫罗小姐。这位是她的助手兼同伴路皮。这位是劳顿先生,是莫罗博士请来的雅萨克顿的管理员。"

"很高兴见到你。"马凯说。

"我也一样。"卡洛塔说着坐下,戴着手套的双手叠放起来。其他人也纷纷就座。

"首先，我必须对你父亲的去世和整个雅萨克顿的这场悲剧表示哀悼。"马凯说。卡洛塔点点头。

关于这场所谓的"悲剧"，律师们知道的是：埃尔南多·利萨尔德带着人马进入丛林，想杀死当地印第安人，结果却死于对方的袭击。莫罗和劳顿跟他一同前往。虽然莫罗和利萨尔德家人的尸体都没被找到，但可以推断，他们都惨遭不测。

路皮和卡洛塔费了很大的力气才把阿卡布和阿因的尸体埋了，又把那些死在房子里的人拖到柴堆上。她们眼看着尸体被火焰吞没。烧完之后，剩下的东西全部被她们沉入了潟湖的底部，头骨、骨头碎片，如今都和古老的树根混在一起了。

这些事情都是匆忙完成的，没有蒙哥马利的帮助。在卡洛塔处理了他的伤口之后，蒙哥马利一直都必须卧床休息。尸体处理完之后不久，美景庄园的人便赶来了，想打听利萨尔德的下落。赶到的人中有一个是医生，他查看了受伤的蒙哥马利，不过说莫罗的女儿给病人包扎得很好。

卡洛塔向那些来访者保证，他们很少有病人住在这里，因为以前叛乱分子在此地附近活动，把大多数人吓跑了，而且他们的资金状况也很不稳定。卡洛塔还告诉他们，事实上埃尔南多·利萨尔德一直在考虑关闭雅萨克顿，因为他害怕印第安叛军。现在，蒙哥马利受了重伤，满身是血地骑着马回家后，病人们就都走了，只剩下卡洛塔、蒙哥马利和一个仆人。

人们还问了别的问题，卡洛塔都一一应付过去。来人大概也不愿惊扰服丧期间的女士。何况，比起卡洛塔的处境，他们更担心利萨尔德家人的去向。

所有人都手忙脚乱地想要沿着丛林小路去寻找利萨尔德。在此期间，卡洛塔收集了父亲的笔记和他最重要的财产，并将它们运到梅里达。他们三人很快离开了，走的时候，他们声称自己实在太害怕了，不敢留在该地区。他们在梅里达租了房子，并找到了莫罗的律师。

里特花了几个星期的时间促使当局对情况作出声明，终于帮他们拿到了博士的死亡证明。但是虽然这一件事办好了，却还有别的事务要处理，主要关乎莫罗的遗嘱和银行账户。他们目前靠里特的慷慨解囊和未来利息的承诺维持生计。卡洛塔打算把钱还给律师，一劳永逸地解决这件事。

"感谢你真挚的悼念，先生。"卡洛塔的声音轻柔而低沉。

"我的委托人，埃米尔·莫罗对此事深感震惊。他与自己的兄弟不亲近，但是他的去世太突然，也太奇怪了。不过与此同时，他表示自己或许已经料到会发生这样的状况了。莫罗博士为了自己的研究，选择在遥远的国度从事危险的活动，出现意外在所难免。但他没料到的是这份遗嘱，外加这个女儿。"

"外加?"

"你父亲在给兄长的信中从未提到过你。"

374

卡洛塔点头，"但你也说了，他们兄弟二人并不亲近。"

里特不耐烦地叹了口气，"马凯先生，我想我们已经完全确定了，虽然没有任何洗礼记录，但莫罗小姐确实是博士的亲生女儿。我在这个女孩还很小的时候就认识她了，劳顿先生签署了一份公证文件，声明他也认识莫罗小姐很长时间了，在过去的六年里，他一直为她的家庭工作。"

"或许如此，但你要明白，这对我的委托人来说是个巨大的麻烦。女儿是一回事，私生女又是另一回事了。他愿意把她接到法国，和他的家人一起生活吗？他从未见过她，甚至根本不知道她的存在。"

"我不清楚莫罗博士为何从不把莫罗小姐介绍给自己的叔叔，但是她无疑是他的侄女。"

"还是个私生女，还这么年轻。她还不到二十一岁，她需要的那种……给一个女人的经济资助，不是小数目。"

"行了，先生，莫罗小姐是个淑女，你不能让她过得像个流浪儿，"里特说，"她父亲肯定也不愿意看到她在城市里游荡乞讨。"

"她既无亲族，又无丈夫，谁为她管钱呢？你必须明白这对我的委托人来说有多重要。年轻女士很可能为了各种愚蠢的享乐而花钱，她可能会给自己买无数衣服和鞋子。"

卡洛塔对他的话既没有回避，也没有生气，她的双手轻轻握在一起，"我想为穷人开一家疗养院。有很多人需要帮助，我也许能帮上忙。"

"你太虔诚了，"马凯说，"但我还是要说，一个年轻姑娘怎么可能做到这种事呢？"

"我父亲的遗嘱是有效的，先生。"卡洛塔直视那个人，平静地说，"虽然我要到二十一岁才能完全继承父亲的财产，但我保证，里特先生可以帮助我管理相关事务，直到我年满二十一岁——那不过是几个月之后的事。如果莫罗家的人想要违背我父亲的遗愿，那我别无选择，只能向有关部门申诉。如果有必要的话，我会在法国申诉。"

"在法国？"马凯皱起眉头。

"我不介意和叔父见面，他或许也愿意亲自与我讨论此事。"

"那就不必了。"马凯赶紧说。听他的语气，卡洛塔估计，埃米尔·莫罗应该是特别不愿意和自己弟弟的私生女见面的，多亏了经里特之手转交的那些信件和电报，卡洛塔早就料到了这一点。

"那么，先生，我叔父有何建议？"

里特和马凯低声交谈了几句。很显然，埃米尔·莫罗的律师想要骗她，但卡洛塔不肯让步，他必须如数交出遗产。

"我的委托人将会履行莫罗博士的遗嘱。他不会对遗嘱提出异议，并会支付你要求的年金，以确保你生活无虞。但是他有一个条件。"

"是什么？"

　　"你不可以用卡洛塔·莫罗这个名字。你不能用博士的姓氏,也不得声称自己是他的家人,也不得以任何方式包括朋友的名义接触莫罗家的任何人。莫罗是一个高贵的家族,他们不会承认私生女。"

　　卡洛塔发出清脆的笑声,两位律师吓了一跳。"马凯先生,"她说,"我完全同意这个条件。"

　　然后,他们签署了文件,互相握手。钢笔一挥,卡洛塔拥有了一小笔财产,同时也放弃了自己的姓氏。

　　稍晚些时候,路皮问:"你不介意吗?"这时,她们已经回到家,正坐在卡洛塔的房间里,卡洛塔正拆开发髻准备睡觉。

　　"不介意。这样我就能选择成为自己喜欢的样子。"卡洛塔说,"一直以来我只是'博士的女儿',但现在我觉得自己可能成为其他角色,选择自己的道路。"

　　"但那是你的姓氏。"

　　"他是我父亲,但莫罗家不是我的家。"

　　从镜子里,她看到路皮毛茸茸的脸上闪出一丝笑容,但最后,路皮还是笑话了她几句,假装觉得她很滑稽。

　　第二天,卡洛塔去了教堂。在她看来,梅里达最美的地方是一个小广场,有大理石喷泉、花坛和优雅的铁质座椅。这个广场离大教堂不远,但她不喜欢那个地方,因为它太庞大了。她想念雅萨克顿那个画着夏娃的小教堂。在这座大教堂里,她感到漂泊不定,就像在这座城市里会感觉有些迷失一样。

现在她能够实施自己的计划了,她渴望找到一小块不被其他人发现的土地,让他们所有人都可以住在一起。不只是他们三个,还有所有的混血种。她不知道其他人怎么样了,但她希望他们都安然无恙。到目前为止,虽然他们进行了多次谨慎的调查,但半岛东部没有传出有像人一样行动的动物的传闻。那些与混血种对抗过的人,从美景庄园逃走之后,要么聪明地选择闭口不谈,要么就不相信自己所见到的;或者,他们说的话无人在意。

莫罗博士所做的一切是为了他自己,而卡洛塔希望帮助别人。在东部海岸会有人需要医疗护理,她可能会建立一个诊所,同时也有一个属于他们的小房子,所有的混血种都可以安全地生活在一起。他们可以藏在某个小镇上,这是可行的。

她为父亲点了一支蜡烛,低下头,为他祈祷,请求上帝保护他的灵魂。至于她自己,她没有乞求宽恕。她所做过的可怕的事,她带来的死亡,都会随着她一起去面对最后的审判。也许神明会理解。

出去的时候,她把手指浸在圣水里。天空晴朗,她坐在有大理石喷泉的小广场上,微笑地看着鸽子寻找面包屑。

当卡洛塔回到家时,她注意到一辆两轮敞篷马车和一个车夫等在外面,她走进去,看到蒙哥马利站在院子里,一只手插在口袋里,身边只有一件行李。剩下的肯定已经装上车了。

他穿着旅行的衣服,戴着一顶新草帽。

"你要走了?"她很惊讶地问。

"我们说好了的,你拿到了钱,我就走。你希望我找到其他混血种对不对? 我很了解英属洪都拉斯。"

"是的,但是我没料到你这么快就走。"

"我感觉好多了,"他说着拍了拍自己的侧腹部,"再晚一些就没有线索了。"

"确实,这当然都很好,但我怀疑你再也不会回来了。"她责怪似的看着他。

他摇摇头,神情并不似在叹息,"我会找到其他人,并且确保他们找到你。"

"如果是这样,我怀疑你是想就此丢下我们,我几乎想要和你一起走了。"

"我一个人去就好。我熟悉那个地区,行动敏捷,而且——"

"而且你不想让我和你在一起。"蒙哥马利没有回答,她觉得有些烦躁,"说真的,你为什么要走?"

"因为我闲不下来。我做了一些不对的事情,也在时机恰当的时候忽略了正确的道路。我需要好好思考一下。"

"沿着尘土飞扬的道路走,你的罪过也不会被宽恕。"她说。但话虽如此,她也知道,宽恕固然不会轻易到来,但上帝随时可能看见。她知道蒙哥马利不信上帝,她父亲宣扬的又是另一个上帝,但生活在每块石头、每一朵花和丛林中每一只野兽身上的上帝是真实存在的。

也许他确实需要这样做,去寻找上帝的真面目。她曾经在雅萨克顿的兰花和葡萄藤之间瞥见过一位快乐的神灵。如今,她向这位神灵祈祷。

"你说过,只要我需要,你就会陪在我身边。"她走上前——不管怎么说,她还是动了自私的念头。

"你现在不需要我了,"他挺愉快地说,"你找到了自我,你有了力量,你还有路皮。"

"我知道,但我不喜欢离别,而且你还有别的话没说,我不喜欢别人对我保密。"

他摘下自己的帽子,咧嘴对她揶揄地笑了笑,似乎很开心的样子。"没有秘密,"他说道,但声音很低,"我需要离你稍微远一点。还记得我跟你说过的那两步吗? 现在差不多只有几厘米了。或许我会找到一个新视角,或许不会。但我想试试。"

仿佛是为了强调自己这番话,蒙哥马利朝她走了两步,她没有退后,但也没有走近。她的睫毛也没有颤动,只是一如既往地直勾勾地望着他。他们之间的沉默很是沉重。

"如果我说我爱你,那你会留下来,对不对?"她最终这样低声问道。

他又露出那种揶揄的笑,"你不诚实的话我会知道,那我就不爱你了。"

"我绝不是想赶你走。"

"你没有。真的没有。不用道歉。"

她感到很难过，但还是站得笔直，保持着体面伸出手来。"无论发生什么事，我都会跟律师保持联系，并且发送我的地址。如果你想找我们，可以随时联系他。在旅程的终点，别忘了我们。不管是否发生了变化，不管发生了什么变化，我们都在那里。我会为你提供资助，你随时都能回来。"

他们握了握手。然后他重新戴上帽子，拿起小手提箱。"你也有自己的旅行，卡洛塔。祝你好运。"他说。

蒙哥马利离开后，她关上了门，不等马车的声音消失就走回院子里，凝视着地板。路皮来到院子里，站在她旁边。

"蒙哥马利走了。"卡洛塔说。

"我知道。他在等着跟你道别，但又不想让人觉得他在等待，其实他根本就没有当赌徒的天分。只要盯着他的脸，你就能知道他在想什么。"路皮耸耸肩说，"他打牌水平特别差，可能也不擅长其他任何碰运气的游戏。卡奇托和他玩过不止一次，你知道吗？我都不清楚他究竟会不会下棋。"

"嗯，这样的话，也许他就不该打牌了。"

"你会想念他的。"

"对啊。"卡洛塔简单地说。

因为她爱他，即使不是以他所希望的方式，也是以其他方式爱他。但卡洛塔不会说谎，也不会扭曲现实，她不会用半真半假的事实贬低自己的真心。而他也不想要这样,他说过。她不愿给出空洞的承诺。

"别哭了,卡洛塔。有时候,你是个多愁善感的傻瓜。"

"嘘,我以后就不哭了!"

她拉着自己的姐妹,拉住路皮的手,头靠在她的肩上微笑。

"会没事的。我们会再见到他的。等我们找到其他人,等卡奇托以及其他所有人和我们团聚。等我们在一起的时候,再见面吧。"卡洛塔说。

她可以清晰地想象到一切:房子在一个僻静的地方,远离窥探的目光和好奇的问题;在东南部,靠近山脉,在平静的河滩或者海湾处。她不太确定具体的地点,但她能闻到花朵、露水和新鲜树叶的气味。他们会很安全,世界会很美好,房子里会充满她家人和她最珍视的人的笑声。

他们离开了,其他的人,但他们一定会回来的。潮水退下,但还会涌起。他们还会再相聚。

她想起卡奇托开玩笑说,每当卡洛塔多愁善感或者喜极而泣的时候,路皮就会对她翻白眼。她仿佛听见了所有人的声音,大家都在热烈地交谈着。

他们在小教堂里祈祷的时候,她发现了一个没有瑕疵的伊甸园,知道了上帝的造物不需要痛苦。他们将要建造属于自己的乐园,任何其他人承诺的应许之地都不能代替。

他们会建造出真实的天堂。因为她有希望,有信念,当她紧紧抓住姐妹的手时,她拥有了爱,这是最重要的。

她想象着通往那所房子的道路,那里尘土飞扬。她将会拥有一个每天沐浴在阳光下的金色温馨的房间,从她的窗口一定能看到那条路。

最终,在某一天早上,天气晴朗,鸟儿在树上歌唱,会有一个骑手沿着那条路走来。他不慌不忙地走着,而她则会慢慢地来到房子的门口,耐心地等在那里,直到他勒住缰绳下马。

然后她会微笑着说:欢迎回家。

# 后　记

　　《莫罗博士的女儿》的灵感来自H.G.威尔斯的小说《莫罗博士的岛》。那个故事讲述的是一个遭遇海难的人发现了一个岛,岛上住着奇怪的生物。那些生物都是莫罗博士活体实验的一部分。在十九世纪晚期,活体解剖是一种有争议的做法,莫罗试图通过将动物变成人来发现"活体形状可塑性的极限"。

　　《莫罗博士的女儿》的故事发生在墨西哥,背景是一场真实的冲突。由于地理位置的缘故,那片地区与墨西哥其他区域相对隔离。尤卡坦虽然是一个半岛,但有时感觉像一个岛屿。一些古老的西班牙地图确实把它画成一个岛。这就是这本小说的灵感来源。

　　尤卡坦半岛的种姓战争开始于1847年,持续了五十余年。半岛上的土著玛雅人奋起反抗墨西哥人、欧洲人后裔,以及其他的混血人种。

冲突的原因很复杂,根源来自长期酝酿的仇恨。地主们扩大各自的庄园,试图养牛或种植甘蔗。玛雅人是他们的主要劳动力,土地所有者滥施债务和滥用惩罚制度,以此约束他们。税收也是争论的焦点,此外玛雅人还遭受了大量的暴力和歧视。

尤卡坦半岛的冲突不仅涉及墨西哥人和玛雅人两个社群。墨西哥黑人的社会地位往往比玛雅人更高,并占据着马修·雷斯托尔(Matthew Restall)所说的“中间位置”。此外也有一些来自亚洲的劳工,尤其是在十九世纪末。确实有庄园主甚至试图雇用意大利人,然而那些人后来不是生病就是死了。半岛上有令人眼花缭乱的混血人种(在西班牙殖民时期他们被称为“pardos”“mulattoes”“mestizos”等)。另外,还有英国人。

英国人在今天的伯利兹建立了自己的殖民地,形成了当时所谓的英属洪都拉斯。英国人与玛雅人进行贸易,并在1850年承认了一个自由的玛雅人国家圣塔克鲁斯(Chan Santa Cruz),这是为了削弱墨西哥政府在该地区的权力,也是为了从该地区的自然资源中获益。

英国人和玛雅人之间的关系很复杂,因为玛雅叛军不是指一个统一的派别。1849年,叛军领袖何塞·贝南西奥·佩克谋杀了另一位重要领导人哈辛托·帕特,指控他利用武装为自己谋取利益。另一位领导人,塞西略·奇,被他的一名追随者杀害。随着时间的推移,玛雅叛军聚集在东部,而半岛西部的庄园主则将甘蔗种植园改为龙舌兰种植园,龙舌兰是一种纤维作物,而且能带来丰厚的利润。从1880年开始,龙舌兰种植园繁荣起来,并且一直持续到1910年墨西哥革命。但在那些年里,玛雅人的待遇并没有改善。债务和劳役制度一直存在。

1893年,英国政府与墨西哥政府签署了一项新条约,承认后者对尤卡坦半岛的控制。他们不再支持圣塔克鲁斯和玛雅叛军。

《莫罗博士的岛》出版于1896年。五年后,墨西哥起义军占领了圣塔克鲁斯。